堕天使堂《サタンのいえ》　よろず建物因縁帳

内藤 了

講談社
タイガ

デザイン——舘山一大
写真——iStock/Getty Images

目次

プロローグ……9
其の一　長坂《ながさか》パグ男《お》の新事務所……25
其の二　オリバー・ガード聖教会堂……57
其の三　死んだ蠅《はえ》……95
其の四　三つ首の影……149
其の五　生き残りの証言……173
其の六　悪魔の依り代……219
其の七　堕天使堂《サタンのいえ》……255
エピローグ……307

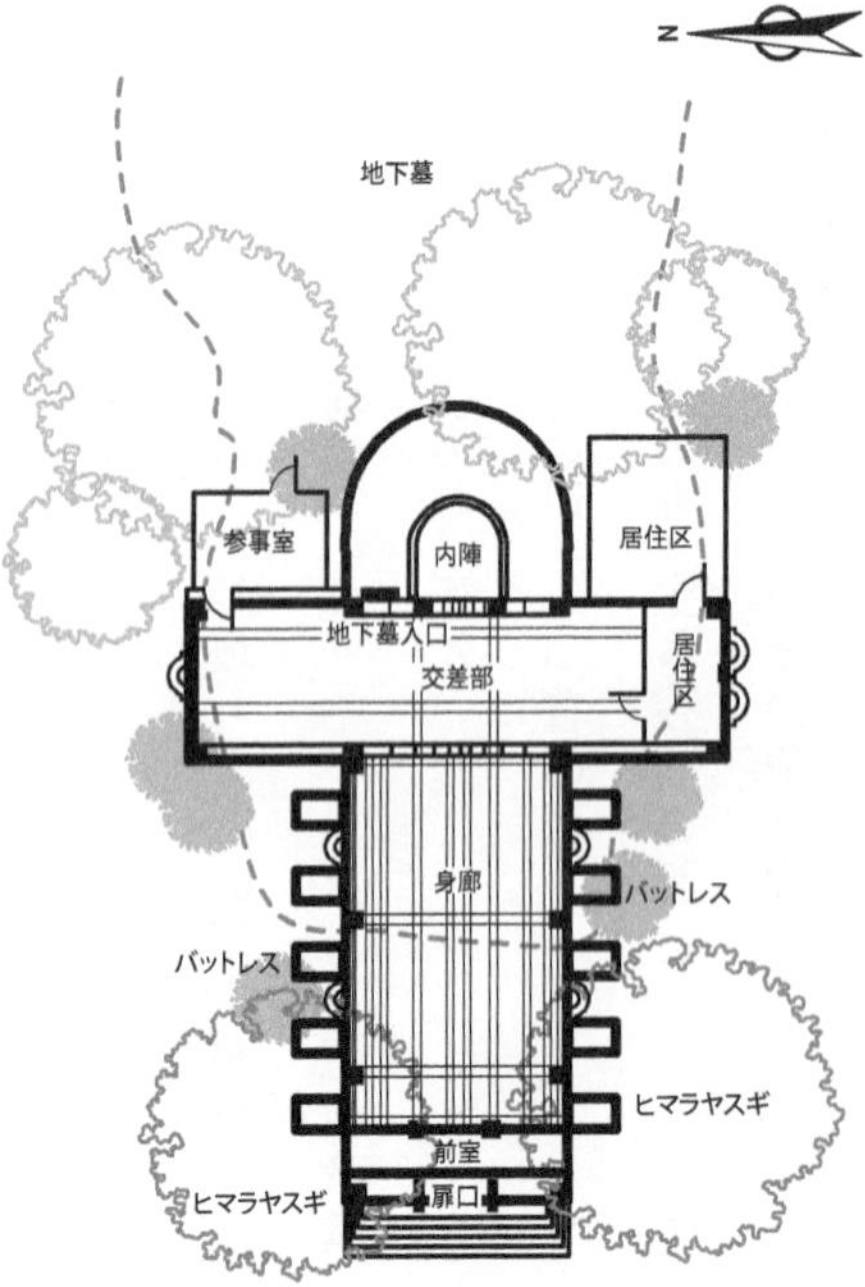

オリバー・ガード聖教会堂平面図

登場人物紹介

高沢《たかざわ》　春菜《はな》――広告代理店アーキテクツのキャリアウーマン。

井之上《いのうえ》　勲《かおる》――春菜の上司。文化施設事業部局長。

轟《とどろき》　功《いさお》――春菜の同僚。商業施設事務局所属の設計士。

守屋《もりや》　大地《たいち》――仙龍の号を持つ曳き屋師。鐘鋳建設社長。隠温羅流導師。

崇道《すどう》　浩一《こういち》――鐘鋳建設の綱取り職人。呼び名はコーイチ。

守屋《もりや》治三郎《じいちろう》――鐘鋳建設の専務。仙龍の祖父の末弟。棟梁と呼ばれている。

長坂《ながさか》　金満《かねみつ》――長坂建築設計事務所の所長。春菜の天敵。

小林《こばやし》　寿夫《ひさお》――民俗学者。信濃歴史民俗資料館の学芸員。

比嘉《ひが》　佳久《よしひさ》――フリーのグラフィックデザイナー。

加藤《かとう》　雷助《らいすけ》――廃寺三途寺に棲み着いた生臭坊主。

堕天使堂《サタンのいえ》

よろず建物因縁帳

プロローグ

凍《こお》った土にスコップが当たる反動で、かじかんだ手がジンジン痛んだ。風は雨合羽《あまがっぱ》のフードを剝《は》いで、汚れた髪がひとかたまりになって額にあたる。溶けたみぞれが額を流れ、容赦なく目に入り込む。彼はスコップを振り上げて力任せに地面に刺した。が、地面は固く、思うようには穿《うが》てない。寒さと空腹と寝不足で考える力は残っておらず、スコップを振り上げては地面に突き刺す行為を闇雲《やみくも》に繰り返す。

ガッ、ガッ、ガッ、ピシッ……

石ころが跳ねて顔に当たった。

彼の瘦《や》せこけた頰《ほお》には髭《ひげ》が伸び、落ちくぼんだ目が炯々《けいけい》と光っている。

「信子《のぶこ》をこのまま放っておくのか、早くしろ」

懐中電灯の後ろで声がした。

声の主は、すでに掘り返した地面を丸い光で執拗《しつよう》に照らす。

「そこを掘れ。そのほうが簡単だ」

足下には二畳分ほどのくぼみがあって、薄く土がかけられている。みぞれはいつしか雪に変わって、土塊《つちくれ》の上に白く積もり始めている。

浅間山麓《あさまさんろく》に広がる森の中。冬はほぼ無人となる別荘地の奥に登山者用の山小屋がある。仲間十人でここへ来たのは昨年の暮れ。社会を変えるための雪中軍事訓練であったが、今、ここには彼を含めて三人の同志しかいない。

「掘れ。そこでいいから。どうせ埋めてしまうんだ」

命令するように明かりは動く。

その場所にスコップを突き刺すことが忍びなくて、彼はくぼみにひざまずき、両手で土をかき分けた。土は重く、固く、氷のように冷えている。指先の感覚は疾《と》うになく、鼻や耳がちぎれるほど痛い。吐《は》く息が白くライトに煙り、体内の熱が奪われていく。四《よ》つん這《ば》いで土をかき分けることしばし、懐中電灯の光に真っ白な手が浮かび上がった。

……今野《こんの》。

と、彼は頭で呟《つぶや》いた。極寒の林に縛り付けたとき、泣くような、諦《あきら》めたような顔で見返してきた男。今野は粛清の名のもとに、そのまま凍《こご》えて死んだのだった。

今野の下には宮崎《みやざき》がいて、宮崎より深い場所には東山《ひがしやま》が埋もれている。二人は体力があったから、互いに殺し合うことを命令された。

それ以外のメンバーは、森のどこかで死んでいる。雪中軍事訓練を拒《こば》んで脱退しようとした川崎《かわさき》が、最初にリンチで殺された。死体は宮崎らがどこかへ運んで埋めてきた。それを咎《とが》めた太田《おおた》と尚子《なおこ》は、逃げる途中で崖《がけ》から落ちた。そして今、愛した信子の変わり果てた骸《むくろ》が今野の上に引きずられてくる。

「それでいい」

光の裏でまた声がする。

その声の主が誰だったのか、思い出せなくなっていた。

能面のように表情がない信子の死骸《しがい》に雪が降る。生きることを含め、抗《あらが》うことを忘れた表情。悪魔に心を食い尽くされた顔だ。仲間たちは粛清し合った。互いの弱さや欠点を見張り、執拗《しつよう》に責め、集団で暴力を奮った。すべては正義の名の下に、善と信じて行った。しかしながらその実態は、悪魔に生《い》け贄《にえ》を捧《ささ》げる行為だった。生け贄がいたぶられている間だけは自分の安全を確保できたからである。

スコップで信子の顔に土を降らせる。

瞬間、ブツリと心が切れた。


恋人を埋めて山小屋へ帰ると、囲炉裏のそばに横たえたシュラフから、忙《せわ》しなく息が上がっていた。それはサブリーダーの花村《はなむら》で、彼は今野に粛清を加えた夜に心を病んで倒れたのだった。

花村はもともと冷静沈着で正義感の強い男であったが、以降は芋虫のようにシュラフにくるまり、ひたすら般若心経《はんにゃしんぎょう》を唱えるだけになってしまった。飲まず、喰《く》わず、眠りもしない。花村は決めたのだ。悪魔に懐柔されるくらいなら、潔く死を選ぼうと。

その気持ちが今ならわかる。死んだ信子が正気をくれた。彼は花村の脇《わき》に倒れ込み、小さな声で訊《き》いてみた。

（まだ生きていたか）

おう。と、微《かす》かな声がした。吐息が眉毛《まゆげ》に凍り付き、死相が浮かぶ顔は、すでにどす黒く変色している。もう長くないだろう。

けれどもそれは自分も同じだ。寒いのに穴掘りで汗をかき、今、その汗が急激に冷えて全身を苛《さいな》んでいた。囲炉裏に焚《た》いた薪《まき》は燃え尽き、白く煙が上がっている。今夜のうちに小屋の内部も、外と同じ温度になるだろう。山を下りなければ全員が死ぬ。そして全員が死んでしまえば、おそらくは、信子を含め仲間たちの遺体は誰にも見つけてもらえない。起きた惨劇も闇に消え、再び同じ惨劇が繰り返される。

（花村……おまえは正気か）

と、彼はまた訊いた。瀕死《ひんし》の花村は黒々とした瞳《ひとみ》で彼を見た。

信じろ、今は正気だと視線が語る。

風が山小屋を叩《たた》いている。懐中電灯の主は戻ってこない。狭い小屋には同志が背負ってきたリュックとシュラフ、ノートやジャンパーが置いてある。殺人に使われたアイゼンも、ヘルメットも、懐中電灯も。彼は仲間のジャンパーを花村にかけ、頭の下にセーターを敷いてやった。セーターは信子のものだ。

ザック、ザックと足音が近づいてくる。懐中電灯の光を頼りに、あいつが小屋の周囲を回っているのだ。あいつは気が済むまで歩き続ける。生き残った俺たちが逃げないように、一晩中でも小屋の周囲を回るつもりだ。

（花村、俺はここを出るぞ）

耳元で囁《ささや》くと、花村は頷《うなず》き、意志のある眼《め》で、

（そういうおまえは正気なのか）と訊いてきた。

「どうかな。そうであってくれればいいが」

精一杯の笑みを浮かべると、花村は、ひび割れた唇《くちびる》を動かした。
タ、ノ、ム。オレ、ハ……
死にたくない、と言おうとしたのか、このままでは死にきれない、と言いたかったのか、皆まで言わずに口を閉じ、足音に耳を澄ました。

打ち合わせはそれで充分だった。大学へ入って数年、親友として生きた二人に細かな打ち合わせなど必要ない。彼は小屋の隅《すみ》に置かれた小さいものに目をやると、立っていってそれを摑《つか》み、雨合羽の懐《ふところ》にねじ込んで、親友を振り返った。

親友はシュラフから這い出して入口にいた。

目と目が合って、花村が叫ぶ。

「粛清！　粛清だ！　植木《うえき》が逃げるぞ！」

魂を削って出した声だった。足音が止《や》み、駆ける音がし、ものすごい勢いで扉が開いた。雪と風が吹き込んで、薄暗い小屋を懐中電灯の光が照らす。その瞬間、彼は相手を内部へ引き倒し、脱兎《だっと》のごとく小屋を出た。

「行けーっ、植木！　行け！　逃げろっ！」

断末魔《だんまつま》のような花村の声。花村はあいつの足にかじりつき、追えないように引き留めている。

彼は振り向きもせずに山を下った。闇に足を取られて転んでも、立ち上がってまた闇に紛《まぎ》れた。吹雪のなか、見えるのは遠い街の灯と、灰色の空、そして真っ黒な森だけだ。今野、宮崎、東山……仲間の名前を呼びながら、まっしぐらに森へ飛び込む。明かりを持っていなければ、あいつから姿は見えないはずだ。走れる場所まで走りきり、寒さに耐えて夜明けを待つのだ。もしもその場で死んだなら……

信子のところへ行けると思え。彼は覚悟を決めていた。

懐で小さいものが跳ねている。その場所がチリチリと焼け、怒りと恐怖がわき上がる。

「天にまします我らの父よ」

般若心経を知らない彼は、祈りの言葉を呟いた。

「……仇《あだ》なすものを我らが赦《ゆる》すごとくに、我らの罪も赦し給《たま》え……試みに遭わせず、悪より救い出し給え……」

小さいものが身をよじるたび、沸々と怒りが胸を裂く。彼は信子の笑顔を思い出す。この世の中でただ一人、命に代えて守りたいと思った女の顔を。その顔が能面のようになって、ついには土に埋もれたことを。

雪が放射状に闇を裂き、山小屋のほうから咆哮《ほうこう》が聞こえる。

尚子、太田、そして、信子。

枝が容赦なく顔を引《ひ》っ掻《か》き、雪の下で足を搦《から》め捕《と》る。

ハッ、ハッ、ハッ、ハッ、息づかいが後ろを追ってくる。それとも自分の呼吸だろうか。何度転んでも足を止めない。這いつくばってでも逃げてみせる。

バサバサバサッと枝が鳴り、頭上に氷が降ってきた。不穏な気配に振り向いたとき、足が宙を踏み抜いて、体が落ちた。咄嗟《とっさ》に摑もうとした手は空を切り、あとは斜面を転がりながら落下していく。視線の先に一瞬だけ、暗闇に光る眼《まなこ》を見た。その目は真っ赤に燃えていて、山羊《やぎ》のような一文字の瞳をしていた。

軽井沢《かるいざわ》署に一本の電話がかかったのは、翌日の昼過ぎのことだった。軽井沢駅の構内に、異臭を放つ若い男がいると言うのだ。二月の雪は降り止まず、空は鈍色《にびいろ》に曇って視界は悪く、最寄りの交番から警察官が駆けつけたとき、男の姿はすでになかった。

通報してきた売店の女性は、男が列車に乗るのを見たという。

軽井沢署は各停車駅に連絡を入れたが、異臭を放つ男は上田《うえだ》駅を過ぎたあたりで乗客に目撃されたのを最後に、フツリと消息を絶ってしまった。

次に停車する長野駅は仏閣型の駅舎を持ち、複数の路線が乗り入れる複雑な構造になっている。国鉄関係者や警察官が巡回するなか、売店にサンドイッチを納品しに来た業者が裏口ドアに挟まれた紙と切符を発見して改札に届け出た。

そこには震える文字で、こう書かれていた。


――警察官がいて改札を通れないので、切符をここに置いていきます。

自分は北部信州《ほくぶしんしゅう》大学文学部四年生、植木浩三《こうぞう》という者です。昨年の暮れにサークルの仲間十人で浅間山麓の避難小屋へ訓練に出かけ、生き残りました。

その避難小屋で、たぶん友人の花村君が死んでいます。

山小屋から鬼押出《おにおしだし》方面へ一キロほど下った森に仲間四人が埋められています。

あと、近くの森に三名の遺体があるはずなので、見つけてやってください。

自分はやるべきことをやったのち、自首してすべてを話します。　植木浩三――


捜索願が出されていた大学生のひとり、植木浩三のメモは長野県警に届けられ、翌朝、吹雪が止むのを待って軽井沢署の警察官と山岳救助隊が浅間山麓の避難小屋へ向かった。件《くだん》の避難小屋は登山ルートの途中にあるが、森に囲まれているため積雪が多い。この日はおおよそ八十センチの新雪が積もっていた。

サラサラと柔らかな雪に腰まで埋まって、捜索隊は斜面を登る。

目指す避難小屋は登山者の遭難を防ぐ目的で設置され、誰でも自由に使えるが、内部に大した設備はない。暮れから二ヵ月間、十人の男女が生活できるような場所でもない。あるのは囲炉裏と薪と数枚の毛布。落石や雨風をしのぐ屋根と壁だけだ。

真っ青な空に白く浅間山の噴煙が上がる。山頂付近は地吹雪が起きて、舞い上がる粉雪があたかも山の呼吸のようだ。雪は斜面を吹き飛ばされて、山麓の森に吹きだまる。ようやく山小屋が見えてきたとき、先発隊は新雪に突き刺さる不思議なものを認めて足を止めた。風が雪を舞い上げて、真っ青な空が時折白く煙っている。粉雪はキラキラと陽を照り返し、ダイヤモンドのように輝いた。氷点下の風が肺を突き、呼吸するたび鼻毛が凍る。凍結した小屋からは焚き火《たび》の煙も上がっていない。軒に太い氷柱《つらら》が下がり、雪が小山を作っている。その小山から、なにか光るものが突き出しているのであった。

風が巻き、複雑な渦を作って空へゆく。雪のきらめきが切れたとき、先発隊は足を速めた。山小屋の扉は開いていて、バタン、バタンと風に鳴る。雪をかき分け登っていくと、光っていたのは小さな懐中電灯だった。

「おい！」

先頭が振り向いて大声を出した。その後ろに道ができ、隊員たちが後を追う。

近づくにつれ、なぜ懐中電灯が雪山から突き出ているか、わかってくる。両手にそれを握って振りかざした人間が、その姿のまま雪に埋もれていたのであった。

風向きが変わり、吹き下りる風が小山を崩す。キラキラと輝きながら風はゆき、小山の下に埋もれていた男が姿を現す。埋もれていたのは一人ではなかった。懐中電灯を振り上げた男を抱《かか》え、その首筋に顔を埋めた男がもう一人。共に固く凍り付き、彫像のように立っている。汚れてゴワゴワの髪はなびきもせず、顔も手も垢《あか》じみて、雪焼けで皮膚は所々はがれ、どちらも憤怒《ふんぬ》の形相で息絶えている。懐中電灯を持つ男の肩は血で汚れ、その血は肩口に顔を埋めた男の口から滴《したた》っていた。首の肉が一掴みほど食いちぎられて、失血死したのだ。食いちぎった男のほうは生き血を啜《すす》るかのごとき姿勢である。

捜索隊は言葉を失い、しばし呆然《ぼうぜん》と立ち尽くした。

惨劇の最中に凍った男が二人。どちらも若く、痩せこけて、落ちくぼんだ目をカッと開け、呪《のろ》いを吐くような顔をしている。その形相と死に様は、あたかも地獄絵図から抜け出したかのようだった。

パンを買おうとたばこ屋へ入ると、店の婆《ばあ》さんがギョッとした顔で植木を眺《なが》めた。そのまま、いらっしゃいも言わずに奥へ入って受話器を握ったので、植木はあんパンを掴んで金を投げ、全力で走って逃げた。風呂《ふろ》に入っていないので凄《すさ》まじい臭《にお》いがするのだろう。髪も髭も伸び放題だが、今さらそれに気づいても後の祭りだ。

塀の奥で犬が吠《ほ》え、小さいものが鳩尾《みぞおち》に食い込んで、抗いがたい怒りが湧《わ》き出した。そのたびに、植木は死んだ信子を思った。信子がいたから正気を保《たも》てた。けれど、もう、信子はいない。

「くそっ！」

走りながら袋を破ってパンをかじった。空洞だった体に甘さが染《し》みて、頭が少し動き出す。そして植木はこう思った。たばこ屋の婆さんは警察を呼んだろう。その前に。

住宅地の奥にはひとかたまりの樹木があって、天辺《てっぺん》に十字架が突き出している。

「神よ」

感謝しますと彼は言い、パンの袋を地面に放った。

板塀の間を通り、どこかの家の門を過ぎ、天空にそびえる十字架を追う。灰色の空からまた雪が舞い、次第に羽毛のようになっていく。山小屋の雪とは違う、柔らかで大きくて暖かな雪だ。植木はやがて小さな教会の前に出た。迷える子羊を迎え入れるため、玄関の鍵《かぎ》はかかっていない。教会とはそういう場所だ。そうであってくれ。

石段を上り、真鍮《しんちゅう》のノブに手をかける。

その瞬間、焼け付くように胸が痛んだ。

小さなものが熱くなり、錬鉄のように皮膚に食い込む。彼は小さくうめいたが、強引に扉を押し開けた。ささやかな礼拝堂は両側に細長い窓があり、燭台《しょくだい》を並べた内陣奥に十字架が置かれている。小さいものは重くなり、激しく肉に食い込んでくる。痛みと苦しみで体が麻痺《まひ》し、ほんの一歩が踏み出せない。並ぶ信者席の中央を通り、祭壇まであと少しの場所で、彼はついにくずおれた。肉が焼け、服の下から煙が上がる。彼は胸に手を突っ込んで、小さいものを引っ張り出した。

「だあれ？」

あどけない声がして、祭壇脇の小部屋から人形を抱いた少女が顔を出す。亜麻色の髪、白い肌、栗色《くりいろ》の大きな眼をしている。少女は異臭に戦《おのの》いて立ち止まったが、倒れた植木を見つけると、大きな声で呼ばわった。

「おとうさま、おとうさま！」

足音がして、同じ戸口から牧師が出てくる。牧師は植木に駆け寄ると、娘を庇《かば》うように自分の背中へ押しやった。

植木は小さいものを牧師の前に差し出した。

「……これを」

もはや熱を発しておらず、燃えてもいない。それなのに植木の手は焼け爛《ただ》れて血だらけだ。牧師は寸の間息を呑《の》み、威厳《いげん》ある声で娘に告げた。

「アンナは向こうへ行きなさい」

「でも、お父さま」

「お父様の言うことを聞きなさい。この人は大丈夫だから」

牧師は祭壇を振り返り、大きな声で妻を呼んだ。

牧師の妻が姿を現し、駆け寄ってきて娘を抱いた。

「アンナを向こうへ。それから水と包帯を持ってきなさい」

母子がどこかへ消えた後、牧師は小さいものを受け取って、植木に訊いた。

「これをどこで？」

「シリア……」

植木は息を吸い込むと、

「ぼくらは北部信州大学の考古学サークルで」

と、ハッキリ言った。

「発掘現場を見学に行き、仲間が見つけて、持ち帰ってしまったんです」

「盗掘したというのかね」

植木が頷く。

水と包帯を持った妻が礼拝堂へ戻ってくると、牧師は小さいものをガウンの下に入れ、植木の焼け爛れた手に水を注いだ。ジュッと音がして煙が上がり、爛れた皮膚がベロリと剝《む》ける。

「酷《ひど》い火傷《やけど》ね。どうして、こんな……」

妻の問いには答えずに、牧師は植木の手に包帯を巻いた。

そのとき、激しいノックの音がした。

妻が立っていって礼拝堂の扉を開けると、雪の中、帽子にも肩にも雪を積もらせた数人の警察官が立っていた。

其の一

長坂《ながさか》パグ男《お》の新事務所

犀川《さいがわ》の方角に黒雲が湧き出していると思ったら、稲妻の青い光が天空を裂いた。

一面がガラス張りになったオフィスビルの三階で、高沢春菜《たかざわはな》は外を見ていた。エントランスに植えられたカツラの木が強風に枝をたわませ、また稲妻が光って、受付事務員の柄沢《からさわ》が悲鳴を上げる。バリバリと空が裂ける音がしたあと、ピシャーン！　と街の向こうに白煙が上がった。

「すごい」

と、春菜は目を見張る。

「やだ。今、落ちた？　落ちたわよねっ」

カウンターに伏せて柄沢が言うので、春菜は彼女を振り向いた。

「小学校のへんに落ちたみたいです。避雷針かな、それともポプラの木かしら。雷って高いところに落ちるから」

雷雨は俊足だ。話しているうちにバタバタバタバタッと音がして、窓を大粒の雨が襲った。

「わー、ほら来た！　すごい雨ですよ」

また稲妻が光り、雷鳴がとどろく。

「やだもうっ」

悲鳴を上げて柄沢は、カウンターの下にひざまずく。

「信じられない。高沢さんは雷が怖くないの？」

六月末の金曜日。

株式会社アーキテクツで文化施設事業部の営業を担当する春菜は、珍しく社内にいた。この日は豪雨の予報が出ていたために、外回りを控《ひか》えてプランニングをしていたのであった。営業フロアの窓からは、黒雲が走ってくる様も、風や稲妻もよく見える。雨はすでに視界を遮《さえぎ》り、窓は流れる水で覆《おお》われてしまったが、天空を切り裂く稲妻は容赦なく目に突き刺さってくる。その奥にたまさか天界が覗《のぞ》くと教えてくれたのは誰だったろう。

「私はむしろ雷が好き。だってきれいじゃないですか。すごいですよ？　まるで空が裂けるみたいで。雨も好き。いっそこんなに降るとワクワクしちゃう。傘なんかさしても意味がないから、そのまま歩きたいくらい」

春菜は窓のそばから離れ、

「もちろん災害が好きなわけじゃないですよ」

と、付け足した。

「信じられない。なんとかしてほしい」

柄沢は畳んだ膝掛《ひざか》けを頭に載せて、デスクの下に潜ってしまった。

「雷だけはダメなのよ。あ、ちがう。雷と地震はどっちもダメ。もうやだ、怖いっ」

またもピシャーン！　と空気が割れて、柄沢は、「キャー」と悲鳴を上げた。

周囲が一気に暗くなり、紫色の稲光が走っていく。

昼下がりのオフィスには、春菜と柄沢がいるだけだ。

しばらくすると風が弱くなったので、見せ場は終わったとばかりにデスクへ戻った。春菜のデスクからは受付前のドアが見えるが、そのドアに黒く人影が差している。柄沢は床にしゃがんで震えているので、代わりに春菜が受付へ急ぐ。もはや柄沢は尻《しり》を向け、表情すらも窺《うかが》えない。人影はドアの向こうに立ち止まり、雨で濡《ぬ》れた髪を整えている。

この雨だ。車を降りるだけでもびしょ濡れになったのだろう。カウンターで待ち構えていると、やがて一人の男性が入ってきた。Tシャツにチノパンというラフな服装。シャツにもズボンにも雨の跡があり、額に水滴が光っていた。

「あれ、比嘉《ひが》さんじゃないですか」

いらっしゃいませと頭を下げることもなく、春菜はいきなりそう言った。

「どうも……っていうか高沢さん。いつから受付業務になったんですか？」

彼は春菜に白い歯を見せた。

比嘉はアーキテクツが懇意にしているデザイナーである。もともとは地元の新聞社に勤めていたが、結婚して子供ができたのを機に独立したのだ。デザイナーには珍しく朴訥《ぼくとつ》な印象の比嘉は、実直で丁寧な仕事ぶりで評価が高く、春菜だけでなく上司の井之上《いのうえ》も信頼を寄せている。

「違うのよ。私が受付にいるのは雷のせいなの」

言いながら比嘉の視線を足下へ誘うと、デスクの下から柄沢が、そーっと顔を覗かせた。

「比嘉さん、いらっしゃいませ。井之上はもうじき戻る予定ですので」

稲妻と雷鳴の時間差で雷が遠のいていくのがわかる。それでもまた雷が鳴ると、柄沢は頭を抱えてしまった。

「柄沢さんは雷がダメなんですね」

比嘉は面白そうに笑っている。

「そういうことなので、こちらでお待ちください」

柄沢の代わりに春菜が比嘉を応接ブースへ案内する。通常の打ち合わせに使う応接ブースは営業フロアの真ん中にあり、本棚で囲っただけのオープンスペースだ。比嘉を先に行かせて背中を見ると、背負ったリュックがずぶ濡れになっていた。春菜は自分のデスクへ戻り、引き出しから真新しいタオルを持ち出した。

「比嘉さん、どうぞ。使ってください」

渡すと比嘉は恐縮して、

「駐車場へ着いたら降ってきて、しばらく待てば止むのかなとも思ったんだけど、井之上さんを待たせちゃ悪いから……すみません」

タオルを受け取り、リュックを拭《ふ》いた。

「井之上部局長はたぶんまだ車の中よ。お洒落《しゃれ》だから服が濡れると嫌がるのよね」

「井之上さんはいいですよ。でも、仕事をもらう立場のぼくが遅刻はできないですから」

ありがとうございます、と比嘉がタオルを返してくるので、

「差し上げますから、よかったら使ってください」

と、春菜は微笑《ほほえ》む。

「コンビニタオルだけど、乾きやすくて便利だから何枚もストックしているんです」

「高沢さんがタオルを、ですか？　コンビニの？」

比嘉は驚きの目で春菜を見返した。彼と会うのは営業中で、営業中はファッションに気を遣《つか》う。だから、春菜にコンビニタオルの需要があるとは思いも寄らなかったのだろう。

「最近の高沢はガテン系で、喜んで現場へ行くようになったので、汗拭きタオルが必要なんですよ。どうぞ」

グラスに入れたアイスコーヒーがふたつテーブルに載る。運んできたのは柄沢で、さっきまでの醜態はどこへやら、雷雨が去ったとたんに隙《すき》のない仕事ぶりに戻っている。

「柄沢さん。私の話はいいから」

余計なことを言われては困ると慌てる春菜にニコリと微笑み、

「井之上がお待たせして申し訳ありません。今、駐車場を見て参りますね」

柄沢は颯爽《さっそう》とオフィスを出ていった。

「高沢さんがガテン系？」

比嘉が不思議そうに春菜を見る。

本日の春菜のファッションは、白いワイドパンツにオレンジ色のブラウスだ。ヒールは白で、ワインカラーのピアスをしている。春菜はガテン系の話題をスルーして、アイスコーヒーを比嘉に勧めた。

「さっきの話に戻りますけど、仕事をもらう立場で、なんて、関係ないと思いますよ？うちだって比嘉さんに仕事してもらわないと困っちゃうんだし、仕事はフィフティフィフティだから、遅刻する井之上部局長が悪いです」

言ったと同時にドアが開き、柄沢につづいて井之上が入ってきた。

「やあ比嘉くん。ごめん、ごめん、待たせちゃったな」

井之上はブランドもののハンカチで肩口を拭きながら、つかつかと応接ブースに寄ってきた。体格がよく背も高い井之上は、白髪を後ろで束《たば》ねて涼しげな麻のジャケットを羽織《はお》っている。

「雨が酷くて車から出られなくってさ。申し訳ない」

井之上が来たので席を譲ろうとすると、彼は片手で春菜を制した。

「高沢がいるならちょうどいい」

そのまま座っているように言う。

比嘉と打ち合わせがあるなんて、春菜は聞いていなかった。かといって井之上に恥をかかせるわけにもいかないので、とりあえず座り直してコーヒーを飲む。柄沢が如才なく井之上のコーヒーも持ってきて、春菜の隣に置いていく。

「そういえば比嘉くん、お子さんは男の子だったんだってね？」

井之上がそう言ったとたんに、比嘉は相好を崩して新米パパの顔つきになった。

「あ、はい。おかげさまで。３６５２グラムの、祖父《じい》さんによく似た男の子でした」

「ひどいな、新生児に向かって祖父さんはないだろ」

いやそれが、と、比嘉はチラリと春菜を見た。

「生まれたときはしわくちゃで、ホントにぼくの祖父さんにそっくりだったんですよ」

言い訳をするような、それでいて嬉《うれ》しそうな顔だった。

「祖父さんが死んでちょうど七年経《た》つんですけど、親父《おやじ》なんか祖父さんの生まれ変わりじゃないかって。ぼくはまったく新しい命だと思いたいですけどね、もしも親父の言うとおりなら、頑固者に育ちそうで嫌なんですよ」

井之上はニコニコして比嘉の話を聞いている。

「それで、奥さんの体調はどう？　大丈夫かい？」

「元気です。ありがとうございます」

比嘉は井之上に頭を下げた。

井之上の営業はこういうところがすごいと春菜は思う。子供の話題に触れたり、奥さんの体調を気遣《きづか》うことを忘れない。興味本位で赤ちゃんの話をしたわけでなく、比嘉の二世誕生を、ずっと気にかけていたのだとよくわかる。

文化施設事業部の部局長を務める井之上は、クライアントと業者をつなぐ仕事をしている。クライアントから持ち込まれる様々な相談や悩みに応じて、それを解消するプランを立てられる人材を選び、その人材が立てたプランを実行できる業者に仕事をつなぐ、コーディネーターやプロデューサーのような立ち位置だ。仕事全般に目端《めはし》が利くこと、仕事内容を熟知していること、知識が広いこと、人脈があること、クライアントや業者の人となりを尊重できること。すべてに於《お》いて優れているが、それは、素のままの彼が思いやりに溢《あふ》れているからなのだ。井之上の話を聞いていると、春菜も比嘉を祝いたくなる。

「比嘉さん、おめでとうございます。赤ちゃんはいつ生まれですか？」

「予定日は六月六日だったんですけどね、大分遅れて十四日に。そのへんはぼくに似てマイペースな子で、ちっとも生まれてくれなくて。なんか、初産《ういざん》は遅れるって聞いてはいたんですけどね、それでもやっぱり心配で」

「そうだよな、男は心配することくらいしかできないもんな」

アイスコーヒーを引き寄せながら井之上が頷いた。

「なんていう名前にしたんですか？」

「ダイです。『大きい』の一文字で『大』。親としてはいろんな意味を込めたんだけど、期待しすぎても重いかなって思うので、あの子がいつか大人になって、自分で意味を決めてくれたらいいかな、なーんて」

興奮して比嘉は赤くなり、タオルで汗を拭いてコーヒーを飲んだ。

「あ。タオル、遠慮なくいただきます」

今さら春菜に頭を下げる。井之上は話を戻した。

「じゃあ、今、奥さんは実家にいるの？」

「はい。日明《ひあ》けまでは実家のほうに。そのほうがぼくも安心だし、お義母《かあ》さんから教わることも多いだろうし……」

「じゃあ、しばらくは寂《さび》しいですね」

春菜が言うと、比嘉はもっともだと苦笑いした。

「心配した分、なんだか間が抜けた感じになっていて」

そうか、と井之上はニッコリ笑い、力を込めた目で比嘉を見た。

「それじゃ、今のうちにボリュームのある仕事をお願いしても大丈夫かな」

うわ。やるなあ、井之上部局長……春菜は心で舌を巻く。いつもながら容赦がない。前振りから仕事の依頼を一気にすれば、比嘉も断りにくいと知っているのだ。

井之上は営業用鞄《かばん》を膝に置き、中から図面を取り出した。建築図面の青焼きである。

「本題なんだけど、比嘉くんにお願いしたい仕事があってさ」

井之上が図面を広げ始めたので、春菜はアイスコーヒーのグラスを片付け、打ち合わせテーブルにスペースを作った。図面は複数枚あるが、最初の一枚が立面図だった。二百分の一スケールだからさほど大きな建物ではないが、一般住宅とも商業施設ともまったく違う外観をしていた。

「教会ですか?」

比嘉が訊く。

「そうなんだ」

立面図は四面あって、それを見れば建物の形状が立体的に想像できる。外壁は煉瓦《れんが》積みのゴシック様式。エントランスに数段分の階段があり、階段の上が前室だ。その先は二階建て程度の高さの長方形の建物で、屋根は鋭角の三角形。屋根の天辺に十字架がついている。間口は狭いが奥行きが広く、左右の壁にバットレスと呼ばれる補強用の控え柱と、それらの間に細長い窓がある。建物の床面は階段分だけ地盤より高く、地下室があるのかもしれない。全体的には建坪八十坪程度のこぢんまりとした教会である。

井之上は別の図面を出した。簡単な地図にも見えるそれは敷地《しきち》図面といって、建物がどんな場所にどんな方向を向いて立っているかを示すものだ。敷地は周辺の公道に接しておらず、細い私道が一本だけエントランスに通じている。いわゆる旗竿《はたざお》地のようである。

「変ね。こんな道しかないのに、どうやって建てたの？　この教会」

春菜はすぐさま疑問を抱いた。小規模とはいえ煉瓦積みの教会を建てようと思ったら、基礎工事にも建築工事にも相応の人工《にんく》と材がいる。それらを運び入れるには、私道があまりに狭すぎるのだ。

「うん」と井之上が頷いた。

「建物は明治時代の建造なんだ。当時は周囲に家がなかったんだと思う」

「教会が先に建っていて、その後で周りが宅地になったってことですか？　たしかに、煉瓦積みの教会なんて今では珍しいですもんね」

春菜はてっきり、この教会は展示物件なのだと思った。文化財的価値を持つ古い建物を改修復元し、博物館や資料館などに蘇《よみがえ》らせるのも文化施設事業部の仕事だからだ。

「高沢が言うように、建物自体に文化財的価値がある。特にこの煉瓦……使われているのが信州産の煉瓦かもしれないんだよ」

「信州産の煉瓦って？　信州で煉瓦なんて焼いていましたっけ？」

国産煉瓦を焼成する会社は愛知に多く、広島、北海道、高松《たかまつ》、東京、岐阜の多治見《たじみ》などにもわずかにあるが、信州にはないはずだ。ほかの仕事で装飾煉瓦を使ったときに、運搬費の問題で苦労したので覚えている。

井之上は一息にアイスコーヒーを飲み干して言った。

「だからそこだよ。ここに使われた煉瓦がどこから運ばれたかについて、藤森《ふじもり》さんという建築史学の教授が考察している。この教会が創建された明治二十年代、信越《しんえつ》線の鉄道工事にともなって、碓氷峠《うすいとうげ》のめがね橋《ばし》なんかを造るために、軽井沢に煉瓦工場ができたというんだ。長野市の岡本孝平《おかもとこうへい》なる人物が軽井沢に進出して赤煉瓦の工場を建て、そこで鉄道工事用の煉瓦を製造していたらしい。その赤煉瓦が流通し、教会に使われたのではないかとね」

「じゃあ、この教会は赤煉瓦造りなんですね」

線で描かれただけの立面図が、急に色を持ったように感じられる。

「そういえば世界遺産になった富岡製糸場《とみおかせいしじょう》も煉瓦造りでしたよね。じゃあ、あれも信州産煉瓦なんですか？」

比嘉が感心したように訊く。

「残念ながら富岡製糸場の煉瓦は甘楽町《かんらまち》の作だ。明治時代は煉瓦の建物が多く造られたけど、信州は物件自体が少ないし、信州産煉瓦のほとんどは鉄道工事に使われたから、藤森氏の考察どおりだとすれば、とても珍しいケースだということになる」

井之上は次の図面を出した。

こちらは建物の間取りを示す平面図だが、立面図は煉瓦の一つ一つまで描き込んであるのに対し、平面図はあまりに酷いものだった。通常描かれるはずの柱の位置や、窓やドア、建て付け方法や室内の凹凸などが描かれておらず、四角を並べただけである。

「なんですかこれ」

春菜はあからさまに図面をけなした。

「まさか平面図じゃないですよね？　ただの落書きじゃないですか」

こんなに拙《つたな》い図面は見たことがない。本当にこれはなんなのだろう。

「図書館にコピーを依頼しておいたら、こんな図面が入っていたんだ。ちゃんとした平面図はないそうだから、これでも苦労して探してくれたんだと思う。実際の平面は、現調で測り出すしかないな」

「井之上さん。この教会は、資料館か何かになるんですか？」

春菜と同じことを考えていたらしく、比嘉が井之上にそう訊いた。井之上は、やや複雑な表情をした。

「そうじゃなく、実はこれ、長坂《ながさか》先生の新しい事務所なんだよ」

「えぇーっ？」

春菜は眉間《みけん》に縦皺《たてじわ》を刻み、嫌そうな顔で図面を見下ろした。

長坂建築設計事務所の長坂金満《かねみつ》所長と春菜は、犬猿の仲である。長坂は一級建築士の資格を持ち、公共事業など大口の仕事に多く関《かか》わるやり手建築士だが、下請けを泣かせることでも有名だ。金に汚く、指示は甘く、仕事は丸投げで業者に厳しく、クライアントに不誠実。現在も長坂建築設計事務所の所長を名乗っているが、その実は修業していた人手建築事務所を間借りして、そこで営業を続けている。フリーの建築士は互いに仕事のやりくりをするために一つの事務所をシェアすることも多いのだが、長坂の場合はボスの事務所にいることで、ボスの名声に寄りかかることができていたと春菜は分析する。春菜は彼が大嫌いだが、時に利益率より売上総額が重要視される経営上の理由から、アーキテクツと長い付き合いが続いている。

そういえば長坂は、間借りしていた建築事務所が閉所することになったので、新事務所を開設するため不動産を購入したと話に聞いた。てっきり新築するのだと思っていたら、長坂が購入《お》したのは官公庁が建ち並ぶ県町《あがたまち》付近で長い間空き家になっていた物件だったと。

「パグ男の新事務所ってことですか？　この教会が？　なんで教会？　え？　あの辺に教会なんてありましたっけ？」

取引先の所長をパグ男と呼び捨て、春菜は敷地図面を引き寄せた。

「パグ男じゃなくて長坂先生な」

井之上が春菜を叱《しか》ったが、

「はい。すみません」

春菜はから返事をしただけで、図面に夢中になっている。

あんなところにこんな物件があったろうか。どう考えてもわからない。

敷地図面には地番が表示されていて、それを見れば建物の場所がわかるはずだが、見慣れた地番を知ってさえ、赤煉瓦の教会のように目立つ建物を見た覚えがない。

「これって……この道は、昔の知事公舎のあたりですよね？　高級住宅地というか……おかしいな……あの通りならよく知っているのに、場所が全然ピンとこないわ」

「ぼくにも見せてください」

比嘉が手を伸ばしてきたので、春菜は図面を比嘉に渡した。比嘉もまた首を傾《かし》げる。

「そうですよねえ……昔、知事公舎があったあたりに見えますねえ……あんなところに教会なんてあったかなあ」

井之上はスマホの地図アプリを呼び出した。地番を入れて、航空写真の画像を探す。教会の写真が出るとテーブルに載せて比嘉に示した。比嘉の隣に席を移して、春菜も画面を覗き込む。拡大したり縮小したりして位置を確かめ、ため息をつく。

「本当だ。知事公舎があった奥ですね。ちっとも知らなかった」

「まあ、無理もない」

と、井之上は言った。

「ここはオバケ屋敷と呼ばれているんだ。人が住まなくなって五十年近く経つという」

「オバケ屋敷？」

春菜と比嘉は顔を見合わせた。

「まさか長坂先生が買うとは思わなかったよ。ま、逆に先生らしいと言えばそうかもしれないけど」

仕事の本題に入りますよ、というように、井之上は姿勢を正して身を乗り出した。

「それでさ、比嘉くんには、先生のところのサインプランをお願いしたいんだよな」

横から春菜が口を出す。

「え。本当に弊社で受けるんですか？　パグ男の新しい事務所の仕事を」

「長坂先生、な」

井之上は怖い目で春菜を睨《にら》んだ。

「やるべきことは、やるしかないだろ。俺は最初に高沢に打診したよな？　そうしたらおまえはなんて言った？　自分が営業に立てば先生と喧嘩《けんか》になるから、いいことはひとつもないと断ったよな」

なんだか雲行きが怪しくなってきた。

たしかにそう言ったかもしれない。春菜は両手を膝に置き、反省する体《てい》で背筋を伸ばした。

「長坂先生も高沢を快《こころよ》く思っていないことは事実だから、無理におまえを担当につけようとは思わない。だがな、仕事は誰かがしなくちゃならない」

「それがぼくだったんですね」

比嘉がニコニコと割って入った。

「まあ、ぼくはフリーの身ですから、お支払いだけ間違いなければ、お仕事をいただけるのはありがたいです」

「だからそこが問題なのよ。あの先生が快くお金を払ったことなんて、一度だってないんだから」

「大丈夫ですよ」

と、比嘉は井之上の顔を見る。

「ぼくの発注元はアーキテクツさんですよね？　長坂先生ではなく」

井之上は苦笑し、請け合った。

「もちろん請求はうちへ出してくれ。若干は相談にのってもらうかもしれないが、支払いは俺のほうでなんとかするから」

長坂の仕事は大抵赤字だが、井之上は他の仕事の利益で補塡《ほてん》するつもりのようだ。赤字仕事をなぜ受けるのかと春菜は思うが、長坂と関係をつないでおくことには、企業的価値があるのだろう。重箱の隅を突《つつ》いていては、大きな船を動かせないということだ。

「ならばお受けいたします。そういうことなので高沢さん。ご心配なく」

比嘉はまたもニッコリ笑う。

彼が仕事を受けてくれたので、井之上はようやく背もたれに体を預けた。

「それで、今回は申し訳ないんだけど、初回からプランに加わってもらえないかな」

「いいですけど、打ち合わせ内容はまとめていただかないと困ります。現場に出ている間は作業ができないので、あまり打ち合わせが長引くと、ぼくが干上がってしまうから」

「もちろん、とりまとめはこっちでやるよ。設計の轟《とどろき》を担当につける。ただ、一度は現調してもらいたいんだよね」

「それはもちろん、長坂先生のご要望もあると思うので……ていうか——」

打ち合わせはもはや春菜を差し置いて進んでいく。少しだけ、のけ者になった気分であった。パグ男と関わらずに済むのは嬉しいが、尊敬する上司の井之上や、凄腕《すごうで》デザイナーの比嘉と仕事ができないのは面白くない。春菜は頭の中でパグ男と二人を天秤《てんびん》にかけたが、やはりパグ男の嫌悪感が勝ってしまう。それに、もしも自分が担当になれば、井之上はこの件から外れるだろう。やはり今回は逃げるが勝ちだ。

古い立面図に目を落とし、比嘉は訊《たず》ねた。

「——五十年も空き家だった建物って、今も使えるものなんですか？」

「躯体《くたい》は大丈夫らしいよ、煉瓦だからね。ただ、内装や設備は大幅に手を入れないとダメだと思う。長坂先生はここを事務所兼ギャラリーとして使いたいみたいで、住むつもりはないから最低限の設備だけ整えればいいと」

「ギャラリーって……駐車スペースもないのに、どうするつもりなのかしら」

敷地図面を見て春菜が言う。井之上は苦笑した。

「そこは長坂先生だ。事務所へ来る人たちは近くの公共駐車場へ停《と》めればいいと思っているのさ」

「県庁や税務署のですか」

「裁判所も、公会堂もありますもんねぇ」

呆《あき》れたように比嘉が言う。なるほど長坂らしい考えだ。

「立地的には長坂建築設計のクライアントである官公庁に近いから、実際に駐車場が必要になるのは我々下請け業者で、下請けは文句を言わずに駐車場を探すだろうからね」

「そういうところが頭にくるのよ」

春菜はボソリと呟いた。

「ここは立地的にも新規建造物を建築できない場所だから、格安のうえ、躯体に文化財的価値もありそうだ。先生のことだから、そのうち文化財登録の打診もするつもりなんだろう。そうなれば補助金が下りるしね。そのあたりはきちんと計算しているんだよ」

「パグ男は転んでもただじゃ起きないけど、転ばなくてもがめついのよね」

長坂は、いい意味でも悪い意味でも狡猾《こうかつ》だ。設計士としてはセンスがいいし、着眼点も、先見の明もある。そして何より鼻が利く。廃墟《はいきょ》だったというこの物件にも随分前から目をつけていて、間借りしていた建築事務所の閉所に合わせて準備を進めたと聞く。それにしても、こんな物件が長年放置されていたことのほうが驚きだ。

「轟くんの話では来月から改修工事に入るというから、長坂先生から図面が届き次第、キープランを進めてもらいたい。文化財登録の腹積もりがあるから、軀体にあまり手を加えずに、今の外観を生かした最小限のサインにするみたいだけど」

「わかりました」

比嘉は答え、詳しくは顔合わせのときに決めようということで話は終わった。

雷雨は遠ざかり、外に陽《ひ》が射《さ》してきた。引きちぎられたカツラの葉っぱが濡れた窓に張りついて、それ以外のところでは水滴がキラキラと光っている。井之上は柄沢を呼び、比嘉に渡す図面一式をコピーしてくれと頼んだ。

「じゃあ、今回、高沢さんは関わらないってことですね？」

含みのある顔で比嘉が訊くので、春菜はその場で頭を下げた。

「そういうことです。どうぞよろしくお願いします」

井之上はもう、諦めたようだった。

「ではそういうことで。ところで井之上部局長、ひとつ伺ってもいいですか？」

比嘉は井之上の顔を見て、ヒソヒソ話をするかのように身を乗り出した。

「オバケ屋敷って、どういうことです？」

実のところ、春菜もそれが気になっていた。

デザイナーに転身する前、比嘉は朝賣《あさうり》新聞社の社会部で記者をしていた。そんな比嘉でも、さすがに五十年も空き家になっていた教会の話は知らないという。

「まさかの事故物件なんですか？」

春菜が訊くと、井之上は首を傾げて目をしばたたいた。

「うーん……実は……さっきの平面図だけどさぁ」

言葉付きが『素』になっている。拙い四角の平面図は、柄沢がコピーしている最中だ。

「あれってたぶん、そっちの筋から引っ張ってきた図面じゃないかと思うんだよな」

「なんですか、そっちの筋って」

ううんと井之上は低く唸《うな》って、周囲の様子を窺った。

比嘉と井之上と春菜のほかには、離れた場所でコピーしている柄沢しかいない。

「あれなんだよ……こういう噂話《うわさばなし》をさ、今さら蒸《む》し返すというのも、長坂先生は嫌がるだろうし」そう前置きをしながらも、「ここだけの話にしておいてくれるかな」と、比嘉に言う。詰まるところ井之上は、『こういう噂話』が好きなのだ。

「高沢はともかく比嘉くんは……」

井之上は思い出したように比嘉を見た。

「比嘉くんって幾つだっけ?」

「三十八ですけど」

「そうか。それじゃ知るわけないか。いや、さすがに俺もリアルタイムじゃ知らないんだけど、四十七年前に北部信州大学の学生が集団リンチ事件ってのを起こしてさ。知ってる?」

比嘉も春菜も首を傾げた。

「だよな、知らないよな。学生運動が盛《さか》んな頃で、地元大学の学生十人が行方不明になった事件なんだけど」

「その事件の犯人が教会に隠れていたんですか?」

春菜が訊くと、

「そうじゃないんだ」

と、井之上は言った。

「話はもっと複雑で、ていうか、結局のところ事件は解決していないんじゃないかと思う。俺もさ、今回のことがあったんで、ちょっと調べてみたんだよ」

井之上は自分のスマホを確認し、よくわからないんだけど、と前置きした。

「ええと……一九七一年の暮れ。北部信州大学文学部の四年生を中心とする考古学サークルの、女子学生二名と男子学生八名のグループが、冬休み、合宿に向かうと告げて忽然《こつぜん》と姿を消したんだ。家族から捜索願が出されたのは正月明け。七日に戻る予定だったのに、誰も帰ってこなかったからだ」

「あ……なんか、ミステリー番組で見たことがあるような」

比嘉が言う。

「でも、ぼくも詳しいことは知らないですよ。たしか、独《ひと》りだけ生き残ったというような話だったんじゃ」

「私は全然知らないわ」

無理もないと井之上は言った。

「明けて一九七二年の二月。軽井沢駅に異様な風体の男が現れた。数メートル離れていても鼻をつまみたくなるほどの悪臭。髪も髭も伸びきって、肌は雪焼けで真っ黒になり、ジャンパーに雨合羽を重ねて着ているだけで、手荷物はナシ。不審に思った売店の店員が軽井沢署に電話したが、最寄りの交番から警察官が着く前に男は姿を消したんだ」

「それが生き残った一人?」

春菜が訊くと、井之上は「そうだ」と言った。

「ハイジャック、爆破事件、当時の日本ではテロ組織が暗躍して、不審者に過敏になっていた。結局、男は長野駅で列車を降りて、切符とメモを残して消えた。メモには、浅間山麓の山小屋付近で仲間が死んでいるから見つけてほしいと書かれていた」

なぜなのか、春菜は背筋がゾッとした。

「え、それは本当の話なんですか？」

と比嘉が訊く。井之上は答える代わりに比嘉を見た。

「メモに基づいて現場を捜索したところ、山小屋で二人、近くの森で三人、林の中から土に埋められた状態で四人の、計九人の遺体が発見された。いずれも行方不明の学生たちだった」

「それってどういうこと」

春菜は眉間に縦皺を刻んだ。

「合宿に行って遭難した？　生き残った一人は、仲間の遺体と一緒にいたってことですか？　よくあるオカルト話みたいに」

「長野駅で消えた男は翌日、県町付近で保護された。それがこの教会だ」

ちょうど柄沢がコピーを終えて、図面の束を持ってきた。井之上は一セットを比嘉に渡すと、「ところが話はそれで終わらなかった」と言った。

「浅間山麓で見つかった死体だが、少なくとも土に埋められていた四人は暴行を受けていた。保護された男は植木浩三という四年生で、彼の供述によると十人は考古学サークルのメンバーだったが、夏休みにシリアの発掘現場へ研修に行き、生の宗教遺跡に触れたことで終末思想に取り憑《つ》かれ、心に怒りが巣喰うようになったという。彼らは体制を憎み、世界を変えようと考えた」

「終末思想ですか？　物騒《ぶっそう》ですねえ」

カルトンケースに図面をしまいながら比嘉が言う。

「学生闘争とか赤軍派とか、思想主義が流行《はや》ったというと語弊があるけど、情勢不安定な時代でもあった。合宿というのは建前で、武装訓練のために山へ入ったらしいんだ。事実、山小屋に残されていた遺品からは、火薬や、手製の武器なども見つかったらしい」

「学生たちがテロを計画した？　あれってそんな話でしたっけ？」

比嘉は目を丸くした。

「学生の集団リンチ事件として報じられただけで、それ以上のことは語られてこなかったからね。俺も詳細を知らなかったよ。でも、今どきは、こういうのを調べてサイトにアップしている人がいるから、その受け売りなんだけど……。一応、図書館で当時の新聞記事も読んでみたけど、カルト的な思想にかぶれた学生たちが山に入って、グループを抜けようとした者を崖から落としたり、粛清と称してリンチを加え、木に縛り付けたまま放置して凍死させたと書かれていたよ。植木という男が状況を知らせようと山小屋を逃げ出したんだが、警察が踏み込んだときには生存者二名も死んでいたという」

「でも、それっておかしくないですか？　助けを呼ぼうとしていたのなら、軽井沢駅で交番に届ければいいじゃないですか。その人はなんで逃げたの？　メモなんて紛らわしい」

憮然《ぶぜん》として春菜が言う。

「俺もそう思う。そこも含めてこの事件には謎《なぞ》が多い。彼らは避難用の山小屋に籠《こ》もって、水も食料もほとんどない生活を二ヵ月近くも続けていた。訓練のためとはいえ、やっていることがあまりに拙いし、諍《いさか》いの理由もよくわかっていないんだ」

「生き残った一人が保護されたのがこの教会で……でも、それってオバケ屋敷とは何の関係もないですよね。死んだ仲間の幽霊が彼に憑いてきて、その後は教会に出るようになったとでも？」

馬鹿馬鹿《ばかばか》しいというように、春菜は胸の前で腕を組む。

「そうじゃない。事件はその後、教会でも起きたんだ」

四角で描かれた平面図を、井之上は再びテーブルに載せた。

「この平面図は設計士が描いたものではなく、事件概要を伝える目撃者のメモだと思う。それを平面図代わりに渡された。スケールがバラバラだしね」

「事件って……なんかいま、ザーッと鳥肌が立ったんですけど」

比嘉は真面目《まじめ》な顔つきになり、改めて平面図を覗き込んだ。春菜も一緒に図面を見る。はじめはただの下手くそな四角と思ったが、目を凝《こ》らしてよく見ると、四角い枠のほかに文字や絵のようなものがうっすらと描かれていたようだ。エンピツ描きのものをコピーしたため、よけい不鮮明になっているのだろう。絵はシミのようでもあり、切れ切れで、何を描いたものかわからない。

「あの教会は正真正銘の事故物件だ。それが証拠に、何度競売にかかっても売れなかった。一等地で敷地も広いし、古いが洒落た建物だろう？　それでも誰も近づかなかった。曰《いわ》く付きの場所だったからだ」

井之上はスマホを操作して、黒い壁紙のサイトを出した。

それはオカルトがらみの事件をまとめたサイトで、ポルターガイストで有名なエンフィールド事件や、悪魔の棲《す》む家として映画になったアミティヴィル事件などの記事が載せられている。バナーのひとつを開いてから、井之上はスマホをテーブルに置いた。

【消えた牧師とふたつの首　――オリバー・ガード事件――】

黒い壁紙をバックに赤文字が表示されるので、読みにくいことこの上ない。

仕方なく春菜がスマホを取って、小声で記事を読み上げた。

「1972年7月23日。日本のとある小さな教会で、牧師の妻と幼《おさな》い娘が殺害されているのが発見された。

この教会に赴任していた牧師はイギリス人のオリバー・ガード（45）。温厚で聡明《そうめい》、熱意ある牧師として教会本部からも信者からも厚い信頼を得ていた。彼には日本人の妻やよい（34）と7歳になる一人娘のアンナがいた。

23日の朝、信者たちは日曜礼拝に参列するためにこの小さな教会を訪れ、礼拝堂の十字架やマリア像が血で穢《けが》されているのを見て戦慄《せんりつ》した。床にはおびただしい血痕《けっこん》があり、それは祭壇の前で消えていた。信者らは牧師を呼びに走り、そして惨劇を目の当たりにする。事務仕事用の参事室に、妻の首なし死体が転がっていたのだ。通報で駆けつけた警察官はさらに、寝室のベッドで首を切り落とされた娘の死体を発見した。

オリバー牧師の姿はなく、2人の首も見つかっていない。

信者によると、オリバーは事件の数ヵ月前から奇行が目立っていたという。

教会は周囲に邸宅が建ち並ぶ高級住宅地にある。オリバーは真夜中に突然大声で叫びだし、奇声を上げながら敷地を徘徊《はいかい》することがあったというのだ。妻はオリバーの精神状態を案じ、信者の医師に相談するなどしていたという。

事件後に赴任してきた牧師は、首のない母子や行方不明の牧師の幽霊を見たと言って3日で逃げ出し、以降、この教会は、立ち入る者を取り込んで帰さない呪いの教会と呼ばれるようになった。

何人が教会に立ち入って、何人が行方不明になったか詳細は不明だが、1980年6月。噂を聞いて現地を訪れたオカルト研究家のチーム4人が敷地内で事故に遭い、2名が死亡、1名が重傷、1名が精神疾患に陥《おちい》った。生存者2名は多くを語らず、実際に何が起きたか明かされていない。2015年現在、オリバー・ガードの消息は不明のままだ」

「うわ……マジですか」

比嘉は大真面目に顔色を変えた。

「つまり、なに？」

春菜は中空を睨んで人差し指を振り上げた。

「約五十年前にリンチ殺人を起こした大学生カルト集団の生き残りが教会へ逃げ込んで、数ヵ月後には教会でも殺人事件が起きてオバケ屋敷と呼ばれるようになり、真偽を確かめに入ったオカルト研究家のチームも事故に遭い、誰も近づかなくなった建物ってこと？筋金入りの事故物件じゃないの」

そんな建物を買うなんて、と、春菜はパグ男に呆れてしまう。

「じゃ、この平面図は、奥さんと娘さんが殺された事件現場のスケッチなのね」

そういうつもりで図面を見ると、シミのような薄い線が人の形に見えてくる。

「うわー……なんかいろいろとエグいですねぇ。大丈夫なのかな、長坂先生。筋金入りの事故物件どころか、最恐物件じゃないですか」

比嘉は自分の二の腕をさすった。

「まあね。あれがファントム物件だってことは、知っておいてもらいたい」

井之上は春菜からスマホを回収した。

「黙っているのもアンフェアだから話したけどさ、俺もまだ現地へ行ってないんだよね」

興味が湧いたかと井之上が訊くので、いいえまったくと春菜は答えた。

「なんでそんなところを事務所にするのか理解できない。パグ男は根性が腐っているから、そういう場所に呼ばれちゃうのよ。きっとそうだわ」

「本当は、高沢みたいに『信じない』人間が営業するほうがいいんだけどな。正直いって、俺はちょっとビビっている。こういうのはやっぱり怖いよ」

「ぼくもです」

井之上と比嘉は一緒に春菜を振り向いた。

高沢春菜は、超常現象、心霊ミステリー、オカルトなどに、これっぽっちも興味を持たない女であった。建築がらみの現場では地鎮祭や安全祈願祭などを取り仕切る機会も多いのだが、それらは形式上の気休めに過ぎないと考えていた。わずか三年前までは。

「私は因縁《いんねん》物件に好んで関わろうとする長坂所長の気持ちが理解できないだけで、『信じない』なんて言っていませんよ。だって、どうするのかしら、天井裏から生首がふたつ出てきたりしたら」

春菜は大真面目だったが、比嘉は泣きそうな顔をした。

「やめてくださいよ。縁起でもない」

腰が引けそうな比嘉を見ると、井之上が慌ててフォローする。

「一応、工事に入る前に轟がお祓《はら》いをするそうだ。でなきゃ職人が来てくれないからな」

「お祓いの費用は長坂所長に請求するべきですね。神事は施主の持ち分なんだから、うちが負担しちゃダメですよ」

春菜は井之上にダメ出しをした。

因縁や祟《たた》りなどナンセンスと思っていた春菜だったが、様々な物件と関わるうちに変化して、今ではこの世に不思議があることを否定しない。不思議なことは実際にある。それはわかっているのだが、なんでもかんでもオカルトに結びつけるのは好きじゃない。事象の謂《い》われと現象の不思議は、可能な限り中立且《か》つ公平な立場で見極めるべきだという信念だ。そういう気持ちで話を聞いても、やはりこの物件は凶だと感じる。傲慢不遜《ごうまんふそん》な人間は、敢《あ》えてそういう物件に近づきたがる。事象の因《いん》に心を砕《くだ》かず、感じても気づかぬふりをして、因縁の上位に立ちたがるのだ。

この教会に関して言えば、最高の立地にありながら五十年近くも放置されてきたことが、すでに障《さわ》りの深さを物語っているではないか。

「高沢が言うのはもっともだがな……どうも、あの先生は苦手でなあ……」

井之上がため息まじりに春菜を見る。

春菜はアイスコーヒーのグラスを片付け、そそくさと応接ブースを逃げ出した。

其の二

オリバー・ガード聖教会堂

長坂建築設計事務所の移転工事が始まった七月初頭、春菜は別物件の営業で信濃《しなの》歴史民俗資料館を訪ねていた。郊外に広大な敷地を持つ信濃歴史民俗資料館は、県の観光スポットでもある国宝善光寺《ぜんこうじ》の来歴を含め、石器時代からの土地の成り立ちをわかりやすく展示している博物館だ。施設オープン時に井之上が企画に関わったこともあり、アーキテクツはデザイン上の様々な相談にのっている。

「だからって、仕事に直接結びつかないのが玉に瑕《きず》」

文句を言いつつ、春菜はバッグを持って車を降りた。

資料館の駐車場はそれなりに広い。交通の便が悪く、バスや車でなければ立ち寄りにくい立地だからだ。周囲は長閑《のどか》な田園地帯で、ニイニイゼミが鳴いている。陽射しがアスファルトから照り返し、山々の向こうに入道雲が湧いていた。

巨大な資料館のエントランス脇にはくるぶしほどの深さの水場があって、小さい子供が遊んでいた。水は近くの小川から引き込んでいるもので、つながる池には鯉《こい》やウグイが泳いでいる。

「こんにちは」

日陰に座るママたちに声をかけ、資料館のロビーへ急ぐ。受付で学芸員の小林寿夫《こばやしひさお》先生を呼んでもらうと、受付の女性は彼に内線電話をしてから、

「どうぞ、『入ってください』とのことです」と微笑んだ。

小林寿夫は北部信州大学の教授職を定年退職後、ここの学芸員になった民俗学者で、今も「教授」の愛称で呼ばれている。老いてなお向学心は衰えず、興味のある事柄《ことがら》に出会うと寝食を忘れて没頭してしまう。彼とは登録文化財の仕事で知り合い、その後も仕事上のパートナーとして三年近くの付き合いになる。春菜は受付の女性に礼を言い、ロビー脇のスタッフ用通路へ向かった。

フィールドワークが好きな小林教授は、資料館の講演会や展示企画のプランを立てるとき以外は何かと理由をつけて消息不明になりたがる。今日はたまたま館内にいたが、呼ばれて打ち合わせに来てすらも、すっぽかされたことが何度もあるのだ。『Staff only』と書かれたドアの向こうは細長い廊下で、脇が職員用の図書室になっている。小林教授の席は事務室にあるのだが、そちらのデスクは教授の資料で埋めつくされて、パソコンを開くスペースもない。よって教授は図書室の六人掛けテーブルをふたつ占領して、いつもそこで作業をしている。本人の弁によれば、図書室には内線電話が一機しかないので、他者にかかってくる電話や打ち合わせの声などで気が散らなくてよいのだそうだ。

図書室のドアをノックすると、中で「どうぞ」と声がした。

「失礼します」

山と積まれた本や資料や箱の間にちょこんと座る人がいて、鼻に載せたメガネの縁からこちらを覗く。夏でも冬でも灰色の作業着を着て、学者というより校務員さんのような小林教授だ。

「忙しいのにすみませんねえ、春菜ちゃん」

いつからか、小林教授は春菜をちゃん付けで呼ぶようになった。学芸員と営業の間に『なあなあ』の関係は相応《ふさわ》しくないのだが、教授と春菜はなんというか、クライアントと営業ではなく、『組』のような関係だ。共に怪異に立ち向かってきた仲間といえばいいのだろうか。いつにも増して散らかったテーブルを見下ろし、春菜は目を丸くした。

「なんなんですか、この有様《ありさま》は」

小林教授は悪びれもせずに席を立ち、まっさらなテーブルを選んでその椅子にかけた。さほど広くない図書室には、六人掛けテーブルがあと四つしかない。教授は春菜を誘ってから、腰の手ぬぐいで額を拭いた。

「今日は暑くなりそうですねえ」

この有様についてはスルーである。

春菜は教授の向かいに座り、営業用バッグを膝に載せた。中をかき回して話を進める。

「今度は何を調べ始めたんですか？　いえ、別に興味はないですけど」

教授にとって民俗学は、学問であると同時に趣味でもある。よって下手な質問をしてスイッチが入ると、延々と蘊蓄《うんちく》を聞かされる羽目になる。春菜は早速企画書を取り、教授の前に差し出した。大雨の日にオフィスで練っていたプランである。

「ざっと企画を立ててきました。早くしないと夏休みが来ちゃいますけど」

長野市の夏休みは総じて短い。小中学校が休みに入るのはだいたい七月最終週からだ。

「そうなんですねえ。毎年毎年、このシーズンは憂鬱《ゆううつ》ですよ」

春菜が教授に相談されたのは、夏休み用展示プランの一部である。補助金で建造された大型施設は常設展示に巨額を投じるため展示物の入れ替えが難しく、リピーターが望めないという弱点を持つ。人口の少ない地方都市では特に、開館から年数が経つにつれ来館者が減る傾向にある。よって常に目新しい企画が必要になってくるのだが、そもそも運営側に奇抜な感性がないので、企画を集客につなげることが難しいのだ。そこでアーキテクツのような専門業者の出番になるが、学術的価値が高い資料や美術品などを収蔵、展示し、広く来訪者に開示しつつ、本来は研究施設でもある博物館には、企画展示のアイデアに支払う予算がないのが現状で、春菜が時間を費やした企画プランはノーマネーの奉仕ということになる。

パソコンや大型プリンターの普及によって、最近では博物館が自費で展示用のパネルなどを作れるようになってきた。利潤の薄い仕事に関わっていても仕方がないので、企業側も『自分でできることは自分でやっていただく』ことに異存がない。ではなぜ奉仕でプランに関わるのかと言えば、こうした営業を続ける中で、改修改築等の大型受注を拾うチャンスがあるからだ。築年数が経った施設は必ずリニューアルのときが来る。お金にならない仕事をフォローしながら、春菜はチャンスを待っているのだ。

「『原始の村でお泊まり体験』……ですか」

企画書に羅列された文言を読みながら、教授が言う。

「これは科野《しなの》の森でやるのですかね？」

信濃歴史民俗資料館は発掘調査時の発見によって建てられた。畑だった場所を掘り返してみると、土中から古墳時代中期のムラが出たのだ。井之上らのアイデアで、当時のムラを再現した公園が展示公開されていて、科野の森と呼ばれている。

「竪穴《たてあな》式住居に泊まって原始の生活を体験させる企画です。申し込み受付が必要だし、参加人数も限定になりますが、子供たちにはいい思い出になると思うんですけど」

小林教授は首を傾げた。

「それはちょっと大変ですねえ。あそこは夜間照明もないですし、川も流れていますから」

事故が起きては困るというのだ。その一言で、お泊まり体験は却下である。

「『川中島合戦に見る布陣と謂われ』これはちょっと面白そうです。でも、夏休みの子供をターゲットとするにはどうですかねえ。ゲーム仕様にできれば別ですが、それだと博物館の活動からは外れてしまいますしねえ」

プランは次々に却下されるが、春菜はずっとニコニコしている。

プランを提出するときは、本命ひとつに注力し、腹案をもうひとつ、あとは飾りで二案ほど出すのがよい。渾身《こんしん》のプランを一点だけ提出すると、クライアントは手抜きされたように感じてほかのプランも見たいと言い出す。そして結局話が決まらず、ぐだぐだになってしまうのだ。反対に多数のプランから選んでもらうと、割合スムーズに話が進む。数々の案を反故《ほご》にすることで、クライアントが申し訳なさを感じて話を進めようと前向きになるからだ。プランの却下は織り込み済みなのである。

「『昔の夏・今の夏』地味なタイトルですが、これはなんですか?」

案の定、小林教授は隠しプランのひとつに食いついた。

「元号も新しくなったので、たとえばですが、子供たちには遠くて、大人には近い昭和の夏と、令和の夏を比べてみるプランです。小林教授は民俗学に造詣《ぞうけい》が深いので、昭和の子供たちが過ごした夏の行事など、具体的に再現できるのではないかと思って」

「ほうほう。つまりは夏ゴトの体験というわけですか」

「夏ゴトって……?」

教授はニッコリ顔を上げ、立っていって図書室の棚から書籍を一冊抜き出してきた。

「これは柳田国男《やなぎたくにお》先生や折口信夫《おりくちしのぶ》先生に師事した斉藤武雄《さいとうたけお》さんという民俗学者が記した書物なのですが、信州の年中行事をまとめています。そのほとんどは、今では見ることがなくなってしまいましたがねえ」

でた。と、春菜は心で思った。小林教授にスイッチが入ったのだ。

「冬の行事は冬ゴトで、夏の行事は夏ゴトと言います。冬のこと、夏にやること、というような意味合いでしょうか。当時、日々の生活は農耕と深く結びついておりましたから、たとえば夏ゴトは八十八夜に始まります。節分《せつぶん》の次の立春《りっしゅん》から数えて八十八日目。今で言いますと五月の頭になりますか。この頃には霜が降りなくなるので、これを目処《めど》に田畑の種まきをしたのです。養蚕《ようさん》の盛んだった地域では、蚕神《かいこがみ》様のお祭りをしたようですね」

「そういう話を今の子供たちは知らないと思うんです。もちろん私も知らないけれど」

脱線しないように話題を戻したが、小林教授は止まらない。また別の書籍を引っ張り出して、繭玉《まゆだま》の写真を春菜に見せた。

「更埴《こうしょく》の蚕影《こかげ》神社では、村内の家々から米を集めて繭玉を作り、竹に挿して参拝人に配ったりしました。祭りの日が晴天ならば桑の相場が下がると言われ、若い男女が神社に集まって飲み食いするなど、見合いの役目も果たしたようです」

さすがに子供たちが見合いするわけにはいかないが、繭玉作りなどは喜んで参加するだろう。子供の頃の祭りの記憶は、妙になまめかしく神秘的だ。

「そういえば」

　小林教授は人差し指を振り上げた。

「桑つながりで思い出しましたが、夏ゴトにはキヌヌギというものがありました。春菜ちゃんは、聞いたことがありますかねえ？」

「いいえ全然」

「コロモガエというほうがよろしいでしょうか。そのように称する地域もありますが」

「それなら知っています。夏服に替えることですよね」

　我が意を得たりとばかりに、小林教授はニンマリ笑う。

「そうですそうです。ところがですね、キヌヌギとコロモガエは本来別のものでした。キヌヌギの頃にコロモガエをするので混同されるようになったのですね。信州の山間部だと、キヌヌギは五月の十五日、北安曇《きたあずみ》などでは六月の一日とされまして、これは人間が年に一度だけキヌを脱ぐ、つまり脱皮する日と思われていたのです。面白いですねえ」

　春菜は思わず眉尻《まゆじり》を下げた。

「人間は脱皮しませんよ」

「さあそこです。目には見えないだけで、人も蚕や蛇のように、年に一度はキヌを脱ぐと信じられていたのですよ。その日は桑の木の下に行ってはならないとも言われていました。桑の葉の露に濡れるとキヌが脱げなくなってしまうという迷信からですね」

小林教授は得々として先を続けた。

「朝早く蓑《みの》を斜めに敷いて、その上に横になっていると、女がキヌを脱ぐ姿が見えるともいいました。キヌヌギと桑の関係ですが、この時期は蛇の脱皮した皮が桑の木などにかかっているのを目にするために、桑の木と結びついたと思われます。さて、ではなぜキヌヌギの風習が広まったかといいますと、ここが面白いのですがねえ」

教授は本を小脇《こわき》に抱え、人差し指を振り上げた。

「キヌヌギには、麦の刈り入れ準備のために体を休める意味合いがあって、忌《い》みこもる日とされたのですよ。今と違って、昔は休むことが怠けることに思われたので、強制的に、休む日、休んでいい日を作ったというわけです。六月一日を『年重ね』といって、この日にまた年を取り、災厄をやり過ごしてしまおうという考えなどもあったんですよ」

「え」

春菜は教授の話に反応した。

「一年に二回年を取る？　そうすれば災厄をやり過ごせるんですか？」

人間が蛇のように脱皮するという考えではなく、災厄をやり過ごせるという話に感じたのだ。もしもそれができるのならば……。

小林教授は顔を上げ、春菜の顔を見て訊いた。

「もしかして春菜ちゃんは、仙龍《せんりゅう》さんのことを考えましたかね？」

見透かされて春菜は目をパチクリさせた。そのとおりだった。春菜は片思いの仙龍のことを、その寿命を延ばす方法を、懸命に追い求めているのであった。

鐘鋳《かない》建設の社長を務める仙龍とは、小林教授が縁で知り合った。

鐘鋳建設は建造物を壊さずに移動させる曳家《ひきや》を生業《なりわい》としているが、その実は因縁を抱えた建物を曳家で浄化する隠温羅《おうらりゅう》流の技を伝える特殊な会社だ。その特殊さゆえに、建物の声を聞く導師の寿命は四十二歳と定められている。隠温羅流の導師を務める仙龍に、春菜はぞっこんなのだった。

「厄年程度は年重ねでやり過ごすこともできましょうが、仙龍さんの場合はどうですかねえ。余計に年を重ねてしまって、齢《よわい》四十一で命運尽きることも考えられそうですが」

「縁起の悪いことを言わないでください」

小林教授は苦笑した。民俗学者の彼だからこそ、隠温羅流の因縁はよく知っている。春菜は小林教授を『仙龍組』の仲間だと思っているが、その組に欠かせないのが仙龍と、部下のコーイチ、そして雷助《らいすけ》和尚という生臭坊主《なまぐさぼうず》だ。彼らとは、たまさか因縁物件に関わる羽目になったときだけ仕事をする。いかに恋心を募《つの》らせようとも仕事以外の縁はつながっておらず、前に仙龍と会ってから、すでに二ヵ月以上が経過していた。

「仙龍やコーイチは元気ですか?」

「さあ、どうでしょう。科野の森の改修工事も終わりまして、私もその後はお目にかかっていませんので」

夏休みの企画は昭和の夏を体験させるプランであっさり決まった。

あとは売り上げにつながるかどうかだが、仕事は入札次第ということになる。

ただし、会計課が価格重視で発注し続けたことで安かろう悪かろうの展示が続き、来館者を大きく減らしたこともまた事実。今期からは入札価格に内訳もつけることになったので、企画発案者の春菜に分があるとも言える。大した金額にはならずとも、プランに費やした時間くらいは元を取るのが営業だ。方向性が決まったので退散しようと席を立ったとき、春菜のスマホに着信があった。

「どうぞ。出てください」

教授が言うので、会釈して電話を取った。

――高沢。大変なことになった――

電話は井之上からだった。

――長坂先生の現場で事故だ。比嘉くんが指を落として病院へ――

「えっ」

春菜は思わず大声を上げた。

「指を落としたって、切り落としたってことですか？」

デザイナーが現場で事故に遭うなど、普通なら考えられない。

――丸鋸《まるのこ》が当たって、右手の人差し指と中指を。轟が拾って病院へ持っていった。今、手術中で……――

井之上は疲れた声でため息をついた。

人差し指と中指を……しかも利き手の。痛々しさに春菜は身震いをした。

「どうして……」

現場を最恐の因縁物件と呼んだのは比嘉本人だ。

「井之上部局長は今どこに？」

――病院だ。事故が起きたと長坂先生に伝えたところだ。先生はカンカンになって怒っている――

「はあ？　怒るより先に比嘉さんを心配するべきでしょう」

春菜の怒りに頓着《とんちゃく》せず、井之上は本題に入った。

――すまんが高沢、菓子折りを持って先生のところへ飛んでくれないか。こっちは事故の検証と病院の対応で手一杯だ。とにかくすぐに顔を出して、俺と社長が改めて説明に行くと伝えてほしい。こういうことは先手必勝だからな――

どうして私が、とは、さすがの春菜も言えなかった。

比嘉は子供が生まれたばかりだし、受けていた仕事の補償や手配、何よりけがが心配だ。指は無事にくっつくだろうか。その間の仕事をどうすればいいのか。奥さんや、比嘉のクライアントへの連絡など、しなければならないことは山積みだ。

「わかりました。すぐに行きます」

春菜はそう言って電話を切った。

「どうしたのかね?」

尋常ではない春菜の様子に、教授が心配そうに眉根を寄せた。

「いま長坂所長の新事務所を手がけているんですが、そこで外注のデザイナーが事故に遭ったと」

「事故、それはいけない。大丈夫かね」

「利き手の指を二本落としたそうで、今、病院へ」

「指を落とした? どうして」

「丸鋸の刃が当たったとかで」

小林教授は首をすくめた。

春菜は続ける。言わずにはいられなかったのだ。

「こんなことを言うのはあれですが、長坂所長が買ったのは事故物件なんです。よせばいいのに会社決済で工事を受けることになっちゃって。私は現場を知らないんですが、井之上の話を聞いただけでも、ちょっと危ないんじゃないかなと」

「曰く付き物件だったのですか？」

「古い教会らしいです。明治期の建物で、官公庁のあたりにある」

「まさか、オリバー・ガード聖教会堂のことを言っているんじゃないでしょうね」

「ご存じなんですか？」

春菜は小林教授の顔を見た。

「知っているも何も、あそこは大学の近くでしたから。春菜ちゃんこそ、よくあの教会のことを知っていましたね。いえ、オリバーガード聖教会堂というのは俗称で、正式名称は『長野聖教会堂』というのですがね」

そう言えば、教授はその大学で教えていたのだ。

「事件当時、大学に？」

「いましたとも。私はまだ学生で、大学院にいましたよ。事件があった頃ですね。月曜に大学へ行くと、中央通りから先が通行不能になっていました。パトカーがものすごく来ていて、物々しくてですねえ……あの事件はたしか、未解決なんですよ」

「それじゃ、その少し前に軽井沢で起きたリンチ事件のこともご存じですか？」

「もちろんです。亡くなった九人のうち何人かと面識がありましたしね、たったひとり生き残った植木くんというのが後輩でした。植木くんもほかの学生も、温厚で尖《とが》ったところのない人たちで、だからあの事件に関しては、様々な噂が立ったんですよ」

「どんな噂ですか？」

「悪魔に取り憑かれていたという噂です」

「悪魔ですか？」

それはあまりに現実離れしたフレーズだった。祟《たた》りや幽霊は信じて悪魔は信じないと言う気はないが、小林教授の口から悪魔という言葉が出るとは思わなかったのだ。

「リンチ事件の少し前ですが、同じメンバーがシリアへ出かけていたのです。現地の発掘調査に参加するためでした。掘り出されたのは神殿で、古代の神を祀《まつ》っていたといわれます。それで、そんな噂が立ったのですねえ」

「古代の神？」

「地中海とヨルダン川、死海に挟まれた地域は、旧約聖書の時代から特別な場所として知られています。その地域では天候の神アダドを信奉していましたが、この神はしばしば旧約聖書に出てくる異教の神バアルと関連付けられています。異教の神、つまり悪魔のことですが」

「そこへ行ったから取り憑かれたんですか？」

「発掘調査から戻って以降、彼らの様子が変わったというので、そのようにこじつけたのでしょう。事実、考古学サークルは思想的に傾いていき、悲惨な事件を起こしました。それもこれも、若さゆえのことだったとも思われますが」

小林教授は苦笑した。

「リンチ殺人と教会の殺人は、わずかな間に連続して起きたのですよ。植木くんが逮捕前に話をしたのがそこの牧師と家族だったこともあって、そんな噂が囁かれたのです」

小林教授はメガネを外して手ぬぐいで拭き、独り言のように呟いた。

「そうですか、長坂先生があの教会をねえ……と、いいますか、私はてっきり事件の後で取り壊されたものだとばかり……」

またメガネをかけてから、教授は、

「春菜ちゃん」

と意味ありげな顔で春菜を見た。

「その教会ですが、今もまだ残されているわけでしょうか」

「残されてはいるようですが……え、まさか……教授」

教授の意向に気がついて、春菜は思わず絶句した。営業に来て、こんな展開になるとは思わなかった。

「建物を見たいと思っているのなら、やめたほうがいいですよ。今の持ち主はあの長坂所長だし、早速事故が起きたんですよ？　信じられない」

「たしかにそうです。でも、春菜ちゃんは現地へ行ってみたのですよね？」

「行ってません。長坂所長とは根っから気が合わないので、行くこともないと思います」

「そうですか。残念ですねえ」

教授は叱られた子供のように眉尻を下げた。いかにも悲しそうな顔をする。

「でも……どうしてもというのなら、弊社の轟が現場監理をやっているので、先生から長坂所長に話をしていただければ、見られないことも……ないかもですが」

「おや、そうですか？」

比嘉のことなど忘れたかのように、教授はとたんに両手をさする。

「カメラ……カメラをどこに置きましたかねえ。ああ、それと、植木くんの連絡先がわかったかな……当時はそのまま収監されて、彼から詳しい話を聞かずじまいだったんですよ。仲間を九人も亡くしたんですからねえ、ぼくらも腫《は》れ物《もの》に触る感じになってしまって。あの事件のことは、ずーっと気になっていたのです」

教授はそうかもしれないが、今は比嘉の一大事である。散らかり放題のテーブルをかき回し始めた教授に、春菜は冷たく頭を下げた。

「とにかく、今日のところは失礼します」

「そうですね。事故の件が落ち着いてからにしましょうかねえ。いえね、怖い事件があったとはいえ、あの建物は貴重です。まだ残されていたとは思いもしませんでしたから、初恋の彼女にまた会えたような気がしますねえ」

教授の初恋に興味はない。

長坂の仏頂面を思い浮かべて、春菜はため息まじりに図書室を出た。

長坂パグ男の好物は、長野市若穂綿内《わかほわたうち》にある老舗菓子司《しにせかしつかさ》二つの店のあんどら焼きだ。しかも二店舗それぞれにお気に入りが違っていて、峯村清月堂《みねむらせいげつどう》ではコーヒー味の『あんバタードら焼き』を、東洋堂《とうようどう》製菓舗ではプレーンの『どら焼き』を好む。いずれも人気店で売り切れ必至ながら、この時間ならまだ買えるかもしれない。駐車場からふたつの店に電話をかけて、春菜は長坂の手土産を確保した。

新規事務所が完成するまで、長坂は師事した先生の事務所にいる。長坂のボスは、有能な建築士や素晴らしい建造物を数多く世に送り出した大先生だが、高齢ゆえに事務所を構えての営業を終え、今後は細々と善意の仕事を続けていくらしい。アーキテクツが長坂と関わることになったのも、この大先生がいたからだ。

その先生の総合事務所は市街地から少しだけ離れた場所にある。手入れの行き届いた植栽に隠れるような木のドアが、設計事務所の入口だ。ドアを開けると八畳ほどのロビーがあって、先生の娘さんが受付をしている。

「お世話になっております。株式会社アーキテクツの高沢ですが、長坂先生にお目にかかりたくてお邪魔しました」

丁寧にお辞儀をして用件を告げると、

「こちらこそお世話になっております。少々お待ちいただけますか？」

そう言って内線電話をかけてくれる。春菜の来訪を相手に告げて、

「どうぞ。長坂は四番でお待ちしています」

ロビーの先を手で示した。

ロビーは長い廊下に直結していて、片側に打ち合わせ室が並んでいる。部屋は一番から八番まであって、その先が合同の広い設計室だ。この場所で働く設計士は十人以上いるといい、手がけている物件の内情を漏らさないために、打ち合わせは打ち合わせ室のみで行われるシステムだ。廊下の片面はガラス張りで、庭に植えられた木々の緑が透けて見える。決して広い敷地ではないが、植栽に覆われた庭がどこまでも続いているように錯覚させる巧《たく》みな配置と造形だ。

美しい廊下を歩きながら、春菜はしきりに深呼吸した。

今日の自分は井之上の代理で長坂に会う。とことん下手に出て、彼を怒らせないようにしないといけない。そのことを、自分自身に言い聞かせながらいく。

四番打ち合わせ室の前で襟を直し、洋服の埃《ほこり》を払って姿勢を正す。ノックすると、

「どうぞ」

と、長坂の不機嫌そうな声がした。

「失礼します」

　頭を下げてからドアを開ける。テーブルと椅子と小さな窓と、竣工した建物の写真が飾られているシンプルな打ち合わせ室に、長坂はふんぞり返っていた。

「長坂先生。このたびは……」

　さらに深く頭を下げたとたん、長坂の罵倒《ばとう》が降ってきた。

「アーキテクツさん！　おたくはどういう監理態勢を取っているんだ。ぼくの事務所を血で汚しやがって」

　このたびは、から先を言わないうちに、長坂は機関銃のように悪態《あくたい》を発射した。けがをした比嘉や、現場にいた職人へのいたわりはまったくナシだ。春菜は頭を下げたまま、砲弾の雨が止むのを待った。

「だいたいが、未熟な木《こ》っ端《ぱ》職人を使うからこういうことになるんだよ。今まで聞いたことないよ？　丸鋸を空中で振り回すなんて。言っておくけど物件の引き渡しが済むまでは現場監理者の責任だからね、ぼくのほうでは補償はしない。値切ったわけでもないのに、きちんとした職人をよこさないなら、こっちにも考えがあるが、どうする？　あ？」

　そう言っておいて長坂は、

「もっとも、こんなことを春菜ちゃんに言ってもしかたがないよね？　きみ本人が下《した》っ端《ぱ》の、ただの営業なんだから」

小鼻の脇に皺を寄せて春菜を嗤《わら》った。

入口で頭を下げたまま、それでも春菜は動かない。

ドアが開いたままなので、長坂の罵倒は廊下を通してフロア中に聞こえている。春菜の背後をほかの設計士が通ったが、それでも春菜は動かなかった。

「もういいよ。きみが来たって何の役にも立ちやしない。話にならない。帰れ、帰れ」

ところがそうはいかないのだった。このまま帰れば長坂は、アーキテクツは仁義に悖《もと》ると言いふらすに決まっている。

「監理不行き届きの責任は弊社にあります。本来ならば部局長の井之上が社長と共にお詫《わ》びに伺うべきところではありますが、先《ま》ずはケガ人の大事を取りましてから、改めてお詫びに……」

話している途中で長坂は突然席を立ち、春菜の脇まで歩いてきて、これ見よがしにドアを閉めた。春菜は長坂と二人になった。

「ご不快な思いをさせて申し訳ありませんでした。これ……先生がお好きな若穂綿内の」

「どら焼きじゃないか。さすがは春菜ちゃん、わかっているねぇ」

長坂はひったくるように包みを取った。

「別にもういいよ。春菜ちゃんに怒っても仕方がない」

ツカツカとテーブルに戻っていくと、どら焼きの包みを奥に隠した。

春菜はようやく顔を上げ、「申し訳ありませんでした」と、もう一度頭を下げた。あまり見たくもない顔だったが、ずっと目を逸《そ》らしているわけにもいかないので長坂を見ると、長坂は面白くてたまらないという顔でニタニタしていた。

「あのさ」

椅子にかけろとも、出ていけとも言わずに、ふんぞり返って春菜を見上げる。

「指が二本落ちたって？　デザイナーの人。大変だよねえ、治るのかな」

「そうであってくれればいいと思っています」

「それって春菜ちゃんのせいだよね？」

さすがに春菜は眉根を寄せた。

「は？　どうしてですか？」

「だって、ぼくは事務所のキープランを、最初から春菜ちゃんに頼んだんだから」

「ご依頼を受けた覚えはありません」

「直接じゃなかったけど、井之上くんには話したよ？　高沢さんをよこしてほしいと。でも、なんだったかな？　決算期で忙しいとか、山奥の小さな村のさ、慰霊堂だの供養塔だの、なんかそんな仕事に追われているとかで、手が離せなかったんだよね？」

たしかに一度は井之上から、担当しないかと打診があった。でも断った。それは忙しかったからではなくて、この男が嫌いだからだ。こいつと組むと碌《ろく》でもない目に遭うとわかっているし、長坂も同じくらい自分を嫌いなはずだと思っている。

「井之上は私よりずっと有能ですから」

「うん。それはわかっている」

長坂は笑った。そしてネチネチと文句を言った。

「でもさー……残念だよねー。こんな事故が起きちゃって。春菜ちゃん、そういうの得意じゃないか？　怪しい建築屋を引っ張り込んでさ、因縁物件だ、なんだかんだと難癖《なんくせ》つけて、上手に営業成績にする」

カチン！　と頭でゴングが鳴った。仙龍や隠温羅流を馬鹿にするなんて、さすがにそれは聞き捨てならない。春菜は引《ひ》き攣《つ》った笑みを浮かべて長坂に詰め寄った。

「まーたまた、長坂所長はご冗談ばっかり。私、所長の新しい事務所に関しては、何の情報も持ち合わせておりませんでしたのに。今回の事故が起きるまでは」

「なに？」

と、長坂は鋭く訊いた。自分に都合が悪いとき、威嚇《いかく》するように発するいつもの声だ。

「文化財的価値が高い物件を買われたそうですね？　さすがに目の付け所が違います」

「俺をバカにしてんのか？」

組んでいた足を床につけ、長坂は春菜を睨んだ。

「滅相《めっそう》もない。井之上から聞いていますよ。貴重な信州煉瓦で造られた明治期の建物だって。いずれ文化財に登録申請できるのではないかと」

因縁物件だという情報は、敢えて知らないふりをした。事件が起きたのは春菜が生まれるずっと以前だ。知らなくてもむしろ当然だと思う。

長坂はしばらく春菜を睨んでいたが、薄気味悪い笑顔を見せて、また足を組んだ。

「まあいいや。事故はぼくのせいじゃないしね。こっちとしては工期を守って指示どおりに仕上げてもらえばいいだけだから。それで、キープランなんだけど、予定どおり来週の頭には持ってきてよね」

「え……」

絶句する。ここで請け合えば春菜本人の責任になる。まったく関わりのない現場のことだ、何がどのように進行しているのか知りようもないし、答えようもない。

「では、轟にそのように伝えます」

苦肉の策でそう答えたが、長坂はそれでは済まさなかった。

「あれ？　お詫びに来ておいてそういう態度？　誠意がないな」

それから突然大声で、

「やる気があるのかないのかって訊いてんだよ！」

と、春菜を怒鳴《どな》った。

「アーキテクツさん、どうなんだ！」

わざと周囲に聞こえるようにやっている。春菜は完全に頭にきたが、ここで喧嘩になっては井之上に申し訳が立たない。カッときた顔を見られないよう、咄嗟に深く頭を下げた。

「お仕事は誠心誠意やらせていただきます」

体をふたつ折りにしながら、悔《くや》しくて涙が出そうになった。頭の上から長坂が言う。

「お得意のお祓《はら》い、やってもいいよ？　そのほうが工事もうまく進むでしょ？　当然ながらアーキテクツさん持ちで」

ようやく春菜は気がついた。プラン作成に自分を指名したのは、タダで教会のお祓いをさせるつもりだったからなのだ。自分を出汁《だし》に仙龍を使い、建物を浄化するつもりだったのだ。こいつは事故や障りが起きることを予《あらかじ》め知っていたのではないかと、そんなふうにすら思えてきた。春菜はパッと顔を上げ、長坂に微笑んだ。

「工事前に轟がお祓いをしたと聞いております。今回のことは『事故』ですから」

失礼しますと告げて廊下に出ると、長坂は席を立って追ってきた。

「ちょっと待て、話は終わっていないんだよ」バタン！

その鼻先でドアを閉め、春菜はツカツカと廊下を戻った。ロビーで先生の娘さんが、

「悪いわね」

と苦笑したが、春菜はニッコリ微笑みかけて、振り向きもせずに事務所を出た。

外は陽射しが眩《まぶ》しくて、叫ぶように蟬《せみ》が鳴いていた。

駐車場で車に乗り込み、春菜は井之上に電話をかけた。

「部局長、高沢です。比嘉さんの様子はどうですか？」

まだ手術中だと井之上は言う。春菜は長坂の許《もと》を訪れたと報告し、比嘉の入院先を教えてもらった。自分が行ってどうなるわけでもないのだが、とてもじっとしていられない。そう遠くない場所だったので、そのまま車を走らせて病院へ向かう。胸の中では、比嘉を心配する気持ちと長坂への怒りが、ない交ぜになって渦巻いていた。

仙龍が継承する隠温羅流は、たしかに因縁物件の浄化を旨としている。でもそれは、仙龍らが命がけでしていることだ。因によって生まれる縁のうち、主に悪縁を断つことで、建造物に新たな命を吹き込み、次の世代へつなぐのだ。それは建造に関わった職人の技や心意気を残す仕事であり、悪縁に囚《とら》われた魂を救うことでもある。いたずらに因縁物件を探して浄化しているわけではない。長坂にわかってもらえるとは思わないけれど、因や縁をないがしろにする長坂が仙龍を同列に扱ったことが悔しくてならない。長坂は隠温羅流の因縁祓いを、飾りの儀式と考えているのだ。

不本意ながら涙がこぼれた。

長坂に投げつけられた誹《そし》りと悪意、そして浅ましい値切り根性が隠温羅流に向けられたことがやるせなかった。最恐物件を選ぶのは長坂の勝手だ。でも、自分と関係のないところでやってほしかった。もしも長坂の言うように、自分が仕事を断ったことで比嘉が事故に遭ったなら、彼や奥さんや生まれてきた赤ちゃんに、なんと謝ればいいのだろうか。

比嘉が搬送されたのは、高度な医療技術と施設を持つ長野市民病院だった。この病院が創業されるとき、長坂のボスである大先生が設計を担当し、アーキテクツがサインに関わった。紹介状を持つ患者しか診《み》ない病院なので、健康な春菜はお世話になったことがないが、病院は増改築を続けながら、地域医療の最先端を走り続けている。

車を降りて建物を見上げたとき、なぜだか春菜は、比嘉の手術が無事に終わったであろうことを確信した。ここならばきっと、最善の治療を施してくれるはずだと思ったし、見上げたサインがスッキリと輝いて見えたのだ。

ロビーへ入ると、閑散とした待合に井之上が独りで座っていた。外来の受付は午前中で終了し、午後は手術など重篤な患者の治療に充《あ》てられるため、ロビーで受付を待つ患者はいない。

「井之上部局長」

呼びかけると、井之上は疲れた顔で春菜を見た。

「お疲れ様です。どうですか？　手術は無事に終わりましたか」

井之上が片手を挙げて席を立つ。近くまで歩いてくると、

「一応な、手術は無事成功したよ。今日はたまたま、いい先生が揃《そろ》っていたそうだ。助かったよ」と言った。

「それで、どうだった？　長坂先生は」

春菜はさっきのことを思い出し、下唇《したくちびる》を歪《ゆが》ませた。

「散々嫌みを言われましたが、申し訳ないで通してきました。ただ、工期は遅らせたくないので来週頭にはキープランを提出しろと……でも、それだけじゃないんですよ」

黙っていようと思ったが、どうしても腹の虫が治まらない。

「パグ男は、あれが因縁物件だとよくわかっていたし、なんなら、よくないことが起こるかもしれないと思っていたんじゃないですか。私を指名したのも、うちの予算で鐘鋳建設に因縁祓いさせるためでした。ありえないでしょ」

「まさか――」

井之上は驚いたようだったが、ふっと視線を宙に走らせ、

「――そこまでとは思わなかったが……そうなのか……？」

独り言のように呟いた。

「あそこがどんな場所か、絶対に知っている口調でしたよ。私が担当すれば仙龍が出てく

ると思ってるんです。酷くないですか？」

井之上は「ううむ」と唸り、手近な席にまた腰を下ろした。

隣の席を平手で叩き、春菜にも座るように言う。午後のロビーは人気《ひとけ》がなくて、幾つも並ぶ受付カウンターやインフォメーションもガラ空きだ。時折職員や医師が通るほかには、入院予定の患者がひとり、家族に付き添われて目の前を通っただけだった。

その人たちがいなくなるのを待ってから、井之上は声を潜める。

「比嘉くんの奥さんが赤ん坊を連れてきて……さっき帰ったところなんだが、真っ青になっていて、申し訳なくてな」

「指は治るんですか？」

「医者の話だと神経がうまくつながるかは、まだわからないそうだ。いずれにしてもリハビリが必要になるし、場所が場所だから痛みも酷いし、時間はかかる」

「比嘉さんが抱えている仕事とかはどうすればいいんでしょうか？」

井之上は頷いた。

「轟がフリーのデザイナーに当たっている。簡単な仕事はうちのデザイン室でフォローするとして、特殊なものは比嘉くんのクライアントに頭を下げて、ほかへ回してもらうよう話をしている。今のところ、事故では仕方がないと好意的に受け止めてもらっているが、仕事の補償もしてやらないとなあ。比嘉くんは独り立ちしたばかりで、一番大切なときなのに」

春菜は自分が責められているような気持ちがした。

「どういう状況だったんですか?」

「それが、よくわからないんだ」

「わからないって、見ていたんじゃないんですか」

「見ていたんだが……」

井之上は人差し指の甲で鼻の下を拭《ぬぐ》った。

「丸鋸が宙に浮いたというか」

「は?」

井之上は春菜を見て、

「丸鋸が宙に浮いたんだ。斉藤さんが……」

斉藤さんは商業施設の什器《じゅうき》などを製作するベテランで、美大を卒業後、看板業界に入った人だ。この道四十年以上の技能者で、丁寧で素早い仕事に定評がある。長坂が言うような木っ端職人では決してない。

「スイッチを入れたとたん、ノコが空中に浮き上がったんだ。比嘉くんが斉藤さんを庇わなかったら、斉藤さんの首が飛んでいたかもしれない」

春菜は言葉を失った。冗談でしょう、と頭で思う。

「現場を見るため、俺と轟と比嘉くんと、あと斉藤さんで建物に入った。なんというか……噂以上の気味悪い場所でさ。ざっと躯体を確認してから、轟と斉藤さんが測り出しを、俺と比嘉くんで動線の確認をしようということになって、祭壇や椅子や燭台や、そういうものがそのまま残されているから、一応全部の写真を撮って、長坂先生にどうするか訊こうと思ったんだが、礼拝堂の脇にある部屋が封鎖されていて」

「封鎖？」

「筋交《すじか》い状に板が打ち付けてあるんだよ。天井が高くて釘《くぎ》が外せず、長坂先生に電話して許可を得て、切って外すということになって」

「それで丸鋸を使ったんですね」

「妙な話で、斉藤さんは工具を玄関に置いてきたと言うんだが、なぜか礼拝堂に丸鋸があったんだよな」

「誰かが運んできたのでは？」

「俺もそう思っていたんだが、こんなことになってから訊いてみると、誰も運んでいなかったんだ。まるでこれを使えといわんばかりに、近くの椅子に載っていたんだが」

春菜は鳥肌が立って二の腕をさすった。

「私を怖がらせようとしていませんか？」

「それならいいが、そうじゃない。比嘉くんがいなかったら斉藤さんが死んでいたかもしれないんだ。もちろん社長にも話したが」

井之上はため息をついてから、

「この仕事を受けてきたのは社長だからな、仕事はきっちりやると言っている」

と、肩を落とした。

「斉藤さんはビビっちゃって、二度と現場へ入らないとさ。轟もだが、俺もいささかグロッキーだよ」

「じゃあ……どうするんですか、パグ男に出すキープランは」

「写真だけは撮ってあるから、それでなんとかするしかないだろう。細かいプランを立てるのは先生なんだし、話を聞いて、素材を用意して、あとは打ち合わせしながら進めるしかないと思っている」

それでパグ男が納得するのだろうか。

「思うように進められるんですか？」

訊くと井之上は「ううむ」と唸って視線を落とした。

比嘉の血が飛んだのか、井之上のスニーカーに赤黒いシミがついている。

「とにかく、比嘉くんに会いに行くか」

井之上は立ち上がり、病室へ向かった。

そのときになって気がついたのだが、着ている服にも血がついている。袖《そで》にも、胸のあたりにも。それを見ただけで現場の凄惨《せいさん》な状況が想像できた。木材を切り落とすほどのものが飛んできたのだ。細い指などひとたまりもない。これはもしや、思っていたよりもずっと深刻な事態だったのではないかと春菜は考えて、ぞっとする。

「長坂所長は現場に立ち会わなかったんですか？」

「轟の話では、あまり現場に来ていないようだ」

「どうして来ないんですか、自分の事務所なのに」

「引き継ぎが忙しいからだと言っている」

「そんな感じじゃなかったけどなあ」

まさかとは思うが、アーキテクツに浄霊させて、改修させて、きれいになった事務所に入ってくる気でいるのではないか。春菜は穿った見方をしてしまう。

「建物はどんな感じです？」

井之上に訊くと、曖昧《あいまい》に頷いた。

「だから、薄気味悪い建物なんだよ。轟の話では、いつのまにか窓が開いていたり……建て付けが悪いせいかとも思ったんだが、縦型の引き上げ窓だから、閉まることはあっても開くことはないはずなんだ」

「……どういうこと？」

「うむ。お祓い程度じゃダメなのかもな」

話を聞くだけでも相当に不穏な感じがするのに、井之上が仕事をする前提で話しているのが不思議でならない。当事者になると事象の内側に入りすぎ、客観的な視点を失《な》くしてしまうものなのだろうか。やはり仙龍に相談するべきではないかと春菜は思い、いやいや、それでは長坂の思うツボだとまた考える。

それに、仙龍は霊感を持っているわけじゃない。隠温羅流の職人は因縁を浄化する心意気と技を持つだけで、因と縁とを見極めるには、別にサニワが必要なのだ。

エレベーターホールで足を止め、

（隠温羅流のサニワは自分じゃないか）と考える。

仙龍たちは春菜をサニワと呼んできた。サニワは因に基づく縁を見極め、最終的にどうするべきか審判する者。どの方向へ舵《かじ》を取るのが最善か、場合によっては未《いま》だそのしきにあらずという判断もする。

事象を見極め、声を聞き、中立な立場でそのときを知り、絡み合った因縁をほどく者。

隠温羅流のサニワは私だ。

でもそれは仙龍が関わっていればこそ。無駄に彼らを巻き込んで、その命を危険にさらすことは本意じゃない。

チンと音がして扉が開く。中に患者らしき老齢の男性が一人いて、井之上と春菜はその前に乗り込んだ。比嘉の病室があるフロアを井之上が押す。それ以外のボタンが押されて

いなかったので、

「何階ですか？」

春菜は老人に尋《たず》ねたが、老人は薄く頷いただけだった。

「六階だ。手術が終わって一般病棟に移ったところだ」

そうではなく、と言いかけて、老人がいなくなっているのに気がついた。

乗り込むとき奥にいたのだから、出ていったはずはない。ああそうか、あれは亡くなった人だったのかと春菜は思う。今までも、こんなふうにあちら側の人たちと接していたのかもしれないが、そういう人たちは頭に三角の布を着けているわけでなく、下半身が消えかけているわけでもなく、ごく普通に存在するので気づかないのだ。

仙龍たちと会うまでは、春菜もまた長坂のように怪異を一蹴《いっしゅう》する思考回路の持ち主だった。老人はどこへ消えたのか。

誰かを連れに来たのでなければいいが、と春菜は思った。

形成外科の病室へ向かい、四人部屋の窓側で痛々しく点滴の管とつながれている比嘉に会った。さすがに顔色は悪かったが、点滴で強い痛み止めを入れているため、さほど辛《つら》くないと比嘉は言う。

「さっき斉藤さんがお礼に来てくれました。ぼくのほうこそ咄嗟に体が動いただけなので、あまり責任を感じないでほしいです」

比嘉はベッドを起こしていて、ベッドテーブルにはなんとノートパソコンが開いてあった。

「なんとか作業できるんじゃないかと思ったんですけど、ダメでした。左手だとマウスがうまく使えなくって」

仕事のフォローは全社をあげてやると井之上が請け合う。比嘉は井之上に礼を言い、そして笑顔を引っ込めた。

「井之上さん、あの建物はマジでヤバいですよ」

比嘉は視線を春菜に移した。

「高沢さんはたしか、こういう物件に造詣が深いんでしたよね？」

いやそんなことはないと、春菜は心で否定する。造詣が深いわけでなく、小林教授や仙龍の縁で因縁物件担当みたいな扱いになっているだけだ。

「高沢さんと一緒に話を聞いたときもヤバいんじゃないかと思ったけど、現場へ行ったら、これはマジモンだと思いましたもん。長坂先生はよくあんなところを買いましたね。あの教会はヤバいです。細胞レベルでヤバさを感じる物件ですよ。アーキテクツさんだけでなく、長坂先生だって、あそこを事務所にするのはマズいんじゃないでしょうか」

春菜は井之上の顔を見た。

「そこだよな……先生は忠告を聞かないだろうし」

井之上は心底困り果てた表情だ。

比嘉は比嘉で、この程度の傷で済んだのはむしろ幸運だったと思っているようだ。いったいどういう物件なのか。逆に興味が湧いてきた。

あまり比嘉を疲れさせてもいけないので、春菜と井之上は早々に病室を出たが、今後の工程をどうするか、見通しはまったく立っていなかった。

其の三

死んだ蠅《はえ》

事故の翌朝、アーキテクツでは緊急会議が開かれた。会議を招集したのは現場監理の轟で、この朝は社長と井之上が経緯の説明とお詫びのために長坂建築設計事務所へ直行していた。

会議室のひな壇に立った轟が、工期のスケジュールをホワイトボードに書き出している。現在長坂が間借りしている事務所は八月末で閉鎖され、その後は住居兼事務所にリニューアルされることになっている。

轟はそちらの工事にも関わるため、長坂の新しい事務所の改修工事を八月下旬までと見積もっていると発表した。なるほど、アーキテクツの社長が長坂建築設計事務所の改修を請け負った理由が春菜にもわかった。本当に欲しかったのは、業界の重鎮でもある大先生の自宅改修工事のほうだったのだ。癖《くせ》のある長坂を円満に追い出すためにも、長坂の新事務所は完成させなければならない。大人の事情は時に、子供の事情の何十倍も過酷なものだ。

「長坂先生の意向では、建物は主にギャラリーとして利用したいとのことで、設備工事は最小限で、建物の補強、外構部分の手入れと植栽、ほか内装程度のボリュームでした」

長髪を掻《か》き上げながら轟が言う。自身も一級建築士の資格を持つ轟は細身で長身、ノンフレームのメガネをかけて、ホワイトシャツにデニムパンツという、業界人定番のスタイルを貫《つらぬ》いている。建築士はアーキテクツにも何人かいるが、原色の服を好む長坂同様、各自お気に入りのスタイルを持っている。

「あのさ、轟くん。それって大した工事じゃないよねえ。長坂先生はサイン関係も最小限でいいと言ってるんでしょ？」

別の建築士関田《せきた》が問う。こちらは学校施設や企業ギャラリーなどのプランニングが得意な男だ。

「そう。たしかにそうなんだよな」

轟は顔をしかめて頭を掻いた。

「関田さんが言うように、それほど大変な仕事じゃないんだよ」

「じゃあ、何が問題なんです？　やっぱ、長坂先生ですか？」

春菜と同じ営業職の上江田《うえだ》が訊く。自分も忙しいのに、なぜ会議に呼ばれたのか、という顔だ。轟はテーブルに両手をついて、会議室に集められた精鋭たちを見渡した。

「建物なんだよ」

それでは意味がわからない。一同は怪訝《けげん》そうな顔である。轟は続けた。

「建物は明治期の作で赤煉瓦積み。躯体そのものはまだいけそうで、もともと県の持ち物だったから耐震検査にも合格している。長く使われていなかったわりに内部の劣化も少なくて、配管周りの交換程度でいけそうだ。間取りを変えるわけでもない。強《し》いていうなら景観を壊さないよう、窓や扉を当時の技法で修復するのが大変だけど、そっちは井之上部局長が業者を押さえてくれている。一番大きいのが床だけど、これは土台を確認しないと日程の立てようがないからね。それで昨日、現場に入ったら事故が起きた、というわけなんだ」

「そういや、斉藤さんが、俺は二度と現場に行かないって吠えてましたよ。何があったんですか」

　上江田が訊くと、轟はまた困った顔をした。

「井之上部局長も話していたけど、あそこは過去に殺人事件が起きた教会なんだよ。や、もちろんそんなの関係ないと、俺も思っていたんだけどさ」

「轟くんはそういうのが怖いタイプ？」

　関田は轟を鼻で嗤った。

「そりゃ怖いよ、あんなことが起きるとさ。そういえば、あれも、これもと思い当たるようになっちゃって、正直なところ関田さんに代わってもらいたいくらいだよ」

「やだね」

　と、関田は言った。

「小金井小学校の工事もあるし、ぼくは手一杯だよ。できても図面の手伝いくらいだね」

「だから、現調できなきゃその図面も引けないんだよ。昨日だって救急車を呼んだり大騒ぎでさ……そう言えば現場の掃除もまだなんだよな」

轟は泣きそうな顔で「困ったなあ」と頭を掻いた。

「とりあえず、長坂所長が行く前にお掃除に入りますか?」

仕方なく春菜が申し出る。

パグ男のことだ、現場に入って床が血だらけだったら、また難癖をつけられる。昨日は井之上の靴にも血がついていたから、比嘉はかなり出血したはずだ。

春菜の言葉に力を得たのか、轟は各営業に比嘉の仕事のフォローを割り振ると、現場調査は自分に、図面は関田に、長坂との交渉のフォローには、春菜を割り当ててきた。

長坂とは二度と仕事をしたくなかったが、この状況では仕方ない。春菜は轟に協力することにした。


会議が終わると、春菜は轟と一緒にアーキテクツの工場へ向かった。広告代理店の仕事は多岐にわたるため、什器や建具を製作する工場に何人か職人を抱えているのだ。斉藤さんもそのひとりで、毎日出勤してくるが、立場は社員でなく一人親方《ひとりおやかた》の外注先だ。よって、『二度と現場に行かない』が容認される立場でもある。工場には工具・機具・備品などが置いてあるから、轟は清掃用具を取りに来たのだ。

現場用の服に着替えて春菜が向かうと、轟は斉藤さんと話をしていた。

「あ。斉藤さん、お疲れ様です。昨日は大変でしたね」

春菜が挨拶《あいさつ》すると、斉藤さんはメガネの奥で、丸くて大きな目を動かした。

「高沢さんこそ、悪かったねえ。長坂先生のところへ謝りに行ってくれたんだって？散々嫌みを言われたろ？」

「ええ、まあ。でも、いつものことなので、どうってことないです。それよりも、比嘉さんがいなかったら斉藤さんが大けがをしていたかもしれないんですって？」

斉藤さんは曖昧に笑い、轟のほうがむしろ深刻な表情をした。

「丸鋸は、材木に弾《はじ》かれたとばかり思ったんですけど、そうじゃなかったんですね」

「そうなんだよな。なぜあんなことになったのか。電気を入れたら水圧がかかったホースみたいにコードごとノコが浮き上がってさ」

と、轟が言う。

「ていうか轟ちゃん。あすこはやっぱ剣呑《けんのん》なんだってばよ」

斉藤さんは意を決したように轟を見上げた。

「俺さ、気持ち悪いから黙ってようとも思ったんだけど……これ見てくれよ」

そう言うと、おもむろに長袖シャツをめくって腕を見せる。

そこには摑まれたような指の痕《あと》が、くっきりと残されていた。

「わー……なによぅ……それぇ」

轟が心底怯《おび》えた声を出す。

「ノコが浮き上がったというよりさ、誰かに腕を摑まれたんだよ。ものすごい力でねじ曲げられて、自分の首を切りそうになった。あのデザイナーさんがいてくれなかったら、今頃俺ぁ、生きてここにいねぇよ」

「やめてー……斉藤さん」

轟は泣き声を出した。

「あれじゃねえかな。あすこで殺された母子の霊がさ、未だに祟ってるとかさ」

ザワザワザワッと春菜の腕に鳥肌が立った。

斉藤さんはなおも続ける。

「事件は迷宮入りなんだろう？　そりゃ成仏できねぇよ」

突然、轟が春菜を振り向いた。もの問いたげな表情だ。

「え、なんですか。私に何か求めていますか？」

「高沢さんは実績があるよね」

春菜は半歩ほど身を引いた。おそらく轟は鐘鋳建設に相談したいと言っているのだ。

けれども春菜にそんな力があるわけがない。今まで仙龍が関わってくれた物件は、あくまでも仕事、仕事のためだった。施主のパグ男が一銭も出さないというのなら、春菜は仙龍に話をできない。鐘鋳建設には凄腕の金庫番、専務の棟梁《とうりょう》がいるからだ。

「だから、そういう根も葉もない確信を持たれちゃ困るんですって。実績があるのは私じゃなくて鐘鋳建設さんですよ。それに、もともとあの会社と付き合いがあったのは井之上部局長なんですからね」

「でも、高沢さんは何件か仕事をしてるよね？　それで、いつもオマケで別の仕事も取ってくるじゃない」

轟はさらに期待のこもった目で見つめてくる。

轟さんまで、と春菜は思った。隠温羅流の因縁祓いは命がけですることだ。なのに、どうしてどいつもこいつも、彼らを体のいいお祓い師のように扱うのだろう。そのせいで、隠温羅流導師の仙龍は四十二歳の厄年までしか寿命がないのだ、腹が立つ。

「パグ男が予算を出すならともかく、鐘鋳建設さんだってタダ仕事なんかしませんよ」

つい、冷たい物言いになる。

「そこだよなあ」

「それに、工事前にもお祓いをしたんでしょ？」

「西宮《にしのみや》神社に頼んでお祓いはしたんだけどさ」

「いくら使ったんですか」

「十五万円くらい使ってんだよ、マズいよな」

「教会だけに、神様同士が喧嘩したんじゃねえのかよ」

もう現場に関わらないと決めたので、斉藤さんは好き勝手なことを言う。

不思議にも、因縁物件や怖い話というのは当事者だけが真剣で、一歩引いてしまうと興味本位の娯楽物件に成り下がるようである。日々を生きていくのが大変だからか、殺人事件のニュースを聞いても『怖いよね』で終わるのと近い心理かもしれないが、些少《さしょう》の因縁物件に関わってきた春菜でさえ、四六時中怖いことばかりを考えてはいられない。人間はどこまでも傲慢で図太い生き物だと思う。肩を落として困り果てているのは現場責任者の轟だけだが、その実、轟が困っているのも工期の問題なのであって、殺された母子の霊を慮《おもんぱか》っているわけじゃない。

こうしていても埒《らち》があかないので、春菜はバケツやモップやゴミ袋などを、次々に車へ積み込んだ。さっき井之上から電話があって、長坂建築設計事務所を出た後は、現場へ来ると言ってきたからだ。長坂が一緒かもしれないので、掃除を急がなければならない。

荷物を積み終えると、春菜は轟が運転する車で現場へ向かった。

朝からどんよりと蒸し暑い日であった。

社用のバンはブォーブォーと大きな音がするばかりでクーラーがほとんど効かない。湿度が高いので体が汗ばみ、ファンデーションが流れてしまうのではと心配になる。春菜はコンビニタオルを首にかけ、助手席で頻繁に汗を拭った。

「最近、高沢さんは変わったよね」

ハンドルを握りながら轟が言う。

「え。私、どこか変わりました？」

「前なら絶対、現場の掃除なんか手伝ってくれなかったよね」

「そんなことないですよ、頼まれなかっただけで」

と言ってはみたが、轟が正しい。以前の春菜なら、現場の掃除を頼まれようものなら、轟を睨み付けたうえに文句を言っていたかもしれない。

「頼める雰囲気じゃなかったもんね。いつもバリバリファッションで、私は営業専属よって感じにバリヤー張って」

「うわー、嫌な女ですねえ」

「少なくとも、首にタオルをかけるようなタイプじゃなかった」

恥ずかしくなってタオルを外すと、「褒めてるんだよ」と轟は笑った。

「こういう仕事だから、クライアントの前に出るときはキメることも必要だ。かといって、職人に嫌われたら仕事にならない。最近の高沢さんはそのあたり、バランスの取り方がうまくなったよ」

春菜は無言で鼻の頭を拭った。バランスの取り方がうまくなったわけではなく、以前は仕事をなめていたのだ。自分が持つだけの狭い知識と価値観を、強引に押しつけるような仕事の仕方だったと思う。クライアントや設計士のほうばかりを向いて、現場で汗水を流す人たちの技術や情熱がプランの成功を支えているということを考えようともしなかった。数字だけを追う売り上げ至上主義でもあった。仙龍たちと知り合うまでは。

「あとは、可愛《かわい》げが出てきたかな」

轟は申し訳程度に付け足した。

「なんですかそれ。ていうか、私、可愛くなかったですか?」

なかったねえと、轟は笑う。

そうでしょうとも。春菜は思う。この業界は男の天下だ。若い女性が身を置けば、なめられてたまるかという意識ばかりが先行する。結果として可愛げのない女になり、いつしか人としての魅力も失っていく。反対に、心を開いて飛び込めば、男も女も関係なく、人と人との付き合いで仕事は進行していくものだ。今ならそれがわかるけど、見くびられるのが怖すぎて、飛び込む勇気も持てずにいたのだ。

車は国宝善光寺の近くを通り、官公庁が建ち並ぶ一画へと入っていく。どこかに教会の塔が見えるだろうかと思ったが、それらしき影は何もない。

「こんな場所に古い教会があるなんて、ちっとも知りませんでした」

「俺も。斉藤さん世代は知っていたみたいだけど、五十年も使われていないんじゃねえ。ムリもないというか」

「むしろ、よく残っていましたよね」

「うん。貴重な建物だから残したのかと思ったら、曰く付きで取り壊せなかっただけというのが正しそうだ。けっこうあるよね？　不自然な場所に『こんなものが？』っていうのが残っていたり」

「ああ。七曲《ななまが》りの一本松みたいなやつですね」

長野市街地から戸隠へ抜ける旧道を通称『七曲り』と呼ぶのだが、その道路の真ん中に注連縄《しめなわ》を張った松の切り株が立っている。古くからその場所に生《は》えていた一本松で、かつては松を中心に道が分かれて、一方は山の畑へ、一方は山の焼き場へ続いていた。焼き場へ遺体を運ぶとき、長野市街を見下ろすその場所で、死者と生者が今生の別れを惜しんで振り返ったことから、見返りの松とも呼ばれたという。道路の拡張工事が決まり、切り倒そうとするたび事故が相次ぎ、祟りを恐れて撤去を請け負う業者がいなくなった。松食い虫の被害で枯れた今でも、根だけは引き抜かれることなく同じ場所に祀《まつ》られている。

「あの教会も、そういうもののひとつかもね」

「じゃ、どうします？　触れずにいるのが一番だけど、クライアントはパグ男なんですよ」

轟はチラリと春菜を見た。

「だよなー。俺としては、社長決裁で補償料を払ってでも、この工事からは手を引くとかしてもらいたいんだよね。斉藤さんの話もあるし、ちょっと笑えないと思うんだ」

それでパグ男が納得するわけがない。不快な暑さも相まって、春菜のイライラは募ってきた。汗で体がベトつくと、何もかもが嫌になる。それは単なるわがままで、汗まみれで働いている職人たちには口が裂けても言えないことだが。

本通りから脇へ逸れ、轟の車は閑静な住宅街へ入った。

一等地に邸宅が軒を連ねるこのあたりには、新聞社の社長や裁判官や、司法書士が住むと聞く。大正時代創建の『旧知事公舎』も、かつてはここにあったのだが、小川村《おがわむら》が購入して平成十六年に移築復元され、現在は『小川村郷土史館』として公開されている。居並ぶ住宅もまた重厚な造りで、歴史的価値が高そうな物件ばかりだ。

車は住宅と住宅の隙間《すきま》に通った細い私道に乗り入れた。両側は立派な塀から松や泰山木《たいさんぼく》が覗く和風邸宅だが、私道は舗装もされていない砂利道で、轟は一度車を停めると、侵入者を防ぐバリケードを外して脇に寄せ、先へ進んだ。

車一台がやっと通れる道は邸宅の隙間を奥へ延び、その行き当たりが荒れ地であった。徒長したシラカシに鬱蒼《うっそう》と蔓《かずら》が絡みつき、草と木が塊《かたまり》のようになっている。大雑把に刈り取られた夏草の細道の奥に、赤い煉瓦の壁が少しだけ見えた。

これが教会？　と、春菜は思う。

赤煉瓦の建物があるなんて、一見しただけではわからない。木と草藪《やぶ》の隙間からそれらしき煉瓦が覗くばかりで、井之上が見せてくれた立面図とはまったく雰囲気が違っている。フロントグラス越しに見上げると、ボヤボヤした樹影の先に十字架らしき影が少しだけ見えた。五十年という歳月は、荒れ地が建物を呑み込むのに充分なのだ。

「天辺の十字架は石なんだ。ほかにも随所に石が使われていて、だから建物が保《も》っているんだよ。そういう意味では、今の建築物はダメだよね。西洋の人は、日本の建築物は木と紙と土で造られていると言って驚くけれど、それは人が住んで細やかに手入れするから長持ちするのであって、ほったらかしで保つという意味では石や煉瓦にかなわない。まあ、そうは言っても、草を刈って、足場を組んで、外壁もチェックしたほうがいいんだけどね、長坂先生はそこまで必要ないって言うんだ」

「お金がかかるからですね。でも、チェックは必要だと思うけど」

「施主が必要ないと言えば、無理にはできない。公共施設じゃないからそれでも通る。先生は文化財登録する気のようだから、助成金が下りたらやるつもりなんだろ」

「助成金を下ろすには膨大な資料作りが必要で、短い工期じゃ無理ですよ」

「もちろんすべての写真を残せと言われているよ」

「学者の手だって必要ですよ」

「小林教授あたりに話が行くんじゃないのかな」

なるほど、と春菜はため息をつく。この業界はけっこう狭い。そして小林教授は喜ぶだろう。あの人は祟りより興味の人だから。

「文化財登録できても維持管理費だって相当でしょ？　パグ男で大丈夫なのかしら」

轟はエンジンを切ってドアを開けた。

「そのあたりは俺たちより先生のほうがよく知ってるよ。意地でもタダじゃ転ばない人だから、考えがあるんだろ？　俺としては言われたことだけきっちりやって、早く大先生の仕事のほうをやりたいよ」

春菜もドアを開けて外へ出た。その瞬間、ガクン！　と、地面が揺れた気がした。

地震かと思って轟を見ると、平気な顔でトランクを開けている。

やかましかった蟬《せみ》の声が止み、折り重なる木々の梢《こずえ》がユサユサ揺れた。不快な暑さはそのままに、足下から無数のアリが這い上がってくるような寒気を感じる。

春菜は敷地を見渡した。

轟が車を停めたのは私道の上だ。敷地内は草を刈り取った跡が獣道になっているだけで、先がエントランスに通じている。一面に茂る夏草は腰のあたりまであって、雑木はアレチウリに覆われて緑の絨毯《じゅうたん》をかぶせたような有様だ。藪の隙間に建物の壁面が覗いているが、草を刈り取らないと全容が見えない。建設当初は広葉樹などを植えて景観を整えていたようだが、背の高い樹木の中には枯れてしまったものもあり、そこにツタが絡んで荒涼たる雰囲気だ。それはまた、立ち入る者を拒むようにも、敢えておびき寄せているようにも思われる。蒸し上げたような草いきれと、淀《よど》んで腐った水の臭い、木々の奥から吹いてくる底冷えのする風を春菜は感じた。

清掃用具を地面に置いて、轟が車のトランクを閉める。

「水道は来ているけど、建物の中はまだ水を出していないんだ。だから水を汲《く》まないと」

バケツを春菜に渡してきた。

「じゃ、外水栓から汲むんですね。外水栓はどこですか？」

轟は荒れ地の奥へ顎《あご》をしゃくった。夏草に開けた獣道は、建物に入るためと、水を使うためのものらしい。

「俺と斉藤さんで刈ったんだけどさ、今にして思うと草刈り機が誤作動しなくてよかったなって。電ノコみたいにさ」

「冗談はやめてくださいよ」

「いや、冗談じゃなく」

轟は真面目な顔をして言った。

「大人数で入ってしまえばこっちの勝ちかもしれないけどさ、とにかく草を刈って、木を切って……そうしないと気味が悪くて作業なんかできないからね。予算もないから草刈りは社内総動員でやるのかな」

草だらけの敷地は轟によると二百坪程度のものだというが、茂った緑のせいでそれより
ずっと広く感じる。荒れ地の際は塀で区切られた住宅で、北側は官公庁の立体駐車場になっている。草を刈ってみないと下に何があるかわからないので、いきなり草刈り機を入れるのも怖い。人海戦術できれいにするのが一番だが、それにしても結構な荒れ方だ。

「中へ入ろうか」

轟は清掃用具を担いで先へ行く。

玄関の両脇《りょうわき》に植えたヒマラヤスギが徒長して、エントランスを隠している。ヤブ蚊がいそうだなと思いながら轟の後をついていくと、いつのまにか蟬の声が戻って、木々の影とそうでない場所がコントラストを作っていた。草をよけながら進んでいくと、なるほど奥に教会の入口らしきものが見えてきた。

外国の教会のように尖塔《せんとう》が高く伸びるタイプではない。階段は七段。切り出し石を積み上げて造ってある。階段の上は建物本体からせり出た前室で、玄関上部はアーチ型。建物本体は鋭角な屋根を持つシンプルな形で、屋根の先端に十字架がついている。初期のゴシック様式とでもいえばいいのだろうか。

「屋根はスレート葺《ぶ》きだけど、大分傷《いた》んでいるから葺き替えになる。あと、床も所々浮いているから歩くときは気をつけて。どうせ剝がしてしまうんだから掃除しなくてもいいよ

うなものだけど、比嘉さんの血だとわかっていても気持ちが悪いからさ」

建物は奥に長く、煉瓦積みのバットレスが並んでいる。バットレスとは建物を補強するために壁面の外側に突き出させた柱状の壁のことである。

春菜は信州煉瓦というものを初めて見たが、微妙な焼き色の違いを持つ味わい深いもので、白い漆喰《しっくい》とのコントラストが美しかった。

「これ……人の手で積み上げたってことですよね」

バケツに水を汲んでいる轟に言うと、

「積み上げたどころか、焼き上げたわけだからね。まあ、煉瓦は今だって焼いて作るし、積み上げるんだけどさ」

轟は腰を伸ばして壁面を見上げた。

「建物自体は美しいよな、ほんと。よくぞ残っていてくれたって感じだけど……」

その先を言うことなく、バケツを抱えて階段を上る。

階段も今ならコンクリートで造るところだ。それを、この大きさの平石を切り出して運んだなんて。石を選ぶ人、切り出した人、磨《みが》く人、運ぶ人、設置する人。この一段にすら、春菜は建築に関わった人々の心意気を感じてしまう。

明治期に新しい西洋形式を模《も》した建造物を手がけることは、職人たちの名誉であった。大工《だいく》は施主と意見を交《か》わし、末代に残せる建造物を完成するため試行錯誤した。そのあまり、落成前に施主の資金が底をつき、大工が自腹を切って仕上げたという話もある。結果として名建築物が残され、恩義に感じた施主がその後も何世代かにわたって大工を重用したともいう。

鶏《にわとり》が先か卵が先かという問答があるが、見返りを求めずに心を尽くすことこそが、次の仕事を生むのである。かつては返答に悩んだ問答に、春菜は今なら鶏が先だと即答できる。この教会も鶏を選んだ人々が建てたのだと、石段を踏んで春菜は感じた。

施主が長坂なのは鬼門だが、長坂だからこそ最恐の教会を買ったのだ。ならばやはりこの建物は、残るべくして残る運命なのかもしれない。この教会を生まれ変わらせ、次の百年につなぐ仕事をしてみたい。ふと、そんな想《おも》いが脳裏をかすめた。

轟が先に前室に立ち、アーチ型の巨大な扉にかがみ込む。修復できれば扉自体の価値も相当なものだと思うが、物件は放置されて長く、貴重な一枚板の上に簡易金具を取り付けて、チャチな既製品の錠がかかっている。ゴミ集積所の鍵のようなそれを開け、轟は両腕で強く扉を押した。

ギーイイイイィ……

オカルト映画の効果音よろしく湿った扉が悲鳴を上げる。側面を見ると、扉はやはり一枚板で、シロアリなどの被害もない。劣化した表面を削ってしまえば容易に再生できそうだ。長坂がここをいくらで買ったか知らないが、建具、ガラス、煉瓦に柱、どれを取っても相応の価値が見込める部材の宝庫だ。古材は金を積んでも手に入らないから、この教会は、歳月という代えがたい価値を持っているのだ。長坂金満、恐るべし。

「なるほど、そういうことだったのね」

美しくアーチを描く前室の天井を見上げ、春菜は勝手に納得した。

「うわー、改めて見ると相当だなあ」

バケツを下げてとっとと礼拝堂を進んでいった轟は、祭壇の奥で悲鳴を上げた。

モップやゴミ袋を抱えて春菜も扉をくぐったが、その瞬間、見えない何かに押さえつけられたかのように、足が一歩も進まなくなった。起きていながら金縛りに遭ったような感覚。締め付けられるように頭が重く、両肩に石を載せられたかのようだ。

祭壇脇で轟が振り返る。春菜は声を出そうとしたが、舌が痺《しび》れて動かない。針で刺されたように全身が痛み、冷や汗だけが背中を流れた。

「高沢さん?」

轟に訊かれたとき、突然体が解放されて、春菜はモップもゴミ袋も放り出し、扉から外にまろび出た。心臓がキリキリ痛み、全身に鳥肌が立っていた。

「マジかよ、あのさ、俺を脅かそうとか思ってる?」

ものすごい勢いで春菜を追いかけて飛び出しながら、轟が訊いた。本気で怒った顔をしていたが、春菜が真っ青になっているのを見ると、声のトーンを少しだけ落とした。

「ていうか大丈夫？　どうしたの？」

春菜は自分の胸を押さえて、轟の後ろに開いた扉から建物内部を覗き見た。

「……ていうか……ここ……」

今の凄まじい衝撃をどう言葉にしたらいいものか。こんな感じは初めてだったし、自分ではどうにもならないほど体が震え始めていた。激しい震えで、喋《しゃべ》れば舌を噛《か》みそうだ。

「やだな、マジかよ。少し外に出ていたほうがいいかな」

轟は先に階段を下り、草の中で春菜を手招いた。

春菜も階段を下り始めたが、足がガクガクして歩けない。轟が手を貸して支えてくれようとしたとき、肺が痛んで激しく咳《せ》き込んだ。咳《せき》は止まる気配もなく、涙と生唾《なまつば》が一緒に溢れ、ついに春菜は草むらに上半身を突っ込んで、地面に胃液を吐き出した。

「うわ、大丈夫かよ」

「すみま……せん。なんか、突然……」

「水買ってこようか」

轟は訊いたが、この場所に独りで残されるなんて、とんでもない。

「大丈夫。もう大丈夫ですから」

そして春菜はようやく、自分がどういう状態だったのかを理解した。

「体が、細胞レベルで、建物に入ることを拒絶したんです。ワイヤーも安全ベルトもなしでバンジージャンプを飛ぶときみたいに」

「ええー？」

轟はもはや泣きそうだ。

「轟さん。この教会にはナニか棲んでます。なにか、とてつもなく邪悪なものが」

「とてつもなく邪悪なものが、って……」

轟は春菜の脇に来て建物を見上げた。

さっきまでけたたましく鳴いていた蟬の声がピタリと止んで、真っ黒に茂ったヒマラヤスギが、蹴《け》られたように枝を揺らした。風が止み、あたりが急に暗くなる。

「出ましょう。ここを、早く」

春菜は轟の腕を押し、獣道を急いで戻った。

ブー……ンンンンン……耳元で不快な音がする。夏草が揺れて、焚き火に舞う煤《すす》のごとき黒いものが草地から湧き出してくる。ブーン……ンンンンン……それは蠅の塊で、春菜と轟の足にぶち当たり、やがて高く飛び立って、目や口や耳に突進してきた。

「走って！　早く！」

春菜は叫んだ。空気が重く、濡れて傷だらけの獣の臭いがする。腐臭は容赦なく鼻を突き抜け、吐きそうになったが、懸命に耐える。吐こうとして口を開ければ蠅を吞み込んでしまうからだ。腕で顔を覆って走り続け、荒れ地から私道に飛び出したとき、凶暴な蝿の追跡はピタリと止んだ。夢や幻でなかった証拠に、春菜が首に巻いたタオルにも、轟の長い髪にも、無数の蝿が刺さっていた。タオルを払い、髪を振りさばくと、足下に黒々と蝿の死骸が積もった。すべての蝿は死んでいて、すでに頭がないものも、体が空洞になったものも、翅《はね》がちぎれたものもいる。それなのに、たった今まで二人を攻撃して止まなかったのだ。さすがの轟も真っ青になり、車の脇にしゃがんでしまった。

「もう無理だ」

と、轟は言った。

「俺……会社辞めるわ」

春菜は春菜で全身がまだ粟立《あわだ》っていた。怪異と呼ばれる現象に遭遇したことは何度かあるが、でも、ここは……春菜は、たった今感じたものを、どう理解したらいいのか考えていた。でも、ここは、それらの怪異とはまったく違う。近づくな、触れるな、感じるな、見るな、そうしなければ……あれはなに？　あの感じは？

「純粋な……悪意」

嚙みしめるようにして、声に出す。

「怒り、恐怖、誹《そし》り、憎しみ、嘲《あざけ》り、冷酷、残虐……陰湿、それから……」

まだ思いつける。けれども言葉にすればするほど、魂が穢れてゆくような気がする。

あそこにいるのはつまり、そういうものだ。触れ続ければ穢されて、やがて取り込まれてしまうもの。それを待ち構えているおぞましいもの。

春菜は思わず天を仰いだ。この場所で過去に起こった凄惨な事件。それらもまた、そういうものが人に起こさせたのではないか。そして未だにそれは教会に棲み着いているのだと、悟った。

チリチリと、タイヤが砂利を踏む音が近づいてくる。

轟はしゃがんだままで顔を上げ、春菜は車の脇に立ったまま、音のするほうを見た。バックしなければ出ていけない私道に、二台の車が入ってくる。一台は井之上の車で、もう一台は見たことのない商用車だ。誰だろうと見ていると、ボディに隷書体で『有限会社延齢堂《えんれいどう》建具店』と文字があった。井之上の車に力を得たのか、轟が立ち上がる。事情を知らない井之上は、恐怖とは無縁の顔で車を降りた。それでも、蒼白《そうはく》になった轟と春菜に何かを感じたらしく、深刻そうに眉をひそめた。

お疲れ様ですと言うこともなく、春菜たちが無言で立ち尽くしていたからだ。

「お疲れ。なんだ。どうかしたのか?」

連れてきた客が車を降りるより早く、井之上はそばへ来て訊いた。社長と長坂が一緒でなかったのはいいが、轟は答えない。春菜もまた、体中にさっきの蠅が詰まっているような気がして言葉が出ない。二人の足下には黒々と蠅の死骸が散らばっている。

「なんだこれ？　え？」

井之上は珍妙な声を出す。

真夏の砂利道に、黒蠅が大量に死んでいるのだ。蒼白の春菜と轟は、互いに相手が何か言うのを待っていた。

「どうもーっ、お疲れ様です」

微妙な空気を吹き消すような挨拶をしたのは、灰色の作業着を着た男性だった。

「轟くん、紹介するよ。建具の修復をお願いする予定の、延齢堂の社長さんだ。実物を見てもらわないことには話が進まないからね、お連れしたんだ」

井之上は彼の脇に立ち、轟と春菜を紹介した。

「現場監理の轟と、営業の高沢です」

そのとたん、轟も春菜もスイッチが入ったように姿勢を正し、ポケットから名刺を出した。

「はじめまして。監理の轟です」

さっきは会社を辞めるとまで言っていたのに、轟も普通の顔で名刺を差し出す。職業人ってやつはどうしようもないと呆れながら、春菜もまた名刺を交換した。

もらった名刺の住所を見ると、延齢堂は長野県北部に位置する飯山《いいやま》市の会社であった。

同地は飯山仏壇と呼ばれる高級仏壇の名産地で、特殊で美しい工芸の技を持つ職人たちが多く住む。延齢堂の業務内容は古民家の解体や移築に伴う建具や家具の修復がメインのようで、明治期の教会を丁寧に改修するにはうってつけの会社だと思う。難しい現場仕事で特殊技術を持つ職人と出会えることは、文化施設事業部の醍醐味《だいごみ》である。

社長は五十代ぐらいだろうか。小柄《こがら》で肌が浅黒く、目も眉も一本線で描いたように細長い。四角い顔でニコニコとして、お地蔵さんのような印象の人だった。

「延齢堂さんは、特殊な技術をお持ちなんですね」

営業職の血が騒ぎ、恐怖に勝る。春菜はようやく言葉を発し、そしてなるべく普通に振る舞おうと努力した。井之上はともかく、事情を知らない部外者の前で声高に怪異を吹《ふい》聴《ちょう》することはできない。パグ男のことは嫌いでも、彼がここに事務所を構えると決めた以上は、土地の悪い噂を広めるわけにはいかないのだ。

「ええ、まあ。飯山ですからね、今は建具の修復メインにやっていますけど、うちももともとは宮大工《みやだいく》でね、お寺などに納める大きな仏壇を作っていました。今もやってはいますけど、そういう仕事は球数《たまかず》がないもので」

「そうなんですね。どうぞよろしくお願いします」

春菜と轟が頭を下げると、延齢堂の社長はちょっと複雑な顔をした。

「ところがまだね、仕事を受けるかどうか、決めかねてるってわけですわ。ええと……」

首を伸ばして私道の入口を眺めている。そこへ一台の軽トラックが入ってきた。

「あ、来た来た」

社長はトラックを迎えに行った。声が聞こえる。

「忙しいところをすみませんでしたね、仙龍さん」

いつのまにか、私道に四台も車が連なった。トラックのドアが開き、助手席から背の高い男が、運転席から小柄な青年が降りてきた。春菜の心臓がドクン！　と鳴った。

黒いTシャツに紺色の作業ズボン、額に黒いタオルを巻いているのは、鐘鋳建設の社長で隠温羅流の導師でもある仙龍だ。目の覚めるようなオレンジ色のTシャツに、同じく作業ズボンを穿《は》いて、コンビニタオルを被《かぶ》ったサル顔の青年は、目下仙龍が仕込み中の見習い職人コーイチである。曳家を生業とする隠温羅流では、研鑽《けんさん》五年で一人前の職人と認められ、本名とは異なる号と純白の法被《はっぴ》を賜るが、それに満たない下っ端を『法被前《はっぴまえ》』と総称し、職人の一歩手前を『綱取り』と呼ぶ習わしがある。コーイチはまだ綱取りになったばかりだ。重い足場や枕木《まくらぎ》を毎日動かしているせいで、二人は美しい筋肉と無駄のない体軀《たいく》を持っている。

「……仙龍……コーイチも……」

さっきまでの恐怖はどこへやら、春菜は地獄で仏に会った気がした。

延齢堂の社長が二人を連れてくる。

春菜も轟も井之上も百人力を得た気分で、蟬時雨《せみしぐれ》を背負ってくる仙龍たちを出迎えた。

「ええと、こちらは鐘鋳建設さんの……」

仙龍を紹介しようとして、延齢堂は言葉を切った。

「あらら、さすがにご存じでしたか?」

仙龍とコーイチが頭を下げて、春菜たちも軽く会釈する。

ならば話が早いと社長は笑い、井之上や轟に向けてこう言った。

「申し訳ないですが、うちの会長がここの話を存じてましてね。まあ、仏壇屋だから迷信深いということでもないんですけど、やはり安請け合いはいけないというんで、現場を見てから決めろと言われて……ところが私には、霊感とかはまったくないので、鐘鋳建設さんに電話して仙龍さんに来ていただいたってわけなんで」

「ちょうど今、すぐそこの犀川で橋の工事をやってるんすよ」

コーイチが春菜にコッソリ言った。この青年が来ると場が一気に明るくなる。コーイチにはそういう力があるなあと、春菜はしみじみ思っていた。

「やー。それにしても偶然っすねえ、春菜さん。また会えて嬉しいっす」

「私もよ」

お世辞でなく答えると、コーイチはなぜか赤くなり、

「相変わらず美人さんっすねえ」

と、頭を掻いた。

仙龍はといえば、炎天下の私道に立ったまま、微動だにせず荒れ地を見ている。

二ヵ月も会っていなかったけれど、寡黙とぶっきらぼうは相変わらずだ。私道の両脇に立つお屋敷からは、砂入りの鈴を振るような蟬の声が降ってくる。それなのに、教会の藪は静まりかえって随分暗い。仙龍は地面に視線を落とすと、春菜の足下に散らばる蠅を見た。虫の死骸はまばらに降った灰のように砂利道を黒く汚している。

「それはなんだ?」

井之上と同じことを仙龍は訊く。敬語でないので、質問は春菜に向けたものだ。

「昨日、出入りの業者がけがをして……」

何から話せばいいのだろうかと考えながら言うと、

「ですってねえ。その話は井之上さんから聞きましたよ」

延齢堂が口を挟んだ。春菜は続ける。

「それで、施主さんが来る前に現場の掃除をしようと思ったんだけど、建物に入ろうとしたら……」

春菜はその先を言いよどむ。こんな話を業者の前でしていいのだろうか。

「入ろうとしたら?」

仙龍はまともに春菜を見た。気にせず話せと目が語る。

一瞬だけ迷ったが、延齢堂の社長はすでにここの因縁話を知っている。となれば、情報を伏せておくのはフェアではないと考えて、春菜は語った。

「私、足が地面に貼り付いて、すごい寒気と吐き気がして、どうしても中に入れなかったの。絶対に入ってはいけない気がして」

轟がその先を言う。

「高沢が逃げ出したので、俺も外へ出たんですけど、そうしたら、いきなり蠅に襲われて……」

「嘘《うそ》だろう、この蠅がそうだって？」

井之上が訊く。強力な殺虫剤をまいたかのように、死骸は黒々と地面にあるが、ほとんどが死んだばかりの蠅ではなくて、ずっと前に干からびたような死骸であった。

「本当ですって、この蠅です」

「げげ……マジすか」

コーイチは地面にしゃがんで蠅を見た。小さくて軽い死骸は風で容易に飛ばされて、バラバラになった足や翅《はね》が粉のように砂利の隙間に消えていく。

「飛んできたのよ。すごい勢いで。死骸なのに」

仙龍はやおら荒れ地に踏み入った。真夏の陽射しが随所に降って、暗い藪の隙間に幾筋かの線を引き、陽が照る場所は真っ白に霞《かす》み、それ以外はすべて薄暗い。建物の入口はさらに暗く、黒い幕がかかっているかのようだ。

「なんかモノホンって感じっすよね。春菜さんが入れなかったのもわかる気がするっす」

「ほかには何か感じたか」

草地から仙龍が振り返る。それ以上建物に近づくことなく、注意深くあたりを見回している。

「何かが棲んでいる気がするの。とてつもなく邪悪なものよ」

延齢堂と井之上と轟は私道に立ったままである。さらには春菜と仙龍の奇っ怪な会話を不思議に思うそぶりもない。彼らは怪異や不思議な現象を頭ごなしに否定しようとはしなかった。

「やっぱりねえ……そうですか」

と、延齢堂は呟いた。

「惨殺事件が起きた場所ですからねえ。こんなところを買うなんて、酔狂な人もいたもんだ。さて、どうするか」

揶揄《やゆ》するような感じはなく、しみじみと考え込んでいる。轟が説明する。

「五十年ほど空き家だったようですが、家具や調度品はそのまま残されているんです。街中だし、人が近づかなかったせいもあって、ほとんど荒れてもいないんです」

「ほう」

延齢堂は興味を示した。

「なるほど、井之上さんがうちを指名してくれたのは、そういうわけだったんですか」

彼も草地に踏み入って、仙龍の脇に立った。腰を屈《かが》めたり、頭を左右に動かしたりして、草藪に隠れた建物を窺う。やがては腰まで草に埋もれながら、教会の側面が見える位置まで移動した。

「はあーぁ……こりゃすごい。仰《おっしゃ》るように、ガラスも枠《わく》も当時のままのようですな」

延齢堂が立つ場所からは、礼拝堂の側面に並ぶバットレスと、その間に設《しつら》えられた細長い窓が見えると言う。窓は貴重な吹きガラスでできていて、何枚かに一枚の割合で、吹き竿《ざお》の渦巻きがそのまま残ったガラスがあると言う。

「当時は遠心力でガラスを伸ばして板ガラスを造ったそうで、すごい技術と体力だよねえ。イギリスの田舎《いなか》あたりでは今もこういうガラスを見ますがね？　日本じゃほとんど残っていません。なるほどこれは井之上さんが残したいと思うのもわかりますなあ」

「中はもっとすごいですよ。もっとも、全部を見たわけじゃないけどね。奥の部屋へ入ろうとして、昨日の事故になったんで」

私道から井之上が大声で言う。蝿を見て敷地に立ち入るのが怖くなったのだ。

「そうですか……」

延齢堂は草をかき分けて仙龍のそばまで戻ってきた。

「いやあ……こういうのを見せられちゃうと、職人の血が騒ぎますわ。ただし、嫌なものに関わって障りを背負うのは勘弁していただきたい……」

それから井之上と轟を見て、

「うーん……だから、問題はそこなんですわ」

と、彼は言った。

「どうですか、仙龍さん」

仙龍は答えずに教会の入口へ向かう。コーイチが後をついていく。春菜も自然に体が動いた。仙龍とは何度か因縁物件の仕事に関わってきたが、その中でわかったのは、隠温羅流の導師は必ずしも霊媒体質ではなく、ほかに導師を導くサニワを必要とするということだった。物件によって様々な者がサニワをやるが、アーキテクツが関わる物件では春菜が務めることが多かった。だからこそ、仙龍がこの教会を判ずるためには自分の存在が不可欠のはずなのだ。最初は仙龍たち隠温羅流が旨とする世界観に疑惑や嫌悪感を持っていた春菜であったが、彼らの荘厳な儀式に触れるに連れ、導師のためにサニワを務めることは光栄だと考えるようになっていた。

しかも最近は、たまさか仙龍につながれた黒い鎖が見える。鎖は影に似て、彼の足に絡みつき、増えたり、また減ったりもする。隠温羅流導師が四十二歳で死ぬ運命なのは、この鎖に関係があるのではないかと春菜は閃《ひらめ》き、今では、彼の寿命を延ばすことに一縷《いちる》の望みを持っている。蠅に襲われたときは二度とこの場所に近づくまいと思ったのに、そんな理由で、春菜は仙龍とコーイチについていく。

もしものとき、彼岸と此方《こなた》をつなぐことができるのは自分だ。仙龍の役に立つのであれば、恐怖などものともせずに立ち向かうことだって、きっとできる。隠温羅流のサニワは自分だ。仙龍の役に立つのだ。春菜は何度も心で呟き、身震いするような恐怖と闘った。

「もう……さっき吐いてたくせに、なんで行くかな」

女の春菜が教会へ向かうのを見ると、轟は地団駄を踏んだ。結果として、延齢堂も井之上も、あれほど怖がっていた轟さえも建物へ向かった。


ザワザワザワと熱風が、ヒマラヤスギの枝を揺らす。

仙龍は先頭に立って石の階段を上っていく。扉は轟が開いたままで、階段から内部が覗ける。前室は数人が立てる広さがあって、一同はそこに集まった。

さっきは恐怖のあまり何も見ないで逃げ出してしまったが、仙龍やコーイチと一緒なら、春菜は冷静でいることができた。刺すような恐怖も、獣の臭いも今はない。

扉の奥にあったのは、複雑に組まれたアーチ型の梁《はり》が美しい、ゴシック様式の礼拝堂だった。天井を覆う天板は所々に隙間が空いて、光が筋になって射し込んでいる。森にある教会ならば野生動物が入り込んで巣を作ってしまうところだが、街中にあるせいで深刻な被害を免《まぬが》れたのだ。礼拝堂は二重構造になっていて、信者のベンチが並ぶ聖堂の奥に壁を隔《へだ》てた空間がひとつ。その奥に祭壇を置いた内陣があった。空間を隔てる壁はアーチ状にくり抜かれ、両脇に色あせたカーテンが下がっている。壁はすべて煉瓦積みだから、ここの設計に合わせてアーチ部分を縁取る煉瓦を特注したということになる。

　両側に並ぶ細長い窓は枠がアイアンでできており、抑えは漆喰、床も梁も天井も木で、赤煉瓦とのコントラストが美しい。延齢堂が貴重だという渦の残った吹きガラスも五枚に一枚の割合ではめ込まれ、渦巻き模様のガラスを通して藪になった植物が透けて見えた。説教台、オルガンに祭壇、燭台、信者のベンチ、すべてが当時のままに残されている。ある日突然信者が逃げ出し、そのまま時間が凍り付いたかのようだ。

「すごいっすねーっ」

　コーイチが感嘆の声を上げ、そして轟を振り返った。

「あれっすね。軀体構造に、わざと十字架が隠してあったりするんっすかね？」

　前室から礼拝堂を覗くだけでは、春菜はまったく気づけなかったが、我が意を得たりと轟が答えた。

「よく気がつきましたね、そうなんです。平面図を引けばわかりますけど、身《み》と袖《そで》と交差部と内陣で十字架になるよう設計されているんです。祭壇のある内陣が十字架の天辺で、交差部と袖が十字架の横軸、信者席が身になりますか」

「面白いっすねえ、西洋にも『呪《しゅ》』の技法ってあるんだなあ」

呪とは、秘して表す祈りや願いで、多くの建造物にこうした仕掛けが隠されている。職人は施主の幸福と繁栄を願い、様々に工夫して平安や幸福を建物に背負わせた。(悪意を持ってそれをすることもあるのだが)

コーイチは真っ先に礼拝堂へ入っていき、振り返るなり、

「うひゃっ」

と、悲鳴を上げてのけぞった。

その目が入口上部に向いているので、春菜たちも続いて建物へ入る。

内部は窓以外に光源がない。工事はまだ始まっておらず、電気や照明の設備が来ていないからだ。頼みの窓は蔓草《つるくさ》に覆われ、梁の隅々《すみずみ》や壁の角に陰湿な闇が凝《こご》っている。前室から礼拝堂へ足を踏み入れると、頭上に白く突き出すものがあり、見上げればそれはマリア像が纏《まと》う薄衣《うすぎぬ》の裳裾《もすそ》であった。白く整った聖母の顔は筋状に涙を流していたが、その涙は透明ではなく、赤黒く乾ききった血であった。真っ白な頬に血の筋を描いて、マリア像はコーイチを見下ろしている。

春菜は思わず口を覆った。

井之上が見せてくれたオカルトサイトの記事には、日曜の朝、血で穢されたマリア像を信者が発見したとあったが、まさか、当時のままに残されているとは思いもしなかった。

「ふむ」

仙龍が唸る。一度は戦いたコーイチだったが、改めて像を見上げると、

「てか、これ見てもここを買ったって、逆にすごくないすか、あの設計士の先生は」

長坂に感服したという体で呟いた。一方春菜は直感していた。比嘉が事故に遭うきっかけとなった筋交いは、殺人現場を封印するためのものだったのではないかと。

長坂がここを買った理由は礼拝堂を見ただけでもわかる。この建物には正式な平面図が残されていないから、箱の内部がどうなっているか図面から知る術はない。それでも長坂は購入を決めた。この建物には価値があり、長坂の嗅覚《きゅうかく》はそれを見逃さなかった。逆に言えば長坂は見えるところだけを見て購入を決めたのだ。血の涙を流すマリア像も、筋交いで封印された因縁の場所も関係ない。超現実主義の守銭奴だから。

「轟さん、比嘉さんが事故にあったのはどこですか？」

春奈が訊くと、轟は井之上の顔色を窺った。さっきは一人で奥まで行ったが、今はもう恐ろしくて先へ行けないのだろう。事故当時現場にいた井之上が先頭に立って、礼拝堂へ入っていく。礼拝堂の床は中央に赤い絨毯が敷かれていて、道のように内陣へ延びている。踏みしめるとギシギシ音を立てるが、雨漏りで傷んだ箇所はごくわずかだった。現代では高級になった無垢《むく》材を使っているから、傷みが進行しにくいのである。

井之上を先頭に、コーイチ、仙龍、延齢堂、そして轟と春菜が続く。歩くたび延齢堂は内部を見渡し、仕事の依頼を受けた場合に自分が関わるべき物件を見定めていく。ベンチ

に触れて部材を確かめ、ときおり足を止めては裏側を覗き込む。

「明治期にこんなすごい教会を建てたのは、やっぱり善光寺のせいですかねえ」

天井の梁を見上げて延齢堂が言う。

「そうでしょうね」

仙龍が彼に答えた。会話の真意が、春菜にはよくわからない。

「教会と善光寺と、どういう関係があるんですか？」

訊ねると、仙龍は足を止めて振り向いた。

「善光寺が広く信仰を集めていたからこそ、その膝元にキリスト教を食い込ませる意気込みが必要だったということだ。同じ理由で……」

いや、やめておこうと仙龍は言った。隠温羅流は因縁物の近くで因縁話をするのを嫌う。そうした行為がさらに怪異を呼び寄せてしまうと考えられているからだ。

内陣の手前には十字架の横棒に当たる交差部がある。信者席から見るとアーチ状に空いた壁のすぐ奥だ。井之上は交差部で足を止め、春菜たちを待っている。左右の袖は信者席から見えないが、交差部まで進むと、轟が言ったように両脇にスペースがあった。なるほどどこへ来てみれば、構造に十字架が隠されているとよくわかる。

それぞれの袖に扉があるが、扉はどちらも交差する筋交いで塞《ふさ》がれていた。この筋交いを電動ノコギリで切ろうとして、事故が起きたのだ。交差部から内陣へかけては床一面に赤い絨毯が敷かれていたが、床面を確認するため一部が剝がされ、板の間が剝《む》き出《だ》しになっている。そしてその板の間が、おびただしい血で汚れていた。

「まだ掃除が終わっていなくて」

本来の目的を思い出して轟が言う。床にはまだ水のバケツが残されている。

「こりゃ……相当酷いけがだったんだねえ。井之上さんも驚いたでしょうなあ」

床を見て延齢堂が言った。

「ええ、まあ、指が無事にくっつきそうでよかったですが……ここだよ、高沢」

井之上は筋交いを指して春菜を見た。おそらく、この奥が殺人現場なのだろう。

「たしかに。内部が見られないのでは延齢堂さんも見積もりのしようがない」

そう言って、仙龍は筋交いの強度を確かめた。

薄手の板二枚は梁と床に釘で打ち付けてある。天井は鋭角で、中央部分が最も高い。遠近感を出すため信者席より低くなる設計だが、それでも筋交いを打ち付けた梁までは四メートルほども高さがある。高くて釘を外せないので、斉藤さんが丸鋸で筋交いを切りたくなったのも道理だ。

仙龍が筋交いの板を揺らしている。おそらく誰かがあとから打ち付けたのだ。経年で傷んでいるわけでもないが、天井部分の釘はわずかに浮きはじめているようだ。

「コーイチ」

仙龍が天井を見上げてコーイチを呼ぶと、コーイチはダッシュで礼拝堂を出ていった。

「え。どうするんです？」

と、井之上が訊く。

「筋交いを外すんですよ」

言い捨てて仙龍は、別の筋交いを見に行った。注意深く天井を眺め、次に足下の桟を見る。梁も桟も古材だが、かまわず釘を打ってあるので、県はこの建物を保存する気がなかったとわかる。建造当時に莫大《ばくだい》な財を傾けて、熱意ある意匠で造られようと、住む人間の愛情がなければ、建物は容易に朽ちていく。

両方の筋交いを見ているうちに、コーイチが腰袋を下げて戻ってきた。壁の内側に立つ構造柱に取り付くと、柱を上り、あっという間に天井を支える梁に達した。

「スゲーな」

轟がため息をつく。

「でも、崇道《すどう》さん、気をつけてくださいよ」

井之上が見上げて言うと、コーイチは梁に足をかけ、筋交い部分に腕を伸ばした。

「平気っすよ。曳《ひ》き屋っすから」

片腕で梁につかまったまま、器用にタオルを外して桟と筋交いの隙間に噛ませ、腰袋からバールを出して仙龍を見た。

「いいぞ」

仙龍は下で筋交いを押さえている。梁と板の間に差し込んだバールが、ガッ、ガッと二度ほど鳴ると、釘が外れて筋交い板が仙龍の腕に倒れてきた。仙龍は板を持ち、たわませながら下部を揺らした。床に打ち付けられた釘が浮き、桟との間に隙間ができる。仙龍はそこに足先を入れ、ほんの一蹴りで筋交いを外した。同じ手順で交差する板も外すと、コーイチは梁を渡って反対側の筋交いへ向かった。細い梁の上を自在に移動する姿を見ると、毎度ながらサルのようだと思ってしまう。

わずか五分足らずで、祭壇脇にあったふたつの扉は開けられる状態になった。

「すごいですねえ」

コーイチがとんぼを切って床に下りると、井之上は感嘆の声を上げ、いきなり仕事に目覚めて轟を見た。

「轟くん、カメラは?」

「持ってきてます」

「じゃ、今の状態を撮っておいてよ。あの先生のことだから、全部記録しておかないとな」

職人への心付けを惜しんで現場に来ないくせに、後から物がなくなったなどと言いかねない。余計な雑務が増えるので、長坂の現場は倍額もらってもいいのではないかと春菜は思う。轟は車へ記録用のカメラを取りに行った。デジタルではなく、敢えてフィルムを使うのも、画像を加工したと言われないための措置である。

こうやって筋交いを外してしまうと、その奥の扉もまた、貴重な欅《けやき》の一枚板で造られたものだった。延齢堂は先に立ち、扉をつぶさに見分した。表面に十字架を鳩《はと》とオリーブで飾った彫刻が施してあり、一部にガラスがはめ込んである。扉は袖の左右にあって、真鍮板にオリーブの枝を付けてドアノブとしている。延齢堂によれば、オリーブと鳩の逸話が聖書にはあるのだという。

「お待たせしました」

轟が写真を撮り終えるのを待って井之上は先ず左の扉の前に立ち、ノブを握った。

「開けますよ」

誰にともなく宣言する。封印された部屋の扉が静かに開く。思ったとおり中は暗いが、どこかに窓があるらしく、微かな明かりでテーブルと、倒れた椅子がぼんやり見えた。轟がシャッターを切るのに合わせて、井之上はさらにドアを引く。

おそらくこちらが参事室で、テーブルに置かれた本とペン立て、書類や花瓶《かびん》やフォトスタンドが見えてくる。参事室は、オカルトサイトで惨劇が起きたとされる部屋である。血の臭いがするかと思ったが、閉じ込められた空気と埃、家具の臭いがしただけだった。

恐る恐るというふうに、井之上が中へ入っていく。カメラを構えて轟が続く。フラッシュが何度も光るのを、春菜は仙龍やコーイチと一緒に扉の外から眺めていた。

「感じるか？」と、仙龍が訊く。「今は何も」と、春菜は答える。

おぞましさも恐怖も影を潜めた。どこかで息を殺しているのかもしれないが。

「うひぁっ」

突然、井之上の叫ぶ声がした。彼は交互に足を上げ、轟がフラッシュを何回も焚く。そして二人で逃げ出してきた。春菜たちを押しのけるようにして外へ出てから、

「これってさ……」

轟はファインダーを覗くのをやめて額を拭った。長髪が汗で濡れ、また顔色が悪くなっている。そのまま続きを話さないので、今度は春菜たちが参事室へ入ってみた。

延齢堂の社長は何より先に開いた扉をチェックしている。外も、中も、側面も、金具もだ。この人もまた、仕事以外に関心が向かないタイプのようだと春菜は思った。

参事室は十二畳程度の広さがあった。入って左側の壁に細長い窓がひとつあり、右側は書棚で、どん詰まりにもう一つドアがある。ドアには磨《す》りガラスをはめた窓があり、庭の緑が透けていた。裏口のようで、鍵がかかっている。入口近くにテーブルがあり、さっきまで執務をしていたかのように事務用品が置かれていた。椅子は倒れて床にあり、敷かれた絨毯は裂けていて、おびただしい血痕が残されていた。

「わ……」

春菜は思わず声に出す。

そのつもりで室内を見ると、書棚にも、壁にも、テーブルの脚や椅子にも、天井にまで、凄まじく血が飛び散った跡がある。この部屋では牧師の奥さんが首なし死体で見つかったと聞くが、人ひとりの体からこれほどの血が流れ出るとは思いもしない。五十年前のそのときの、被害者の恐怖を春菜は悼んだ。

「ひいぃ……ちょっと……これは……社長……」

コーイチが仙龍を仰ぎ見る。そして、

「大丈夫っすか？」

と、春菜に訊ねた。

ここがオバケ屋敷と呼ばれたことも頷ける。後任の牧師は三日で逃げ出したというが、掃除すら手がつかなかったということだろう。五十年を経過してこの有様では、事件当時の部屋の様子と、後任牧師の恐怖は想像に難くない。

「なんなのかしら、この感じ……」

春菜は改めて室内を見た。殺人の痕跡《こんせき》は凄惨極まりないものの、この部屋が原因で悪意を感じるかというと、それは少し違う気がする。もしもここが原因ならば、正気でここにいられるわけがない。今までも、怪異の現場では独特の空気を感じてきた。気温が下がり、風が吹く。怪談話に聞く生臭くて温かい風ではなくて、魂が凍えるほどの冷たい風だ。でも、この部屋にはそれがない。

　感覚を研ぎ澄まして感じようとするならば、驚き、恐怖、そして悲しみ。さっき吐いてしまったほどの戦慄ではない。

「原因はここじゃない。この部屋じゃないわ」

　延齢堂が顔を上げ、春菜に目をやり「ほほう」と言った。

「高沢さんは『感じる』タイプで？」

　なんと言ったらいいものか、曖昧に微笑んだだけで部屋を出て、春菜たちは井之上が待つもう片方の扉へ向かった。こちらの扉は最初から鍵が壊されている。長坂に因縁をつけられても嫌なので、井之上は壊れた鍵を写真に残すよう轟に指示した。

　入れ替わりに延齢堂が参事室へ入り、内部の家具を調べ始めた。惨劇の参事室から声だけで言う。

「蝶番《ちょうつがい》部分も、扉自体も、テーブルも椅子も状態は悪くないですね。工場へ持ち出してクリーニングすれば使えそうですし、接いで修復する部分も少なそうです」

「ざっと見積もりを出してもらえませんか。もしかすると、長坂先生が手をつけなくていいと言われる分もあるかもしれないので、躯体に関わるものだけでいいですよ。扉と、あとは窓枠……くらいかな、そう思うと、煉瓦の建物ってすごいですよね。木造だとこうはいかない」

「そうですねえ」

延齢堂の声はそのまま止まった。

もう一方の扉を開くと、内部は質素なリビングとキッチンだった。扉の対面に窓があり、参事室では裏口になっていた方角にドアがある。こちらのドアは鍵がかかっておらず、轟が開けると、奥が寝室になっていた。

「あー……もう……やだよ俺」

轟は泣き声を上げ、ブルンと大きく身震いした。肌にくっついてくる障りを避けるような仕草《しぐさ》であった。

牧師は教会の敷地内に居住する決まりがあると、春菜は何かの本で読んだことがある。この建物もそうした造りで、小さな居間とキッチンと、ベッドルームが併設されていた。寝室には天蓋《てんがい》付きのベッドがあって、リネン類も布団もそのままに残されていた。ネズミが忍び込んでいたらしく、シーツに赤茶色の土がこぼれ、生地《きじ》が破れて綿が出ていた。天蓋に蜘蛛《くも》の巣《す》が張って垂れ下がり、そこに埃がたまっていた。セピア色をした写真が壁にあり、創建当時の教会と、教会の建設に尽力したとみられる人々が、牧師や大工と肩を並べて写っていた。サイドチェストにも写真が並び、牧師と日本女性とハーフの少女の姿があった。枕《まくら》とクッション、色あせたシーツと上掛けは血で汚されて、膨《ふく》らんだ上掛けの見えない部分に、首を切り落とされた少女の死体がまだあるかのようだった。天蓋のカーテンに血しぶきがかかり、敷かれた絨毯には血の滴った跡がある。少女の首を持った誰かが歩いていった跡かもしれない。

筋交いで蓋《ふた》をしただけで、現場がそのまま残されていたなんて。

「ヤバい……俺、気持ち悪くなってきた」

闇雲にシャッターを切ってから轟はフラフラと部屋を出ていった。さすがの井之上も真っ青だ。

「ちょっとこれは……掃除するにしても、うちではムリだ。専門業者を呼ぶか……それも長坂先生次第だしなあ……」

やれやれと言いながら、井之上はため息をついている。

「パグ男はまだこれを見てないんですよね？　見たらなんて言うかしら」

「今日撮った写真を見せるよ。でも、内装をやり替えるから、気にすることはないと言うんだろうな。問題はそこじゃなく、工事をやってくれる職人がいるかってことなんだが」

井之上は春菜より先に寝室を出て、リビングにある調度品などを細かく記録に残すよう轟に指示した。

「ここはどうだ？」

残って仙龍が春菜に訊く。春菜は黙って頭を振った。

ここでもない。たしかに凄惨な部屋ではあるが、ここに悪意は感じない。もっと言うと、ここでも参事室でもない気がする。それならいったいどこなんだろう。あの凄まじい悪意と恐怖は、どこから湧いてくるのだろう。

ベッドの脇に、端布で作った粗末《そまつ》な人形が落ちていた。主を失ったその人形を、春菜は拾い上げて埃を払った。胸に抱いたその瞬間、

――悪魔なの――

頭の後ろで声がした。

壊れたテレビのようにノイズが走り、見ている景色が色を失う。振り向けば、天蓋付きのベッドに足を投げ出して、幼い少女が座っていた。

――お父さまが悪魔を殺した。それで……悪魔は……――

少女はロウで固めたように表情がない。白い顔、白い唇、灰色の目で春菜を見ている。抱きしめた人形から少女の匂《にお》いが立ち上る。

それで、悪魔は？

意を決して訊ねたとき、一陣の風が少女を襲い、首がちぎれてベッドに落ちた。

「ひっ！」

頭から少女の鮮血を被って春菜が体を硬くしたとき、

「大丈夫っすか、春菜さん、春菜さん？」

コーイチの声がした。

気がつけば、春菜は古い布の人形を抱きしめて、あの寝室に立っていた。世界は色を取り戻し、褪《あ》せて湿った部屋が目前に浮かぶ。仙龍が見透かすような視線を送ってよこす。人形をベッドの端に座らせると、春菜は逃げるように部屋を出た。そのときだった。

ビシッ！　と空気を縦割りにして、ものすごい冷気があたりを襲った。激しく音を立てて扉が閉まり、ベッドルームは無人になった。あの恐怖。全身が粟立つ感じ。本能が逃げろと言う感じ。

「部局長、外へ出ないと」

怪異の前触れはいつも突然訪れる。春菜は井之上を追い立てた。霊感があろうとなかろうと、これほど気温が下がれば誰でも異常に気づく。井之上は顔色を変えて先へ行き、数歩早く礼拝堂へ向かった轟を追う。春菜たちも井之上に続いたが、

「うわっ！」

轟の悲鳴が聞こえ、続いてガン！　と音がした。

「わ、ちょっと！　延齢堂さんっ」

轟の声。そしてバン！　と、打ち付ける音。何事かと礼拝堂へ出てみれば、延齢堂の社長がバールを振り上げ、轟を襲っているのであった。

「社長っ！　延齢堂さん」

井之上が割って入ると、延齢堂は井之上にもバールを振りかざした。お地蔵さんのよう

だった顔つきがまったく違う。色黒の顔はさらにどす黒くなり、凄まじい怒りで炯々と目が光り、口角から泡《あわ》を飛ばして鬼さながらの形相だ。春菜の脇から仙龍とコーイチが飛び出してゆき、バールが井之上の脳天に突き刺さる前に、両側から延齢堂を羽交《はが》い締《じ》めにした。

「高橋《たかはし》さんっ!」

仙龍が社長の名を呼んだが、聞こえていないようである。コーイチがバールを奪い取り、仙龍はそのまま彼を抱えて教会から引きずり出していく。

「大丈夫ですかっ、轟さん、井之上部局長」

心配で呼びかけたが、二人とも呆然としている。

「とにかくここを出ましょう。早く!」

冷気は去っていないので、春菜は二人を押し出した。

信者席を貫く赤い絨毯を踏みしめて、礼拝堂から前室へ出る。石の階段を駆け下りたとき、ムッとする暑さに包まれた。草いきれと、蟬の声、生ぬるい夏の風。教会の中と外では十度以上の差があるように感じた。

先に教会を出た仙龍とコーイチと延齢堂は、庭にいた。仙龍はすでに拘束を解き、社長は荒れ地にペッタリ座っている。先ほどまでの凶暴な顔ではなく、夢から醒《さ》めたお地蔵さんのような表情だ。

「延齢堂さん」

井之上が駆けていくと、彼は顔を上げて井之上と、怯えて階段の脇に立ち尽くしている轟を見た。

「ああ……井之上さん。さっきはとんだ失礼を……おケガは？」

「大丈夫。私も轟も大丈夫です。でも、いったい、どうしたっていうんです」

「わからない。自分でもよくわからないんですよ」

社長は轟に目を移し、

「参事室を見終わったので、みなさんのところへ行こうとしたんだ。そうしたら」

足下にバールが落ちていたのだと社長は言った。

「俺のバールっす。でも、筋交いを外した後は、ちゃんと腰袋にしまったんすけどね。なんでそこにあったかなあ」

コーイチは首を傾げている。

「鐘鋳建設さんの大切な道具だ、なくしちゃいけないと思って拾ったら……」

頭痛がするかのようにこめかみを揉《も》む。

「突然、ものすごい怒りが湧いて、自分を抑えられなくなったんです。それで、気がついたら仙龍さんに引きずり出されていたというわけです。本当に申し訳ありませんでした」

「もう大丈夫なんですか？」

少しずつ近寄ってきて、井之上の陰《かげ》から轟が訊く。

「大丈夫です。今はもう、正気です」

延齢堂は頷いた。

春菜たちの背後には、教会の扉が開いている。内部は暗く、闇夜に続いているかのようだ。

「俺、もう、ここに近づくのは嫌ですよ。こんな現場の代人《だいにん》、できませんって」

轟はそう言うと、ポケットから錠を出して井之上に渡した。重厚な建物を封印してきたとは思えないほど、チャチで小さな錠である。牧師家族の惨殺事件が起きた後、オカルト研究家のチームがここを訪れ、死人が出たという話があった。そのときも、同じようなことが起きたのではなかろうか。

「……とにかく、この場所を離れませんか?」

春菜は一同にそう言った。怯える井之上から錠を受け取り、仙龍が扉を閉めに行く。中にバケツを置いたままだと気づいたが、自分で取りに戻る勇気も、仙龍に取ってきてほしいと頼む図太さも春菜にはなかった。

この建物に入るのは勇気ではなく蛮行だ。長坂に電話をかけて、迂闊《うかつ》に近寄らないほうがいいと忠告するべきではなかろうか。彼が忠告など聞かない質《たち》で、逆ギレされて、不快な思いをしようとも、言っておくべきではなかろうか。

とにかくここを離れてから、後のことを決めたほうがいい。春菜らは四台の車に分乗し、アーキテクツの本社へ向かう。轟の車がバックするとき、春菜は正面に教会を見ていた。草木に覆われた荒れ地の奥に、石の十字架が少しだけ覗く。

「お父さまが悪魔を殺した……」

春菜は少女の言葉を呟いた。

――それで、悪魔は……――

その瞬間、少女の首は飛んだのだ。見えない何かが空を切り、表情を変える間もなく首が離れた。頭から被った鮮血の、生暖かさとぬめりが額を濡らす。

春菜は額を拭ってみたが、指先についたのは冷たく透明な汗だった。

其の四

三つ首の影

私道を出るにはバックするしかないので、先頭を切って走っていったのはコーイチが運転する軽トラックだった。その後を延齢堂の営業車が、そして井之上と轟の車が続いていたが、途中の信号で止まったとき、延齢堂が車を降りてきて、申し訳ないが、やはりこの仕事は受けられないと井之上に言った。そして信号が変わったときには、交差点を別の方向へ走り去っていってしまった。

春菜はその様子を轟の車から見ていたが、致し方ないと考えた。それどころか、アーキテクツが長坂の仕事を受けることすら危ういと思う。延齢堂に呼ばれた仙龍たちはかろうじて先頭を走り続けていたが、それすらも現場を下見した立場として筋を通しているだけだとわかった。中途半端《ちゅうとはんぱ》な仕事はしない。それが隠温羅流の信条だからだ。

広い道路の両側にオフィスビルが建ち並ぶアーキテクツ本社へ戻ってくると、ついさっきまで自分たちはどこにいたのだろうと不思議な気がした。世界は多角的で、二十一世紀の今だけがすべてを構築しているわけではない。こんな現場に遭遇すると、そのことを強く感じてしまう。軽トラックを先頭に、三台の車が次々にアーキテクツの駐車場へ入る。晴れたり曇ったりの空の向こうに、真っ黒な雲が湧き出していた。

仙龍たちが営業フロアを訪れるのは二度目だが、受付の柄沢はしっかり仙龍を覚えていて、春菜がドアを開ける前に姿勢を正して受付ブースで待っていた。

仙龍もコーイチも社屋に入る手前でタオルを外し、ラフな格好ながらも礼を尽くして営業フロアへ入ってきた。井之上はオープンスペースの応接ではなく、フロアを抜けた先の個別応接室を使うと柄沢に言った。

「悪いけど、麦茶。大きめのグラスで頼むよ。外は暑くて」

受付ブースを通りながら柄沢に言うと、

「かしこまりました」

柄沢は深く一礼し、コーイチが通り過ぎるまで顔を上げなかった。コーイチの後ろを轟が行き、最後に春菜が受付を通ると、

「嬉しい?」と、小さな声で訊く。

悪気がないのはわかっていたけど、さっきの今では柄沢の軽口に答える気力も残っていない。春菜は悲しげにため息をついて、柄沢の前を行き過ぎた。

個別応接室のドアを開けると、井之上は仙龍とコーイチを中に入れ、入室表示プレートを『使用中』の赤に替えた。後ろに轟が控えていたが、

「井之上さん、俺、写真を現像に回してきます」

そう言って部屋に入らず廊下を戻った。

井之上は春菜が入るのを待ってドアを閉めた。

柄沢が操作してくれたため、応接室は冷房が効き始めていた。教会の中も寒かったが、それとは違う冷気がクーラーから流れてくる。怪異の前触れで冷気を感じるのはなぜなのか、春菜は今以《もっ》てわからない。

「やー……それにしてもビックリしたっすねぇ」

毎度のことながら場の雰囲気を和ませるのはコーイチだ。彼は仙龍の隣にちょこんと座り、開いた足の間に手を入れて、体を前後に揺らし始めた。

「ていうか……ちゃんとした応接に通されると、アガっちゃいますね」

「さっきはカッコよかったわよ」

春菜はコーイチに笑いかけた。

「梁を登っていったとき。延齢堂さんを外に出してくれたときも」

「え。や。そうすか、それほどでも。って、照れるっすよ、春菜さんに褒めてもらうと」

コーイチは握っていたコンビニタオルで、かいてもいない汗を拭った。ノックの音がして、柄沢が麦茶を持ってくる。立っていって春菜はトレーごと受け取り、ドアを閉めた。

井之上は、ようやく仙龍の前に腰掛けた。

「すみませんでしたねえ。でも、まさか、鐘鋳建設さんとあそこで会うとは」

仙龍もまた両足を広げて座っていたが、春菜が置いた麦茶を一口飲んで、

「あそこをどうする予定なんです？」

と、井之上に訊いた。

「設計士が買ったと聞いていますが、買って、それからどうするんですか」

井之上も麦茶を引き寄せて、半分ほどをゴクゴク飲んだ。グラスを配り終えると春菜はコーイチの向かいに座った。グラスをテーブルに戻して井之上が言う。

「居住区を設計室に、参事室を事務室に、礼拝堂と祭壇などは現在の意匠を残したまま、ギャラリーに改修する計画です。まだ詳しい図面をもらっていないんですが、うちが頼まれたのは床の張り替え、設備と照明、あと外構工事とサイン関係ぐらいですかね。屋根の葺き替えは先生のほうで手配するということですが」

「なるほどね」

仙龍は麦茶を引き寄せた。隣でコーイチがグラスを持ったまま、井之上と仙龍の会話に耳を傾けている。春菜が先に意見を述べた。

「でも……これ以上工事を強行したら、また今日みたいなことが起きるんじゃないですか？　轟さんなんか完全にグロッキーですよ？　この物件からは……」

手を引くべきだと言いたかったが、前にも一度叱られているので言葉を濁《にご》す。

「わかっている。さすがに俺もマズいと思う。だがな、大人なんだから、マズいとかヤバいとかの感情論では話が進まん。断るにしても、やるにしても、施主が納得する理由がいるんだ。事故物件だから仕事を降りるなんて言えるか？　ふつう」

「大工は平気で言いますけどね」

コーイチがしれっと言った。

「A・C・ショー、J・M・ガーディナー、J・G・ウォーラー、ウィリアム・ウィルソン……長野県下には明治大正期の建築物が点在するが、あの教会もそのひとつですね」

仙龍は静かに言った。

「煉瓦はすべて特注品。運び込むにも相応の人工と時間がかかったことだろう。建築は人海戦術で。居住区に、建築に関わった人たちの写真があった」

「まあ、長坂先生も、そのあたりの価値を見込んであそこを買ったと思います。でもまさか悪霊憑きだったとは思ってもいないだろうなあ」

さて、どうするかと井之上は言い、仙龍の顔を見た。

「延齢堂さんに頼まれたのは、筋を見ることだけですか？」

「悪い噂を聞いたので、どの程度の障りがあるか、ちょっと見にきてほしいということでした。たまたま現場が近くだったので寄ったんですが……」

仙龍は春菜を見て、

「まさかおまえがあそこにいるとは」

呆れたような顔で言う。

「こっちだって仙龍が来るとは思わなかったわ。誰も頼んでいないのに」

「や。頼まれたんですって、延齢堂の社長さんに」

コーイチが割って入る。仙龍は小さく笑い、井之上の顔を見た。

「彼女を見た瞬間に、呼ばれたんだと思いましたよ」

「呼ばれたとは？」

仙龍は背筋を伸ばし、応接の窓から外を見た。少しずつ雨雲が広がって、今にも雨が降り出しそうだ。

「件の設計士とは、藤沢《ふじさわ》本家博物館でも会っていますね？　蒼具村《あおぐむら》の民俗資料館でも、たしか」

「そうでしたっけ？　まあ、長坂先生は公共事業がお得意なので、それもあってあの場所に新規事務所を構えようと思ったようです」

「私、仙龍を呼んでいないわ」

春菜が小声で呟くと、

「おまえに呼ばれたとは言ってない――」

仙龍は冷たく言った。

「――あの教会だ」

言っていることがわかるような、わからないような。

仙龍は井之上に向かって話す。

「隠温羅流には『洗う』という言葉があります。心ある者が魂を削って建てた物件、住人が愛情を注いだ物件、そういうものには心が宿り、己で寿命を決めるのです。信者らが力を合わせて建造したあの教会は、新しく人々が活用して悪い記憶を洗い流せば、この先もまだ、何百年も保つでしょう」

「でも、今のままでは難しいと思うんだなあ。正直なところ、昨日の今日であんなものを見せられちゃ……延齢堂さんの豹変《ひょうへん》だって、本人が一番驚いていたじゃないですか」

「バールで頭をかち割られたら、笑い事じゃすまないっすもんね」

コーイチは首をすくめた。

「それに、俺は絶対バールを落としてないっすよ？　どうして延齢堂さんが拾ったんすかね、不思議すぎっす」

「比嘉くんが……いや、うちのデザイナーがけがをしたときも、電ノコが近くにありましてね。あとでわかったことですが、ノコは玄関に置いてあったのに、ですよ」

「仙龍……井之上部局長も、ちょっといいですか？」

春菜は体を向けて、ほかの三人を順繰りに見渡した。

「あの場所で言うのは怖かったので黙っていたんですけれど、寝室で布の人形を拾ったとき、ベッドに女の子がいたんです」

「よせって高沢」

井之上は身を引いて、腕をさすった。

「本当です。それで」

「その子が何か言ったのか？」

仙龍が訊く。春菜は頷いた。

「『悪魔なの』って」

「うへえ。そりゃどういう意味だ？　俺を怖がらせようとしていないよな？」

井之上がこめかみを揉む。

「わかりませんけど、『悪魔なの。お父さまが悪魔を殺した』って、そう言ったんです」

「メッチャ怖いじゃないっすか。それって、あの場所で死んだ女の子っすよね――」

「そうだと思う」

「――首を切られて」

と、コーイチは付け足した。

「首はあったわ。でも、『それで、悪魔は』って、その先を言おうとしたとき」

春菜はその光景を思い出して身震いした。

「なにかが彼女の首をはねたの。一閃《いっせん》で」

「うへぇーっ」

コーイチは顔を覆った。指の間から目を覗かせて言う。

「そんであんとき春菜さんは、悲鳴を上げていたんすね？」

「怪異の現場で怪異の話をするのはタブーでしょ？　だから黙っていたんだけど」

「直後、延齢堂の社長の様子がおかしくなった。か」

仙龍は腕組みをして首を傾げた。

「やはりあの場所には何かがあるということか」

「はぁ……この仕事、断るも地獄、受けるも地獄か、参ったなあ」

井之上は頭を抱えてしまった。

だからパグ男の事務所なんて放っておけばよかったのよ。

と、春菜はもう言えなくなった。あの建物を見てしまったら、業界人なら誰だって、勿《もっ》体《たい》ないと思うだろう。持ち主がパグ男だろうと関係ない。あの建物には価値がある。そしてパグ男だからこそあそこを買ったのだと思えば、これは運命だというような、不思議な気持ちが湧いてきた。

「先ずは荒れ地の草を刈り、全容が見えるようにする。そうすれば教会内部に光が入り、陰湿な雰囲気も少しは減るはず」

「や、仙龍さん。俺もね、そんな程度でうまくいくと、初めは思っていたんですよ……まさか殺人現場がそのまま残っているなんて思いもしなかったから。専門業者に頼むにしても、今日のようなことが起きるとなれば迂闊に近寄ることもできないじゃないですか」

「それについては、因を探るしかないでしょう」

「因は牧師の家族が惨殺された事件でしょう。犯人がつかまっていないし、幽霊も浮かばれない。そういうことじゃないんですか」

「それが原因じゃないと思います」

春菜は断言した。

「女の子はむしろ何かを伝えようとしていたみたいだし、私が感じたのはそれよりもっと……今まで感じたことのない邪悪な何かだったから」

「……悪魔なの……お父さまが悪魔を殺した。それで、悪魔は……」

仙龍は少女の言葉を反芻《はんすう》した。

「その事件からはまだ五十年足らず。と、いうことは……事件を知る人物を探せば早いということか」

仙龍がそう言ったので、井之上は水を得た魚のように顔を上げ、

「仙龍さんが調べてくれるんですか?」

「でも、うちから予算は出ないのよ」

すかさず春菜が釘を刺す。

仙龍は声を上げて笑った。

「相変わらず棟梁みたいなことを言う。だが、うちの棟梁は、金と建物で競《せ》り合えば、建物に軍配を上げる男だ。匠《たくみ》の建築は金に換えられないし、曳き屋の仕事はそれを後世へ引き継ぐことだ。さっきも言ったが、俺たちはあれに呼ばれたのさ。こういう仕事をしていると、たまさかそんなことがある。おまえと俺があそこで会ったのが証拠だ」

導師とサニワのことを言っているのはわかったが、それでも春菜は嬉しかった。仙龍が、パートナーとして自分に信頼を置いてくれたと思えたからだ。

「んでも、予算のない仕事で棟梁を説得するのは難しそうっすね」

コーイチが渋《しぶ》い顔をし、

「そう簡単に証言なんか取れますかねえ」

井之上も消極的に首を傾げる。その横で、春菜は「あっ」と声を上げた。

「事件を知る人が身近にいるわ、小林教授よ。当時は北部信州大学の院生だったたって。大学へ行こうと思ったら、中央通りから先が大騒ぎだったと言っていたから」

「お？　そうか？　たしかに教会と大学は目と鼻の先だ。そうか、小林教授か……」

井之上は嬉しそうに顔を上げ、

「というか、小林教授にも若い頃があったんだなあ」

当たり前のことに感心した。仙龍が力を貸してくれると知るや、一気にテンションを上げてくる。そのときだった。ノックもせずにドアが開き、一同はギョッとした。一斉に振り向くと、血相を変えた轟が、肩で息をしながら立っていた。

「井之上さん、やっぱりやめよう。あの教会はヤバいって」

井之上も春菜も仙龍たちも、轟の様子に驚いた。彼はズカズカと部屋へ入ってくると、バンと音を立ててテーブルに写真を載せた。現像したての現場写真だ。

前室から礼拝堂内部を写したもの。交差部分の筋交いを写したもの。筋交いが外れて、参事室の内部を写したものなど、撮ってきたばかりの写真が何枚もある。一同は頭を寄せて写真を眺め、

「なんだ、写真がどうかしたのか」

と、井之上が一枚を引き寄せた。仙龍も別の写真を持ち上げる。井之上の隣にいた春菜は、自然と井之上がピックアップした一枚を見た。それは入口付近から礼拝堂内部を写したものだが、最奥の内陣が暗すぎる。最初は下手くそな写真だと思ったが、よく見れば、祭壇の燭台などはブレることなく写っている。春菜は目を細め、そして、

「えっ」

と、声を上げた。引いた視点で眺めると、暗部が影法師のようなものだとわかる。

「ん。なんだ？　なにかおかしいか？」

井之上が要領を得ないので、春菜は指先で影法師の輪郭《りんかく》をなぞって見せた。

それは巨大で奇妙な影だった。強いて譬《たと》えるならば、両肩に別々の首を載せた人影のようなもの。肘《ひじ》から下は見切れているが、三つの頭を持つ人影が礼拝堂の写真に被さっているのであった。察しの悪い井之上も、

「うわ、気持ち悪いな、人に見えるぞ、これ」

そう言って写真を仙龍に向けた。

すると仙龍も、持っていた写真を井之上の前に滑《すべ》らせてきた。こちらは牧師の妻が惨殺された参事室を写したもので、扉をチェックしていた延齢堂が写っている。チェックを終えて部屋を出ようとした瞬間の写真だが、その背後に、

「これ、同じ物体じゃないっすか？　首が三つある……人間？　すかね？」

コーイチが二枚の写真を指でさす。延齢堂の背後には、真っ黒な何かが写っていた。顔や服装も定かでないが、凄まじい瘴気《しょうき》を発していることだけはわかる。

これが彼に取り憑いたのだと、春菜は思った。

「三十枚ほど写したなかの数枚に、似たような影が写ってました。これ、なんですか？　比嘉くんが事故に遭ったとき、もしも写真を撮っていたら、これが写っていたんじゃないかと思ったら、俺、もう、ムリですよ。あの現場には入れません」

轟は立ったまま、井之上の麦茶を飲み干した。

「監理を下ります。止めても無駄ですよ。会社を辞める覚悟で言ってるんですから」

「まあ落ち着けって、轟くん」

井之上は真剣な眼差《まなざ》しで轟を見た。

「俺だって鬼じゃない。昨日の今日を見て平気で工事をやれとは言わないよ」

イヤイヤをするように体を揺らし、轟は床にしゃがんでしまった。頭を抱えて、

「んん……もうーっ……」と、ため息をつく。

「最初から薄気味悪い教会だったよ……でも、それは古いからだと思っていたのに、違うんだもんなぁ。あれって超事故物件じゃないですか、なんだって、あんなとこ……」

独り言のようにブツブツ言う。井之上は彼をなだめた。

「仙龍さんが協力してくれるそうだから、こっちもさ、できることを進めておこうや」

「進められることなんかないですよ。測り出しすらできないんだから」

「まあ、それは……」

井之上が言葉を濁したときだった。

「澱《おり》を感じるのは建物の内部だけか?」

いきなり仙龍は春菜に訊ねた。

澱というのがよくわからなかったが、ドロドロした何かをいうのだと勝手に決めた。

「嫌な感じがするのは建物の内部だけよ。庭は荒れているだけで別に」

「では轟さん、井之上さん。外構部分に手を入れることから始めてはどうでしょう」

仙龍は床にしゃがんでしまった轟に言った。

「あの場所は周囲を建物に囲まれています。風が通らないから空気が淀む。さらにアレチウリや藪カラシが繁殖して余計に暗い。隠温羅流では、流れない水や、風のない場所を凶とする。草を刈り取って風と光を通すべきです」

轟は顔を上げて仙龍を見た。完全に嫌気がさして、半《なか》ばぶち切れたような表情だ。

「もう無理。そう言うけれど、蠅が飛んできたのは庭ですからね」

「あれは建物にいる何かが飛ばしてきたのよ、私たちを中に入れたくなくて。だから庭までは大丈夫……」

轟にそう言った瞬間、春菜は奇跡のような確信を得た。その感覚は言葉にできないものであったが、とにかく、突然に理解したのだ。春菜は自分でも驚きながら、轟や仙龍やコーイチを見渡していた。

「私たち……私たちと隠温羅流が、いずれ関わってくることを知っていたんだわ」

「は？　何が」

轟が不機嫌に問う。

「あそこに棲んでいるものよ。それは私たちを教会に入れたくなかった。恐れているのかもしれないわ、隠温羅流の因縁祓いを」

仙龍の言うとおり、自分たちは建物に呼ばれたのだと思った。教会は生き残りたくて、内部に巣喰う何かを浄化するチャンスを待っていた。無人のまま五十年近くが過ぎた建物は、天井に穴が空き始めている。そうなればもう時間の問題だ。雨水が入り込み、構造柱や梁を腐らせてしまう。おそらく今が最後のチャンスなのだ。そこへ、怪異や因縁に無頓《むとん》着《ちゃく》な長坂が現れた。長坂があそこを買ったからこそ、私たちが呼ばれた。

救ってほしいという教会の声を、今、春菜はたしかに心で聞いた。そうはさせるかという邪悪な意志も、同じくらいたしかに春菜は感じた。

「とりあえず、教会内部に入らなければ安全だということか？」

井之上が要約する。

「そういうことだ」

仙龍は請け合った。

「あれっすよ。念のため、電動草刈り機やカマなんかは使わずに、安全な器具を選べばいいっす。ノコギリが必要な大っきな木なんかは、俺が枝を払ってあげますから」

コーイチが言う。

「安全な器具なんてあるのかな」

井之上が言うと、コーイチはニカッと笑った。

「それがあるんすよ。雑草用の器具で、『ゴソッととれ太』だったかかな？　検索してみるといいっすよ」

「その間にこちらも調査を急ぎます」

仙龍の言葉で、井之上は説得するように轟を見た。長く一緒に仕事をしてきた大切な仲間だ。こんなことで轟を手放したくないのは春菜も同じだ。

「どう転んでも、職人が入ってくれなきゃ工事にならない。長坂先生だって今の事務所は立ち退き期限が迫っているんだし、たとえ業者を脅して工事させても、また事故が起きるかもしれないし……ここはひとつ、現場に手をつけている姿勢を見せて、仙龍さんの結果を待とう。仕事をおりるかどうかはそれから決めてもいいだろう。五十年近くも放置されてきた建物だ。うちみたいな物好きが受けなきゃ、工事を受ける業者はいないってことだ。それは長坂先生が一番よく知っているはずだ」

春菜は思った。長坂の事務所に尽力するのはパグ男の思うツボにはまるようで癪《しゃく》だけど、隠温羅流は、もっとずっと高い位置から事の成り行きを判断しているのだと。

そうであるなら、仙龍がその気なら、自分も部外者ではいられない。縁は円。巡る世界の一部になって、巨大な流れを構築していく。川の小石が水の流れを変えるように、ちっぽけな人間のささやかな行動が、ひそやかに世界を変えることもある。仙龍たちはそれを信じているのだと。

「うーん……なんとかなりそうなんですか？」

もはや体育座りになって轟が訊く。

「我々は霊能者ではない。ゆえに何かを浄化しようと思えば、あそこで何が起きていたのか、その始まりを調べるしかない。因が解ければ縁を切り、新しくつなぎ直すことができる。信者が力を合わせて建てた教会だ。こんなふうに、建物を残したいと思う職人が集められたというのも流れだろう。我々も精一杯の努力をしますよ」

仙龍の言葉がアーキテクツの希望であった。


小林教授に電話をすると、珍しくも一発でつながった。教授は資料館にいたのである。こんな些細《ささい》なことにさえ、春菜は流れを感じてしまう。そうであるなら。

呼び出し音を聞きながら、春菜は深く呼吸した。中途半端な態度ではなく、この仕事に真っ向から取り組もう。素晴らしい赤煉瓦の教会を後世に残すのだ。パグ男の持ち物だろうと関係ない。パグ男や自分や、仙龍やコーイチが死んでも、あの建物は生き続けるのだから。自分はその一助になればいい。それでいい。私はアーキテクツの営業で、隠温羅流のサニワなのだから。

――もしもし、春菜ちゃんですか？　どうでしたかねえ？　デザイナーさんのけがの様子は――

開口一番、教授は訊いた。心配してくれていたのである。

「ありがとうございます。お見舞いに行って顔を見てきましたけど、元気そうでした」

——そうですかそうですか。それはひとまずよかったですねえ——

「教授。実はそのことで、ちょっと伺いたいのです」

——そうそう！　そのことですよ。あの教会ですが、春菜ちゃんが帰った後で——

水を向けると、教授は怒濤《どとう》のように喋り始めた。春菜は教授に断って、スマホをスピーカーホンにさせてもらった。

「ども。鐘鋳建設のコーイチですよ」

「アーキテクツの井之上です」

スマホに挨拶して、一同がここにいることを知らせると、

「ということは、まさか仙龍さんもそこに？」

と、教授は訊いた。

「ご無沙汰《ぶさた》しております」

仙龍の声を聞くと、教授はいかにも嬉しそうに言った。

「おやおや、それではオリバー・ガード聖教会堂には、やはり仙龍さんが関わることになったのですね。それで？　曳家をするのでしょうか？　嬉しいですねえ、また隠温羅流の雄姿を見られるとは」

ところが話は始まったばかりだ。

「それはまだわかりません。仙龍を連れてきたのは私じゃなくて、弊社の井之上が建具の修理をお願いした業者さんなんです」

「延齢堂さんっすよ。会長さんがあそこの話を知っていて、それで電話をくれたんす」

小林教授は延齢堂を知っているようだった。

「そうだったのですか。なるほどなるほど。延齢堂さんはよい仕事をしますしね、井之上さんもお目が高い。あそこの会長は私と同じくらいの歳《とし》ですからね、事件のことを知っていても、ちっともおかしくありません。そうですか、延齢堂さんが仙龍さんを……」

「ところが、仕事のほうは断られてしまいました」

テーブルに載せたスマホに井之上が言う。

「おや？　それはまたどうしてですか？」

「実は……」

言いかけて春菜は井之上を見た。事情の説明は上司である井之上がするべきだ。

井之上はちょっと息を吸い、春菜のほうへ体をずらして、轟が座る場所を確保した。打ち合わせ室のテーブル席には六人が掛けられるのだが、轟はようやく立ち上がると、椅子を引き寄せてテーブルから離れた場所に腰掛けた。

「今日、延齢堂の社長さんをお連れして、内見してもらったんですよ。それで、今までは立ち入れなかった場所を開けてみたんですが」

「入れなかった場所というのは？」

「板を打ち付けて封鎖した場所があったんです。牧師さんの居住区というか」

春菜が横から補足する。井之上は、ついに話した。

「殺人事件が起こった部屋です。当時のまま、手をつけられていませんでした」

「延齢堂さんはそれで逃げ出したんですか？　それはおかしいですねえ」

小林教授はそう言った。

「以前にも殺生沙汰があった建物の修復をお願いしたことがありましたがね？　血痕も何もかも、歴史的価値があるということで残していただいたんですが、嫌な顔ひとつしませんでしたよ？」

たしかに彼は参事室の血痕にも動じなかった。生まれて、生きて、死んでいく、命短い人間の様々な痕跡を内包しつつ、建築物は永らえるものと考えているのだろう。

「そうでなく、ちょっとしたいざこざがありまして」

井之上が言いにくそうだったので、春菜が答えた。

「延齢堂さんに何かが取り憑いたんです。それで、怖くなったんだと思います」

「はて。何かとは？」

仙龍が口を開いた。

「それがなにか調べたい。教授は当時のことをご存じですよね」

「そうそう！　そうでした」

　と、教授は叫んだ。

「春菜ちゃんと話してからですねえ、私もちょっと……いや、随分調べてみましてね。そうしたら、あの植木くんと連絡がとれたんですよ。彼はいま、信州新町《しんしゅうしんまち》に暮らしているということでした。古い農家を買って、栗《くり》とリンゴを作っているそうで」

　植木くんとは誰だろうと、春菜は一瞬思ったが、すぐにその名を思い出した。教会の惨劇より少し前に起きたリンチ殺人事件の生き残りである。

「どうです？　彼の話を聞きに行ってみませんか？」

　春菜は仙龍たちと顔を見合わせた。

其の五

生き残りの証言

信州新町は長野市南西部に位置する犀川沿いの小さな町だ。地元で育てたサフォーク種の羊を使ったジンギスカン、犀川のダム湖である『ろうかく湖』や、犀川沿いの梅園など、牧歌的な観光名所としてファンを持ちながら、人口の減少にあえぐ山間地域のひとつでもある。

電話で話した直後、春菜は自分の車で信濃歴史民俗資料館へ小林教授を迎えに行った。仙龍たちは大人数が乗れない軽トラックなので、一度橋梁《きょうりょう》工事の現場へ戻ってから、途中で落ち合う手はずとなった。資料館の駐車場で教授を待ちながらルームミラーで化粧を直そうとして、春菜はようやく、自分が現場の服装で、首にまだタオルを巻いていたことに気がついた。あまりに目まぐるしくいろいろなことが起きたので、自分のことなど眼中になかった。延齢堂に会ったとき、柄沢の前を通ったときも、こんな格好でいたなんて。

「うそ、やだ」

タオルを外して真っ赤になった。首に巻いていたのがヨレヨレのタオルだったこと、仙龍やコーイチでさえオフィスに入るときはタオルを取ったのに、打ち合わせ室でもそのままの格好だったことが恥ずかしい。春菜はタオルを畳んで脇に置き、顔にファンデーションを叩いて、手ぐしで髪を整えた。角度を変えて鏡を見たが、営業用のブラウスに合わせたオレンジのピアスは、現場用のシャツには悪目立ちするので外してしまった。

「……ああ……仙龍とは二ヵ月ぶりだったのに……」

そしてガックリ肩を落とした。

いつだって、会えば嬉しそうな顔をするのはコーイチだけだ。

やー偶然っすね、春菜さん。また会えて嬉しいっす。相変わらず美人さんっすねぇ。

コーイチの台詞《せりふ》を仙龍に置き換えてみる。

「偶然だな、春菜。また会えて嬉しいよ」

格好付けて言いながら、自分の台詞にまた赤くなる。

「相変わらず美人だな」

ルームミラーにニヒルな自分が映ったが、馬鹿馬鹿しくて笑ってしまった。

「いやあ、お待たせしましたねえ」

助手席の窓を覗き込むようにして、小林教授がやってきた。勝手にドアを開けて乗り込んでくる。妄想シーンを見られていたのではないかと、春菜は一気に汗ばんだ。

「あれ？　仙龍さんたちは？」

後部座席を見て言うので、その隙に現場用タオルで汗を拭った。彼らとは途中で落ち合うことを告げて車を出す。小林教授の話によると、リンチ殺人事件の生き残りは植木浩三という男性だそうだ。

「植木くんはリーダー格の人物に指示されて、仲間の遺体を山林に埋めたことを自白しました。身柄《みがら》を保護されてしばらくは、凍傷や栄養失調、心神耗弱で入院したそうです。裁判では死体遺棄で有罪になったものの、四年の執行猶予がついて、その間は死んだ仲間のご遺族の許へ、説明行脚に回ったそうです」

車は田園地帯を山へと向かう。雲の流れは速く、晴れたと思えばまた曇る。一雨降れば涼しくなると思うのに、黒雲は山の彼方《かなた》に湧いていて、なかなか近づいては来ない。

「それも辛かったことでしょう。ご遺族から人殺しと責められようと、生き残った自分が真実を話すことが償いになると思ったそうです」

「本当に、辛いですね」

ハンドルを切りながら春菜は言った。

「結局、リンチ殺人はなんだったんですか？」

「電話ではとても話せないと言うのですねえ」

春菜はチラリと教授を見た。

「いいんですか？　そんなところへ私たちがついていっても」

小林教授はメガネを外し、腰の手ぬぐいでレンズを拭いた。

「いいんです、いいんです。彼に連絡を取ろうと思ったきっかけを、私はちゃんと話しましたし。そうしたら、向こうから会いたいと言ってきたわけですからね」

「私たちが一緒でも？」

教授はメガネをかけ直し、にっこり笑った。

「それだからこそ、会いたいと言ったのかもしれません」

それはどういうことだろう。

周囲のリンゴ畑は、まだ青い実が見え隠れしているばかりだが、スモモ畑には目の覚めるような赤い実がなっている。雲がうごめく空の彼方に緑濃い山々が広がって、目的の町はその奥にある。

「もちろん、ダイレクトに植木くんと連絡がついたわけじゃないんですよ。大学の卒業者名簿を伝ってですね、彼の消息を追いかけたんです。事件後、植木くんは信州を出ていってしまったそうですが、リタイヤしてから、またこちらへ戻ってきたと聞きました。というのも、過疎地域の空き家対策に関わっているのが後輩にいましてね、たまたま彼が担当した物件を、植木くんが買っていたというわけなんです」

「移住者支援プロジェクトのことですか？」

「そうです、そうです。信州新町あたりは空き家が増えているらしいですねえ。若い人たちが仕事を求めて市街地へ出てきて、新しく家を建ててしまうので、ご両親などが亡くなってしまうと実家を守り切れないということで」

「家や畑を持て余してしまうと聞いたことがあります。うちの会社にも一人いますが、週末になると実家へ戻って家の管理をしているって。大変だから、安くても誰かに住んでほしいくらいだけど、それをするには家財を整理しなきゃならなくて、どっちへ転ぶにしても大変なんだとこぼしていました」

「そうなんですね……とまあ、そんなふうにして売りに出された農家をね、植木くんが買ったというので。直接手を下したわけではないにしろ、友人を九人も死なせてしまったのですから、彼もね、なかなか大学の近くには住めないのでしょう。なるべく人の来ない、山の中の家を探していたということです。今は自給自足だそうで……」

学生時代に起きた恐ろしい事件。それが彼の人生を狂わせた。遺族の許へ説明行脚に向かったという話からしても、一本筋が通った人物のようだが、その後はどんな人生を生きたのか。春菜は、きっかけとなった事件の全容を知りたいと思った。

町が運営する化石博物館の駐車場で仙龍たちと落ち合うと、軽トラックをそこに置き、春菜の車に乗り合わせて現地へ向かった。街中はともかく山の細道は怖いので、コーイチに運転を代わってもらい、仙龍と並んで後部座席に座る。メイクを直してきてよかったと、春菜は密《ひそ》かに思っていた。

長野市周辺はどこも緑が豊かである。窓を開ければ植物の匂いがし、カナカナと山が歌うのが聞こえる。空気を震わす不思議な音は蟬の鳴き声だというが、音と音が折り重なって、やはり山が鳴いているように思われるのだ。さほど広くない町を抜け、車はグングン上っていく。

植木浩三は、町外れの小さな集落に住んでいた。

リンゴと栗を作っていると教授は言ったが、それらの畑は斜面を削った場所に木を植えただけのわずかなもので、大した収入になるとは思えなかった。畑よりさらに上った場所に石垣を組んで敷地を設え、古い平屋が立っている。訪れる人もいないのか、タイヤの音を聞いて出てきた者があり、どうやらそれが植木という男らしかった。

「おお」

と、小林教授は助手席で感嘆の声を上げた。いったい何十年ぶりなのだろう。

「やあ、変わっていない。ちっとも変わっていませんよ」

と、コーイチに言っている。男はがっちりとした体格で、髪は薄く、顔は陽に焼けて、皺びていた。あれで大学生の頃から変わっていないはずなどないのに、面影《おもかげ》が残っているのだろうか。旧知の仲って不思議だなあと、春菜は微笑ましく思う。

彼の誘導で敷地に入り、農機具小屋の脇に車を停めた。

「いやあーっ植木くん、久しぶりだねぇ」

「小林先輩こそ。よく、ぼくのことを覚えていてくれましたねぇ」

誰よりも先に車を降りた小林教授は、腕を伸ばして後輩と手を取り合った。教授はいつもながらの作業着で、こちらも大学院生とはほど遠い外観になっているはずなのに、それでも互いがわかるらしい。老いた二人は若者に戻ったように笑い合っている。

春菜たちも車を降りると、植木は真顔に戻ってこちらを見た。

小林教授が、仙龍を、コーイチを、そして春菜を紹介する。

頭を下げると、植木は深くお辞儀した。


百年近く経つのではないかと思う農家はトタン屋根に木の壁で、信州の田舎でよく見るタイプの古民家だ。植木は春菜たちを、玄関ではなく縁側に案内してくれた。季候がよい日は居間でなく縁側で客をもてなすのも、この地方では当たり前のことである。経年劣化で縁台の板がささくれていて、動けばお尻に棘《とげ》が刺さりそうだ。今こそ春菜は作業着で来た自分を褒めたくなった。

縁台にしっかり腰をかけ、正面に目をやると、庭木の向こうに折り重なる山々が見え、山の隙間に善光寺平《ぜんこうじだいら》が覗いていた。緩《ゆる》やかに曲がりながら蕩々《とうとう》と流れる犀川が、千曲川《ちくまがわ》に合流していく様すら見て取れるようだ。背後の山から風が落ち、真夏といえども爽《さわ》やかだ。

「風が気持ちいいっすねえーっ」

コーイチが言う。縁側の奥は十二畳の居間で、生活感に溢れ、鴨居《かもい》に古い額や故人の写真がかかっている。台所から麦茶を運んでくると、植木は言った。

「今日は風が湿っているがね、晴れた日は気持ちがいいよ。水道がないから裏山から水を引き込んでいるんだが、その沢に蛍《ほたる》がいてね、家の中まで入ってくるんだ」

麦茶を配ってくれながら、春菜が見ている鴨居の写真に目をやった。

「家具も、茶碗《ちゃわん》も、なにもかも、前の住人が使っていたのをそのままね。ぼくはなにも持っていなかったから、ちょうどいい」

「家の中を蛍が飛ぶなんて、素敵ですね」

麦茶が入っているのは客用の丸い湯飲み茶碗だ。昭和のデザインで、飲み口が少し欠けている。植木は春菜たちの後ろに座して、ぽつんと言った。

「蛍はなぁ……人の魂に見えるんだなぁ。あれがふうーっと入ってくるとね、信子や……死んだ仲間が来たようで、懐《なつ》かしくもあり、恐ろしくもあり……」

小林教授は斜めに植木を振り向いて、

「その話をね、聞きに来ましたんですがねえ」

と、静かに言った。なんの含みもない飄々《ひょうひょう》とした声だ。

植木はそれを懐かしむように微笑むと、「不思議なんだよ」と呟いた。

「あの事件のことは、あまり深く報道されなかったろう？　当時は国内テロも起きていて、社会情勢が不安定だったしね、ほかの事件に紛れてしまった感もある。でも、それだけじゃなく……実は、本当のことは信じてもらえなかったんだよ」

植木は自分の麦茶を飲んで、仙龍に目をやった。

「小林先輩の話では、あなたはその道の専門家なんですってね」

「俺はただの曳き屋です」

「建物の障りを浄化するのがお仕事だそうで」

仙龍はニヒルに笑った。

「浄化するのが仕事ではなく、障りを祓った建物を次の世代へ引き継いでいくのが仕事です。壊すことなく」

「そうですか……」

植木は茶碗を盆に載せ、俯《うつむ》いて、ため息をついた。縁側と敷居《しきい》を挟んだ畳に座して、それぞれの膝に手を置くと、その手をギュッと拳《こぶし》に握る。

「ぼくが警察に捕まって、入院して、退院して……ようやく正気を取り戻して取り調べを受けていた頃に、大学近くの教会で、牧師さんの家族が殺される事件があって……」

それから顔を上げてこう言った。

「その教会を、復元して使う話になっているそうですね」

植木の顔が強《こわ》ばっている。まるで忌まわしい何かを恐れるように、顔も首も背中も腕も緊張している。吹き下ろしの風が庭木を揺らすザワザワという音に、春菜は思わず警戒を強めた。あれが植木に話をさせないために、また襲ってくるのではないかと思ったのだ。

「今朝、現地で教会を見てきました。荒れてはいますが、建物自体はしっかりしている。内部も当時のままでした。草木が茂っているので、それを撤去してみないと詳しいことはわかりませんが、ざっと見たところ、修復すれば、まだこの先何百年も保つでしょう」

「そうですか」

「植木くん、ただね」

小林教授が口火を切った。

「改修工事を始めようとしたとたん、事故が起きたのですよ。春菜ちゃ……彼女のところのデザイナーさんがね、指を切り落としてしまったそうで」

「職人さんの丸鋸が勝手に動いて、それを止めようとしたデザイナーが指を切ったんです。こういうことを言うと不快に思われるかもしれませんけど、その職人さんはベテランなんです。私も今朝になってから聞いたんですが、彼が言うには、誰かが腕を摑んで、首を切ろうとしたって言うんです。デザイナーが止めてくれなかったら危なかったと。腕も見せてくれましたけど、指の痕が残っていました。内出血するほどの痕でした」

「え？　げ？　そうだったんすか？」

コーイチが悲鳴を上げる。

「すみません。脅かすつもりはないんですけど……信じない人は、馬鹿なことを言っていると思いますよね」

「いや……」

植木はパッと天を仰いだ。そして、

「信じますよ」

自分に言い聞かせるような声で言った。

「お話しします。いえ、聞いてください。そうすれば、あの教会に手をつけようなどとは思われないはずですから」

遠くで雷の音がした。風が急激に湿り始めて、目下《もっか》に雲の影が流れていくのが見えた。植木の緊張が伝わって、コーイチは少しだけ春菜との間を詰めてきた。隠温羅流の綱取りのくせに、コーイチはオバケが怖いのだ。

「あれは一九七一年の夏でした」

ついに植木は喋り始めた。

「ぼくは四年で、大学院へ進学を決めていた。ぼくらは考古学サークルに所属していて、メンバーのほとんどが、高野信司《たかのしんじ》先生の講義を受けていました」

「高野先生は考古学者でしてね。その前年にシリアへ渡って、現地の発掘調査に、日本チームとして加わっていたのですよ。発掘を終える前に、現地で倒れて亡くなりましたが」

小林教授が補足する。

「高野先生から、夏休みに発掘現場を手伝いに来ないかと誘いがあって、ぼくと信子と花村と東山……それと……ようやく名前を思い出したんだが……松本《まつもと》という男でシリアへ渡った。今の若者が行く卒業旅行みたいなノリでね、行ったんだ。発掘現場へ」

話を続けにくいのか、植木は大きく息を吸う。そして続けた。

「松本はつまらないヤツだった……しかも信子に惚《ほ》れていた。何事にも煮え切らず、自分というものをこれっぽっちも持っていなくて、いつも集団の後ろにくっついて、あっちへウロウロ、こっちへチョロチョロするタイプだった。ぼくらはのけ者にはしなかったけれど、松本のことを見下していた。ヤツは行事用の補充要員という立ち位置で、何を頼んでも断らないとわかっているから重宝された、そんな感じのヤツだった」

「植木くんは、信子さんとステディな関係でしたよね？　花村くんと東山くんのことも覚えています。二人とも優秀で、リーダーシップがありましたねぇ。友人も多かった」

「正直、みんな松本のことは歯牙《しが》にもかけていなかったんです。ただ、仲間外れにするのもかわいそうだったので、一緒に連れていきました……それが」

彼は麦茶を飲んだ。

「高野先生が発掘していたのは、紀元前後の神殿跡でした。ぼくらも発掘調査に加えてもらって……」

また、麦茶を飲んで、ため息をつく。

「ほんとうに何もないところで、宿泊は発掘現場に張ったテントでした。明かりは小皿に垂らしたなにかの油で、酷い臭いで、埃っぽくて、乾いていて、それでも星が素晴らしかった。夜があんなに明るいなんて初めて知った。月が昇れば明け方くらいの明るさがあったし……赤土の中から歴史そのものが現れるのは興奮しました。ぼくらは十日間だけ現地にいて、それで……」

こっちへ着いてからなんですよと、植木は言った。

「早く気がつくべきだった。松本の態度が生意気になったと。でもそれは、外国にいることで気分が高揚《こうよう》しているせいだと思った。というか、あまり気にしていなかった。突然高圧的なことを言い出したりもしたけれど、ポリシーを持たないあいつが自我に目覚めたなら、むしろ喜ぶべきだと花村は言い、ぼくたちも同意した。その程度の認識でした」

春菜は仙龍を盗み見た。どんな表情でこの話を聞いているのかと思ったからだ。

仙龍は表情を変えず、ただ植木を見つめている。コーイチは緊張した面持ちだったが、小林教授だけは目をキラキラさせていた。

「その松本という人物が、リンチ事件の主犯なのですねえ?」

当時の新聞を読めばわかったはずだが、教授は敢えてそう訊いた。促《うなが》したのだ。

「そうです。松本は変わったんです」

植木は言った。遥《はる》かな時を遡《さかのぼ》り、いつしか学生の口調になっていく。

「初めは、サークル活動を活発化すると言って、メンバーの勧誘に熱心になった。ぼくらの知り得ない考古学の知識をどこからか仕入れてきて、みんなを夢中にさせた。成績を上げ、表情が変わり、服装も変わった。メンバーに女子が増え、そのせいで男子も増えた。やがて彼は体制批判を始め、新しい日本を作るのが若者の使命だと言い出した」

「当時はそういう時代でしたよ。力を持て余していましたからねえ。突き動かされるように、何かと闘うべきだと感じていました。私でさえね」

「松本もやればできるじゃんという程度の冷めた目で、ぼくは見ていた……でも、次第にわからなくなっていきました。やるべきことが山積みで、ぼくらは現実から逃れるように、体制批判に傾倒した。卒業を控え、やがて、ただ声を上げていても埒があかない、精鋭を集めて地下へ潜り、武装して正義を貫くべきだと松本が言い出して……半ば熱に浮かされるように……今にして思うとゲームに参加するような気分で……ぼくらは……」

「冬山に籠もったんですね？」

植木は頷き、「騙《だま》されたんです」と言った。

「あれはもう、松本じゃなかった」

「え、それってどういうことですか？」

思わず春菜は訊いてしまった。本人が本人でないとすれば誰だったのだろう。それとも冬山に籠もった理由に騙されたという意味だろうか。植木は春菜に視線を移した。

「後になってわかったんだが、ヤツは発掘現場からとんでもないものを持ち出していたんだ。盗掘だよ。それを日本へ持ち帰ってきた。たぶん、松本は、もともと空っぽなヤツだったから、それで巧《うま》いこと利用されたんだと思う。今にして思うと、頭が切れるやつ、力のあるやつ、正義感の強いやつから先に、狙《ねら》い撃《う》ちするみたいに犠牲にしていったんだと思う。一番が花村で……花村は親友で、男気があったから、松本は彼をサブリーダーに担ぎ上げ、グループを守らなきゃならないという責任感につけ込んで」

殺人を犯させたのだと、植木は言った。

「どうやって」

「言葉尻《ことばじり》や、ふとした目つき、仕草や笑顔や、そういうものを歪めて捉《とら》えて、互いに疑心暗鬼にさせるのが、松本はうまかった。ぼくらは仲間で友人だったのに、告げ口されて、疑って、やがて何も考えられなくなった。考えることすらできなくなったといえばいいのか、そういう環境に置くために真冬の山に籠もったのだと思う。食料もなく、明かりも乏《とぼ》しく、外界からは遮断され、寒くて、飢えて、疲れて……それで……」

「洗脳されていったんですね」

仙龍が訊いた。

「そういうことです」

と、植木は答えた。

「じきに仲間の一人が音を上げた。川崎という男だった。こんな訓練は狂っていると言って、出ていきました。すると松本が言ったんだ。あいつはぼくらを売る気だぞ。裏切って、仲間がみんな捕まると。勾留されて、みんな終わりだ。ぼくらだけでなく、サークルのほかのメンバーも、高野先生にも迷惑がかかるぞ……花村と宮崎が追いかけていき、川崎を捕まえて、宮崎が彼に暴力を……松本は、粛清だと言って笑っていた。それで宮崎だけを英雄と称《たた》え、花村と敵対させたんだ。川崎は屋外に放置され……夕方には凍って死んでいた。松本は仲間に命令して服を剝がせて、こんなことが知れたら、ぼくらは本当に終わりだと言った。親や兄弟にも迷惑がかかるぞ、大学にも、友人たちにも、先生にも……」

「めちゃくちゃ悪いヤツっすねえ」

コーイチが憤っている。

「頭のどこかでは、マズいことをしているとわかっていた。でも、ぼくらは空っぽになっていて、考える力がほとんどなかった。眠っても、寒いと言っても、腹が減っても、たるんでいるからだと言われて殴られたし、殴りもした。事実、眠らなくても元気なのは松本だけだった。あいつは薄着で、手袋さえせず、指先が黒く変色しても、目の縁が赤黒くぼんでも嬉々《きき》としていた。たぶん……もう死んでいたのかもしれない」

そんなことがありえるだろうか。人は眠らなければ精神を病んで死ぬという。指先が黒く変色したのも、凍傷が進んで壊死《えし》を起こしたからではないのだろうか。

「植木くん。彼がシリアから持ち帰ったものは、なんですか？」

突然、小林教授が厳しい声で植木に訊ねた。詰め寄るように体を向けて、後輩の顔を睨んでいる。植木は泣くかのように眉尻を下げて、苦笑した。

「ぼくらが潜伏していたのは、登山者用の緊急避難小屋でした。松本の荷物は小屋の隅に釘で吊《つる》されていて……でも、次々に人が死んでいき、花村は心を蝕《むしば》まれて動けなくなり、ぼくと信子と今野だけになったとき、松本は初めてあれを、出して、見せた」

「なんですか、あれとは」

植木は目を閉じて息を吸い、正座してシャツのボタンに手をかけた。話しながらボタンをゆっくり外していく。

「シリアで、満月の晩に、松本は呼ばれてテントを出たそうです。発掘現場には掘り出した土を捨てるところがあって、そこで見つけたと言っていました。盗掘じゃない。土と一緒に捨てられていたのだからと」

ゴロゴロと雷の音がした。灰色の雲は厚みを増して、冷たい風が吹き上げてくる。破れた障子《しょうじ》がバタバタと鳴り、縁側に置いた麦茶のそばを何かの綿毛が転がっていく。

植木はシャツのボタンを外し終え、その下に着ていたランニングの襟を、グッと引き下げて胸をはだけた。紫の稲妻が光り、遠くでピシャーン！　と落雷があった。大粒の雨がポツポツと落ちて、春菜たちの背中を濡らした。コーイチはのけぞるように立ち上がり、小林教授は畳の縁まで身を乗り出して、植木の胸をしっかり見ようとメガネを上げた。

そこだけ白い胸板に、酷い火傷の痕がある。しかもただの火傷ではない。巨大な烙印《らくいん》を押しつけたかのように、奇怪な模様が浮かんでいるのだ。模様と言えば聞こえはいいが、それは不気味な姿の像だった。大きさは大人の男性の手のひら程度。あぐらをかき、宣誓するかのように片腕を挙げ、もう片方の腕に人間を摑み、山羊の角と細長い王冠をつけている。中央は人の顔、両肩に両生類と猫の首を載せた異形《いぎょう》の姿。植木の皮膚は爛れて引き攣れ、所々が変色していた。

「……っ……」

その気もないのに、春菜の口から絞り出すような声が出た。こんな火傷は見たことがない。植木の胸のケロイドは、まるでその場所に悪魔の像を抱いているかのようである。

「これは……」

小林教授も思わず唸る。

「驚きました。酷い傷ですねえ。どうしてこんな……なにをどうしたらこんなことに」

植木はシャツで傷口を隠してしまった。

「ぼくが最後に埋めたのは信子です。雪の中、誰も来ない山中の、冷たい地面を掘って、今野の上に……そのとき、空洞だった心に少しだけ、闘志みたいなものが灯《とも》ったんです。

花村は死にかけていましたが、声をかけるとまだ意識があって、それで……松本が大切に祀っていたあれを、シリアから持ち出した悪魔の像を、ぼくが抱えて逃げたんです。あいつは一晩中小屋の周りをグルグルグルグル回って、ぼくらが逃げないよう見張っていたから、花村がぼくを裏切るふりをして、小屋に飛び込んできた松本を拘束し、その隙に、逃げたんだ。花村を置き去りにして……」

植木は苦しそうに目をしばたたいた。

「……ポケットには電車賃くらいしかなくて、でも、そのまま警察へ行ったとしても、信じてもらえるとは思わなかった。ぼくは……破壊しなきゃと思って……松本を狂わせたあれを、ぼくらに殺し合いをさせたあれを、なんとかしなくちゃと、そればかり考えて……ぼくの頭にあったのは……」

「オリバー・ガード聖教会堂」

と、春菜は言った。

植木が頷く。

ああ、そうか。これだったんだ。と、春菜は思った。教会で感じた初めての恐怖。それは恨みや悲しみや訴えではなく、純粋な悪意。誰であろうと関係がない、より多くの人々を不幸に陥れたいという凄まじい欲求と、それを効率よく成し遂げようとする狡猾さだったのだ。おそらくそれを悪魔と呼ぶのだ。その餌食《えじき》は被害者ではなく、悪意を体現させられる加害者だ。崇高な魂を穢すこと、そして奈落《ならく》に捉えることが真の狙いだ。だからこそ、それは光を放つ魂を罠《わな》にかけるのだ。松本氏のような誰かを使って。

雨は強く、縁側に吹き込み、春菜たちを濡らしたが、誰もその場を動かない。

「大学の近くだったから、よく知っていた。日曜礼拝に行ったこともあるし、あの建物が好きだった。ただ壊すだけじゃダメかもしれない。でも、教会なら、キリスト教の牧師なら、なんとかしてくれるはずだと思った。だからそこまで運ばなければと……たばこ屋でパンを買ったとき、通報されたことがわかった。でも、ようやく教会の十字架が見えて、近づくに連れ、懐に抱えた像が燃え、胸に食い込み、肉が焦《こ》げて、酷い痛みで」

「そうでしょうとも」

教授は言った。作業着の背中で雨を受け、前髪が風に乱れている。

「ただの石像ではなかったのですね。植木くんたちは、古代の神殿から悪霊を連れて帰ってしまった」

三つの頭を持つ悪霊を。

春菜は轟の写真に写った影のことを考えていた。あの影には山羊の角も、細長い王冠もなかったけれど、たしかに三つの首がついていた。

「それで？　悪魔の像をどうしましたか」

「教会には小さい女の子がいました。その子が牧師を呼んでくれて、像は牧師に渡しました。牧師はそれを受け取って服の下に隠し、奥さんを呼んで女の子を遠ざけた。警察が来て、ぼくは捕まり、傷の手当てで病院へ……」

「その後で、殺人事件が起きたのですね？」

「ぼく自身がそれを知ったのは公判の後でした。保釈されてすぐ教会へお礼に向かい、無人になっているのを知った。事件のことはそれから調べた。あの可愛い女の子と、優しい奥さんが殺されて、牧師は行方不明……ゾッとしました。震えるくらいに……たぶん」

稲妻で植木の目が光る。続く雷鳴から、雷が近づいているのがわかる。

「ぼくのせいだと思った。ぼくがあれを届けたから、同じようなことが起きたんだと」

植木は言った。

「それを知って、恐ろしくなって、ぼくは長野を逃げ出した。あれがどうなったのかは、もう考えないようにした。信子を喪《うしな》ってから人とも深く付き合わず、自分の体を見るたびに冬山のことが思い出されて、罪の意識で死にたくなった。ぼくはもう……抜け殻のようでした。でも、歳を重ねるにつれ、ふと、無性に故郷が恋しくなることがあって、だから、せめて、長野市が見える場所で死にたくて、戻ってきたら、先輩から電話が」

ザーッと激しい音がして、ついに雨は本降りになった。篠突《しのつ》く雨であっという間に視界が陰る。屋根から大量の水が落ち、春菜は頭からずぶ濡れになった。

「入ってください。中へ、上がって」

慌てて縁側に躙《にじ》り入ったが、すでに全員びしょ濡れだった。こういうとき、タオルはとても役に立つ。教授は手ぬぐい持参だし、仙龍もコーイチもタオルの人だ。実質重視の現場スタイルは合理的にできている。濡れた体を拭きながらも、教授の好奇心は止まらない。豪雨などどこ吹く風で植木に訊いた。

「主観でいいので答えてください。植木くんは、あの教会のどこかに、今も悪魔の像があると思っているのですか?」

「先輩の話を聞く限りそう思います。教会は無人になって、そのままなんですよね」

「五十年近く経っていますが、人が暮らした形跡はありません。建物は競売にかけられていましたが、噂を知っている者は誰も買おうとしなかったのです。植木くん、そのとき牧師は、像をどうするつもりと言ってましたか?」

植木は何度か頭を振った。

「具体的には何も言いませんでした。ただ、あれを見たとたん顔色を変えて、娘さんや奥さんを遠ざけたので、真意は伝わったものと理解しました」

「真意とは?」

言葉を探すように口ごもる。それから植木はゆっくり答えた。

「……像を壊すとか……埋めるとか……焼くとか……?」

「なるほど。植木くんも像に悪霊が宿っていると感じたのですね」

「それは間違いありません。事実、松本はあれを手に入れて豹変した。ぼくの……」

と、植木は胸を押さえて、

「ただの石像でこんな火傷を負いますか？　あれを持って逃げる間、ぼくは何度も自分を見失いそうになりました。すれ違うたび誰かを殺しそうになるんです。凄まじい怒りが心に湧いて、瞬間的に手を上げたくなる。暴力を奮えばどんなに気持ちがいいかと思う。相手の苦しむ顔すら想像できる。それを見たいと思うんです。今でも生々しくあの感覚を覚えていて、呑み込まれそうになることがある。恐ろしい残虐な行為も、蠅を殺すほどにしか思えない。快感なんです。頭から血を浴びて笑いたいと思うんだ……もしも信子のことがなかったら……」

植木は切なそうな目で、

「信子がぼくを正気につなぎ止めた。彼女のことを考えて、彼女をちゃんと葬ってやらなければと、そう思うことで踏ん張れたんです」

そのとき、彼には信子という女性の魂が寄り添っていたのだと春菜は思った。恋人が彼を守っていたのに違いない。本人にはわからなくとも。

「そうだったのか――」

仙龍が静かに言った。

「――凄まじい怒りですか。そしてそれを誰かに向けるよう誘惑される」

「延齢堂の社長さんも同じことを言ってたっすよね。バールを振り回して暴《あば》れたときに」

「そんなことがあったのですねぇ」

小林教授が振り向いた。水を得た魚のように生き生きとしている。

「なるほど、いやぁ……これは私も初めてのケースですねえ。祟り神とか怨霊《おんりょう》とか、憑《つき》物《もの》とかはまた違うのでしょうかね。西洋の悪霊は日本語がわからないはずなのに、言語は関係ないのですねえ……なるほど、なるほど……してみれば感情というものは人類に共通するわけで、彼らは上手にそこを衝《つ》いてくるということなのでしょうか、ふむふむ」

教授はポケットからメモ帳を出して、書き込み始めた。

「教授、感心している場合じゃないですよ。教会をどうすればいいんですか」

春菜の問いかけに小林教授は答えない。強い雨は地面にはじけて霧のように宙を舞い、容赦なく空気を湿らせていく。あれは教会の中に棲み、こんなふうに悪意をまき散らしているのだろう。近寄る者にそれを浴びせて、人の心を腐らせる。抗える人間などいるのだろうか。そう思ったとき、春菜は呟いた。

「奥さんと娘さんを殺害したのは誰なのかしら……牧師?」

古い映画に『エクソシスト』というのがあった。少女に憑いた悪霊と、カトリック教会のエクソシスム（悪魔祓い）の戦いを描いたホラー映画だ。実際の事件を元に創《つく》られた映画だと聞いたこともある。悪霊に憑依《ひょうい》された人間を春菜はまだ見たことがなかったが、植木の話では、映画のように顔つきが変わったり、首が回転したりするわけではないようだ。延齢堂の社長ですらも、行動が異常だっただけで、角が生えたり目が赤く光ったりはしていなかった。植木は、至極真面目な顔で春菜を見た。

「そんなはずはない、あの家族は互いに愛し合っていましたから……と、ぼくは言えない。松本の豹変ぶりを見たからです。ぼくもそれを疑って、恐ろしさに耐えきれず逃げ出したんです。あのときは」

「でも、そしたら牧師さんはどこへ行ったんすかね？　おっかない悪魔の像はどうなったのかな。あれ？　それともなんすか、教会で殺人事件が起きた後、ほかでも酷い事件が起きていたとかあるんすかね」

「いやあ、そういう噂は聞いてませんねえ。いえ、殺人事件のことですが。猟奇的かつ未解決なのはオリバー・ガード聖教会堂の事件が最後だと思いますよ？　私の知る限りでは」

教授はメモを取り終えて、春菜を見た。

「さっきの話ですがね、教会をどうするかという。さしもの私も西洋の悪霊にまで詳しくはないのですが、悪霊の力が言葉の壁を越えて作用するというならば、逆にですね、広く人類に関わる迷信、伝承、習わし、しるし、そうしたものが参考になるのではないでしょうかねえ」

「どういうことですか？」

教授は座敷《ざしき》にあぐらをかいて、雨に濡れたメガネを拭いた。

「植木くんの話によりますと、松本なる人物は『呼ばれて』異形《いぎょう》の石像を拾い、本来ならば高野先生に渡すべきなのに、そうしないで日本へ隠し持ってきた。つまり、このとき、彼は悪霊……まあ、便宜上悪魔と呼びますが、その行為を罪と知りつつ、罪を選んだことにより、悪魔と契約を結んだことになりましょう」

それは一理あると春菜は思った。教授は続ける。

「石像というのは石ですから、それ自体がどうこういうものではありません。ただし、これに人の念などが入りますと、そのことを気に病む相手に作用しますね。仏像や神像などというものは、もともとそういうものですから。もとはただの石や木だったとして、彫る者の祈り、拝む者の祈りがこれらを神格化していくわけで。さて、日本では依《よ》り代《しろ》などと呼びますが、それよりもっと稚拙な、たとえば、ただ紙を切っただけのものや人形などでも、また人そのものでも、超常的な力がそれを通して作用する場合、それを依り代と呼びまして、力はそれを通さねば具現化できないとされています。この場合の石像も依り代と同じ役目をしていたのでしょう」

「悪魔が石像に乗り移っていたってことっすか？」

「石像が悪魔の依り代になったということですねぇ」

その差が春菜にはわからないし、さすがのコーイチも首を捻っている。

「つまり結局どういうことすか？　教会のどこかに、まだ石像があるんすか？　それとも教会自体が悪魔の依り代になっちゃったってことっすかねえ」

「それは違うわ。建物は関係ない。関係ないから私たちが、あの教会に関わっているのよ」

「そっすよね。んじゃ……やっぱどっかに石像が残っているんすね」

「その像を破壊できれば、怪異は止むってことかしら」

小林教授は丁寧に拭いたメガネをかけ直し、濡れた手ぬぐいを振りさばいた。雨は一気に遠ざかり、ザーザーという音が小さくなって、陽が射してきた。山々の縁《へり》が白く光って、雲間から光が射し込む天使のはしごがかかっている。

「石像が及ぼす力の範囲は、そう広くないということか」

仙龍がぽつんと言った。

「それもまた興味深いところですけれど、依り代を必要とするモノは、依り代なくして影響力を維持できないという側面はありますねえ。怪異というものを調べていきますと、大概がわずか一センチ程度の隙間であるとか、この家の中のこの部分であるとか、広くても、そうですねえ……やはり家全体と呼べるほど広範囲で起きることは稀《まれ》なのですよ。『あの山は危険だ』などと誰かが言う場合でも、山のどこかで怪異が起きて、その場所をピンポイントで限定しきれないためにそう言うわけで、山全体が危険になるというようなことは山火事でも起きない限り、ないのです。それが証拠にオリバー・ガード聖教会堂の周囲は高級住宅街ですねえ。教会は競売にかけられていたわけですから、管財人や家屋調査士が現地に入れたわけでして、常に怪異が起こっていたわけではない。むしろ長坂先生があそこを買って、手を加えようという者が現れたから、そうさせまいという意志が動いたわけでして、裏を返せば、近寄ってほしくない何かがまだあそこにいるという証拠だと、私なんかは思いますねえ」

「石像はまだ教会にあるんですね」

植木が言う。

「そうだと思いますねえ」

と、教授は答えた。

「牧師さんは、あれを壊すことができなかったのか」

植木は悔しそうな、そして怯えているような顔をした。

「胸の火傷が生々しいままなので、そんなことじゃないかと思ってはいました……やっぱり……牧師さんの家族は石像に殺されたんですね」

「植木さんの話だと、像には強大な力があって、それを持つ者に影響するんですね」

春菜は会話に割って入った。

「先日、上司から当時の記事を読ませてもらったんですけれど、牧師は事件の少し前から奇行が目立って、奥さんが、信者でもあるお医者さんに相談していたというんです。真夜中に突然大声で叫び出したり、奇声を上げながら敷地を徘徊することがあったと」

「松本も小屋の周囲を回っていました。一晩中、眠りもせずに」

「トランス状態だったのでしょうかねえ」

「それって悪魔が取り憑いていたってことっすか？　牧師さんでも悪魔に取り憑かれちゃうもんなんすかね」

「私はキリスト教にあまり詳しくないのですが」

そう前置きをしながらも、教授は講義をしているときのような口調で言った。

「キリスト教の信者は、洗礼を受けて神と結縁《けちえん》したときに、体内に聖霊を宿すと言われています。肉体が聖霊で満たされているわけですから、その肉体および精神を悪魔に乗っ取られるのは道理に反しておりますねえ。その前提なしにエクソシスム、つまり悪魔祓いは成立しません。神は悪魔の上位にあり、悪魔は神を畏《おそ》れてしかるべきです。植木くんが負った火傷ですが、それもまた石像に宿った何かが教会、つまり神の家に連れていかれることを拒んだゆえとも言えるでしょう。植木くんを必死に足止めしようとしたのです」

「え。じゃあ、実際には何が起こったんすか？　奥さんと娘さんが殺されたとき、牧師はどこで何をしていたんすか。そのまま行方がわからないのも、おかしくないいすか」

コーイチの言うとおりだと、春菜も思う。

「後任の牧師は三日で教会を逃げ出したそうよ……あれを見たら、その気持ちもわかるけど……」

「聖霊を宿していようと人間だからな。洗礼を受けたから、聖職についているからといって、無敵になれるわけじゃない」

仙龍の言葉には妙な説得力がある。

仙龍もまた、生身の人間でありながら、見えないものと渡り合っているからだ。

「だが、牧師はあなたから像を受け取れた。そうですよね？」

仙龍が訊くと、植木は力強く頷いた。

「牧師はあなたの体が焼け爛れたのも知っていた？」

「もちろん知っていましたとも。手当てをしてくれたのですから。ぼくは、ほかの誰かに影響しないよう、石像を懐に隠していたんです。クリスチャンではないけれど、知っている範囲で祈りの言葉を唱えながら逃げ……それは松本に追いつかれるのが怖かったからですが、あいつは山で、花村と刺し違えるようにして死んでいたと聞きました。長野駅で列車を降りて、あとは徒歩で教会を目指し、でも、腹が減って、力尽きそうになって、たばこ屋でパンを買い、それをかじりながら教会へ向かって、十字架が見えたときはホッとしました。でも……教会が近づくにつれて悪魔の像が焼けるように熱くなり、礼拝堂に入った頃にはシャツが煙を上げていた。最初に出てきたのは女の子で、彼女が牧師さんを呼んでくれて、その頃には肉が焼ける臭いがしていたほどです」

そのときの痛みを思い出したかのように、植木はシャツを握りしめ、そして言った。

「痛みに耐えられたのは仲間たちのことを思ったからです。彼らが感じた痛みや苦しみを、いま、自分が感じているのだと思った。これは報《むく》いだ。だから痛くて辛くて当然なんだと。痛いほど、苦しいほどに赦されるような気がしたのです。牧師さんに像を渡すとき、手のひらがジュッと音を立てて焼け、皮膚が裂けて血が出ました。でも、牧師さんは素手で像を摑んで、聖衣の中に隠してしまった。たぶん、ぼくが考えたのと同じように、見たり触れたりした誰かが影響を受けないようにしてくれたのだと思う。それで安心したんです。この人ならわかってくれる。悪魔を封印してくれる。同じような惨劇が繰り返されることは二度とない。何もかも、これで終わったと安心しました。自分はやりおおせたのだと」

「牧師は石像を持てたのね」

考えるように春菜は言う。

「少なくともその場では、像は牧師に何もできなかったということかしら」

「いや……」

と、仙龍は腕組みをした。

「もっと大きな悪意を及ぼすチャンスを狙っただけかもしれない」

「でも牧師さんは、少なくとも像が危険だと思ったわけっすよね？　そうしたら、すぐに行動を起こしたんじゃないですか？　もしも俺ならそうするけどな」

「すぐに行動……どんな行動？」

春菜が訊くと、コーイチは腕組みをして首を傾げた。

「悪魔祓いってやつっすかねえ」

「ぼくが期待したのもそれでした。だから、教会の事件のことを知ってから、少し調べてみたんです。像を教会へ持っていきさえすれば、なんとかなると思っていたんですが」

植木は苦しげにそう言った。

「教会本部へ問い合わせたところ、四月に牧師さんが手紙を書いていたことがわかりました。本部の司祭をよこしてほしいという内容です。ところが、日本へ来る予定だった司祭は五月五日、アリタリア航空の飛行機事故で亡くなっているのです」

「牧師ひとりの手には負えなかったということか」

仙龍が静かに言った。

「どうするつもりだったかわかりませんが、その後で殺人事件は起きてしまった」

「石像を教会本部へ送りたかったのか、それとも、石像の力が思いのほか強かったために、司祭の力を借りたかったのかもしれませんねえ」

小林教授も眉をひそめた。

「エクソシズムは主に悪霊に取り憑かれた人物に対して行う儀式で、取り憑かれた人物から引《ひ》き剝《は》がすことに重きを置いているのですねえ。行為を行う専門家は神と聖霊の力を降ろす依り代であって、自身を神格化することもなければ、悪魔を滅ぼせるとも思っていません。悪霊を人から分離して、元の場所、元の世界へ返すだけです。こう考えますと、エクソシズムは依り代と依り代の戦いとでもいいますか……ただ、今回の場合、悪霊が取り憑いたのは石像ですから、そのまま封印するか、植木くんが言うように砕いてしまうのが現実的だったでしょうか」

「像を砕けば悪霊はいなくなるの？」

「依り憑く先がなくなりますので、力は弱まることでしょう。悪意というのは善意と同じで、実はどこにでも普通にあるものですねえ？　それが悪意を具現化した像になりますと、見た者に力として作用するわけです。私たちは仏像やお地蔵さんに手を合わせますが、もとを正せば木や石なわけで、かといって、木や石に手を合わせる人は稀です。つまり、イメージを形にすると想いを集めやすくなり、想いが集まれば力を持ち得るのです。石像に憑いた悪霊が教会を畏れるのも同じ理由でしょう。オリバー・ガード聖教会堂は善光寺信仰の本拠地に築かれた精鋭たる建物ですから、建物自体に信仰の力が宿っても何の不思議もないのです」

小林教授は春菜を見て、

「是非とも、教会の現物を見たいものですねえ」と、また言った。

「牧師は像を砕いたのかもしれないな……」

言葉少なだった仙龍がポツリと言った。濡れた前髪から雨水が滴り、紺色の作業ズボンの膝にこぼれる。

「どうしてそう思うの？」

「お父さまが悪魔を殺した。少女の霊はそう言ったんだよな？」

それは居住区のベッドに現れた少女の言葉だ。

――悪魔なの。お父さまが悪魔を殺した。それで……悪魔は……――

あのとき、春菜は、教会の凄まじい悪意はどこから湧いてくるのだろうと考えていた。考えながら古い人形を拾い上げたのだ。そして少女の幻を視た。少女は答えを教えてくれるつもりだったのだろうか。

「……そうか……わかったわ」

「何がわかった？」

「いえ。根本的なことがわかったんじゃなくて……」

教授が言うように、体を失った少女も依り代が必要だったのだ。あの子は古い布の人形を通して、自分に意識を伝えようとしたのだ。ならば、あの人形をもう一度抱けば、あの子の話が聞けるかもしれない。春菜はそう思ったが、ただの閃きだったので言葉には出さずにおいた。仙龍が言う。

「お父さまは牧師のことだ。そして、悪魔を殺したというのは」

「像を壊したって意味っすか」

コーイチが拳で手のひらを叩く。

「んでも、石像を壊したら怪異は止むんじゃないっすか？　変っすねえ」

「ふむふむ。なるほど……」

小林教授は首を傾げて小さく唸った。

「こうは考えられないでしょうかねえ。いえね、小泉八雲《こいずみやくも》も『骨董《こっとう》』という怪談集に書き起こしてますが、こんな話があるのです。あるところに」

教授は前屈《まえかが》みになって声を潜めた。

「ある村の山奥に黒滝と呼ばれる滝があり、お不動さんを祀っていました。滝の周囲は昼でも暗く、細い道と崖があるばかりでしたけど、山で亡くなった人の菩提《ぼだい》を弔《とむら》うために、石のお地蔵さんがたくさん並べてあったそうです。お地蔵さんといっても小さなもので、けれどもそれがおびただしく並ぶ様は薄気味悪く、村人が恐れて近寄らない場所でもあったのです。

さて、ある夏の夜、村の若者が集まって怪談話をしておりました。男も女もいたのですが、興が乗ってきた頃に、ひとつ黒滝へ肝試しに行こうじゃないかという話になります。ところがそこは禁忌の場所で、威勢のいい話は出ても、実際に行く者などいない。そのうちに、もしも滝へ行って、証拠に地蔵の首を持ち帰れたら、今日の稼ぎを出してもいいと言い出す者が現れました。

そうだそうだ。俺も出そう、我も出そう。

その場で終わる話だったのに、

金をよこすというのは本当か？　ならばおれが行ってくる。

子守女のお勝《かつ》が立ちます。その名のとおりに気が強く、また強情な気質の娘だったそうです。

バカ言うな。真っ暗なんだぞ、できるわけねえ。など、周りから囃《はや》されれば囃されるほど意固地になって、ついに、本当に、黒滝まで行く羽目になりました。怖くてすぐに逃げ帰るだろうと思ったみんなは、細道を登っていくお勝の後ろ姿を見送りました。ねんねこを着て、裸足《はだし》のままで、生まれて間もない赤子を背負い、お勝は湿った山道を踏みしめていく。森は暗く、空のどこかに出た月に山の稜線《りょうせん》が薄白く浮かんでいます。やがて空気が冷えてきて、山肌に銀色の水が見え、どうどうと滝の音が聞こえてきました。

そうなるともう、何かが藪から飛び出すような、ふいに足首を摑まれて、谷底に引きずり込まれるような気がしてきまして、それとも得体の知れないものがつけてくるのではないかと思って恐ろしい。帰ろうか、いやいや、それでは笑いものになる。気の強いお勝は、それだけは我慢がならんと自分を励《はげ》まし、やがて……」

効果を高めるかのように、小林教授は息を継ぐ。コーイチは二の腕をさすった。

「目の前に黒滝が現れまして、水の奥から身《み》の丈《たけ》およそ十四メートル、背中に燃え立つ炎を背負い、憤怒の形相で牙《きば》を剝き出し、手には剣と羂索《けんさく》を持ったお不動様が、お勝を睨み付けているような気がします。足下には小さな地蔵が、赤い前掛けをかけて並んでいる。お勝はお不動様から目を逸らし、一番近くの地蔵の頭を摑むと、力を込めて首をもぎ、頭を胸に抱きました。

『おい、お勝！』

誰かが名を呼びました。お勝は肝が縮んで、一目散に来た道を駆け戻りました。

『おい、お勝！』

声は背後で二度聞こえ、そのまま滝の音に紛れてゆきました。駆けて、駆けて、駆け抜けて、お勝は仲間の許へ辿《たど》り着《つ》きます。

これ見ろや！　おれは滝まで行ってきた、地蔵の頭を盗《と》ってきた！

高らかに宣言すると、皆がお勝の勇気を称え、あたりは叫声《きょうせい》に包まれました。でもそのときですよ……一人が気づいてしまったのですねぇ」

小林教授はコーイチを見て、

「お勝のねんねこは血まみれで、背負っていた赤子の首が、ごっそりもげていたのです」

と、静かに言った。

「やめてー、なんで俺を脅かすんっすか」

「いえいえ、コーイチくんを脅かすつもりはありません。黒滝は鳥取県にある実在の滝で、同所では小さな赤ん坊を連れて滝へ行くのが禁忌でして、八雲はこの話を『幽霊滝の伝説』という怪談に起こしたと言われます。話を戻しますと、赤ん坊の首は依り代および形代の対価です。お勝は禁忌を超えて地蔵の首を盗みますが、その対価として、赤子の首を奪われたわけですね」

春菜は小林教授に訊いた。

「牧師は石像を壊したけれど、対価を求められたってこと?」

それが妻と娘の命だったのだろうか。それとも、首か。

「さあそこですよ。容《い》れ物を奪われて、悪魔はどこかへ帰ってくれればよかったのですが、まだ教会にいるらしい。それは、あの建物自体が結界となって悪魔を捉えてしまったからとは考えられないでしょうか。植木くんが持ち込んだとき、石像は間違いなくそれを拒みました。けれども、ひとたび牧師に渡されてしまえば、もう逆らえなかったわけですね? 石像が逃れ出ようとすれば、松本くんのような誰かに付け入って操るしかないわけですが、教会を訪れるのは信者であり、信者は洗礼を受けているから思うようにはいきません。まして牧師は教会本部に相談までして、石像を破壊する算段をしていたわけで。さしずめ私が牧師なら、祭壇か、キリスト像があればその近く、マリア様とか……いずれ教会の中で最も信仰の集まる場所に保管して、本部の司祭を待ったでしょう。神を信じる者は悪魔も信じますからねえ。容易にそれを行えない。植木くんたちに起こったことを知ればなおさらでしょう」

「そう言えば、教会にあるマリア像が血の涙を流してたんすよ。驚いたのなんのって、なんつか、ガチホラーって感じがして、怖かったっす」

頭の中で、春菜は何かがつながりそうな気配を感じた。コーイチと同じく、自分も恐怖に駆られて逃げ出してしまったけれど、様々なピースを見つけ出し、それらがカチリとはまったら、謎は解けるはずだと思う。今はまだ、欠けている部分が幾つもあるのだ。

「牧師とその家族のことを知っている人はいないんですか？」

仙龍が教授に訊いた。

「残念ながら五十年近くも昔のことです。植木くんがしたように、当時その場で教会本部へ問い合わせていれば別ですが」

「もう一度教会へ行って、女の子が殺された寝室で、あの人形を抱いてみれば……」

自分に言い聞かせるように春菜が言う。

仙龍は、訝《いぶか》しげな目つきで春菜を見た。

「石像に悪霊が宿ったように、女の子の意識は人形に宿っていたんじゃないかと思うの。おそらくだけど、人形は持ち主が殺されるのを見てたのよ。私が見たのはその記憶。あの人形は、持ち主の女の子と意思が通じていたんだと思う」

「でも春菜さん、悲鳴を上げてたじゃないっすか」

「子供の首が飛ぶのを見たのよ？　当たり前でしょ」

怒ったように春菜は言う。怒りたいのはコーイチのことではなくて、いたいけな少女の首を一撃で落とした犯人だ。

「みなさんはどうして、それほどまでに、あの教会にかまうんですか？」

植木が訊いた。

「放っておけばいいじゃないですか。五十年近く何も起きずに来たってことは、放置しておけば何も起こらないということです。触ろうとするから事故になる。あれが悪魔の棲む場所だとしても、そっとしておけばそれでいい」

「ところがそうはいかないの」

春菜は植木の瞳を覗き込む。

「たぶん最後のチャンスなんです。あの建物を生かす最後のチャンス。石像が悪魔の容れ物だというのなら、明治二十年代に建てられた教会は信仰の容れ物です。当時の、栄えていく街のエネルギーと希望の建物なんです。それが失われていくのは惜しいです。知らなければよかったけれど、知ってしまったからには、せめてできる限りの努力をしたい。植木さんが痛みに耐えてやろうとしたこと、牧師さんがやろうとしたこと、それをやらずに済ませたくない。私たちは建造物のプロだから」

「でも、牧師じゃない。悪魔祓い師でもないでしょう」

「俺たちは曳き屋で、彼女は営業、小林教授は学者ですがね」

仙龍は、ここへ来て初めて白い歯を見せた。

「あと凄腕の生臭坊主もいるんすよ。エロ坊主っすけど、俺たちは仲間なんっす」

仙龍は植木を見て、笑いかけた。

「話をまとめると、あの教会のどこかに今も悪魔が潜んでいるってことですね。そして、それはすでに石像の姿をしていないのかもしれない」

「事件が起きる少し前、牧師が奇声を上げるようになったり、教会の敷地を徘徊するようになったというのは、悪魔に憑かれたからですか？」

植木は呆れたように首をすくめて、その場に姿勢を正して座った。

「必ずしもそうとは言い切れません。石像を壊す準備をしていたとも考えられます。みなさんも儀式の前には御祓いをして身を清めますよね？　強力な相手と闘う場合、やはり覚悟と準備が必要で、牧師さんがそれをしていた可能性もある。もちろん、奥さんや娘さんを巻き込みたくはなかったでしょうから、事情を知らない奥さんがご主人を案じても不思議ではありません。ぼくが教会へ行ったとき、牧師さんが最初にしたのは娘さんを遠ざけることでしたから」

「そして牧師は戦いに負けた」

仙龍は植木を見つめた。

「事件の朝、十字架や聖像が血で穢されていたのがその証拠だ。悪霊は勝ち、高らかに勝利を宣言した。聖なるものを血で穢し、神が敗北したと言いふらした」

「敗北しちゃったんすかね」

小林教授は頭を振った。

「悪魔は嘘つきですからねえ。人の弱みにつけ込むこと、正義の仮面を被ること、騙すことにも長《た》けていると言われます」

「穢れた言霊ではなく真実を見るんだ。本当に勝利したなら教会の周囲に悪意をまき散らしているはずだ。だが、そうじゃない。信仰の力に抗えず、今も建物に囚われている」

「ん？　じゃ、なんすか？　教会がこのまま放置されて崩れ落ちたら……悪魔は外に出てきちゃうってことっすか？」

コーイチの言葉が春菜を打つ。そうか、だから教会は私たちを呼んだのか。

「ああ、それはあり得ますねえ。少なくとも最初に依り代に触れた者は、悪魔に憑かれる可能性があります。松本氏のように、ですねえ」

「最初に触れると憑かれるんですか？」

春菜が訊くと教授は答えた。

「錬金術や黒魔術に使う魔法薬の素《もと》にマンドレイク、別名マンドラゴラという植物がありますが。実在するナス科の植物で、古くから薬草として珍重されてきたものですが、根茎が分岐して人の形に似ることや、幻覚、幻聴を伴う神経毒を含むことなどから、この植物を引き抜くと根が叫び声を上げ、その声を聞いた者は死ぬと言われてきました。そこで昔の人たちはマンドレイクに紐《ひも》をつけ、犬に引かせて抜かせたそうです。これは『最初に触れる者に最大限の災《わざわ》いが及ぶ』という考え方のひとつです。事実、松本氏は石像に呼ばれてそれを持ち、悪意に囚われて自ら滅びた。植木くんは心に仲間の楔《くさび》があって、石像を教会へ運ぶことができましたけど、もしも石像を持ち続けていたら」

「ぼくも取り込まれていたでしょう。何人も殺したかもしれない」

植木は言った。

「だからこそ、牧師は奥さんや娘さんから石像を隠したのですねえ。次の『最初』を防いだのです。石像か、その依り代が教会にあるとして、次に取り憑かれるのは最初に見つけた人間、悪魔はそれを待っている。今は教会を出られないわけですから、その人物に取り憑いて、操作して、より多くの善人に神を裏切らせるはずです。もしも教会が壊れれば業者さんがたくさん入って、『最初』の人が何人も出ます。そういう意味でも、悪魔をなんとかしないまま改修するのはマズい。厄介ですねぇ」

教授はまた手帳を出してメモをする。春菜は心底恐ろしくなった。

「これからどうするつもりなの？」

訊くと仙龍が指針をまとめた。

「本当に依り代があるのかどうか。先ずはそれを確かめないと話が進まないってことだ」

「どうやって確かめるんすか？」

仙龍はコーイチを見た。次いで教授を、春菜を見て、最後に植木を見て聞いた。

「迂闊に近寄れば心を乗っ取られるってことでしたね？」

「そうです。そう思います」

「敵は狡猾で、最も手強《てごわ》そうな相手から攻撃してくる」

「そうです。たとえばあなたが――」

植木は仙龍を指した。

「――油断のならない相手なら、最初に、あなたに罪を犯させるでしょう。あれの狙いは魂を穢すこと。犠牲者ではなく加害者が狙いです。罪を犯す側に引き込むことが」

「まさしく興味深い考察ですねぇ。そして理にかなっている。悪魔は堕天使。もともとは神の使いだったのですから、天界から追い落とされて神を憎んでいる。望みは神の権威を失墜させること。神に近しい人物こそ狙い目というわけですね」

仙龍はしばし考えて、

「堕天使に対抗するには……堕坊主《だぼうず》の意見を聞くしかないか」

と言った。

其の六

悪魔の依り代

その堕坊主は名を加藤《かとう》雷助といい、飲む、打つ、買う、を身上とする生臭坊主でもあった。彼が借金取りから身を隠すために潜伏している三途寺《さんずのてら》は、高速道路を使えば信州新町から一時間ほどの距離にある。植木の家を出ると、春菜たちはコーイチが運転する車で和尚が住み着いた廃寺へ向かった。

「化石博物館に置いた軽トラックはどうするの？」

今度は助手席に仙龍が、春菜は教授と共に後部座席に乗っている。

「橋梁工事の現場に青鯉《あおこい》たちがいるから、車を取りに行ってもらうことにした。どうせ採石場まで行き来している。化石博物館から遠くない」

「春菜さんが教授を送っていくときに、俺たちも降ろしてもらえばいいっすから」

鐘鋳建設の社屋と信濃歴史民俗資料館はそう遠くない場所にある。この後のルートを想像して、春菜はなんだか笑ってしまった。

さっきまでは教会の、乾いた血と埃と獣の臭いが鼻の奥に貼り付いていたのに、仙龍とコーイチと小林教授、そして雷助和尚が加われば、悪魔とだって闘える気がしてワクワクする。もしも鐘鋳建設の棟梁がここにいたなら、

『姉さん、うちの仕事をなめてもらっちゃ困りますがね』

と叱られるかもしれないが。

車が上信越道に入ったときだった。春菜のスマホに着信があった。見知らぬ番号なのでアイコンが出ない。なんだろうかと電話に出ると、入院中の比嘉からだった。

——高沢さん。今いいですか？——

「大丈夫だけど、比嘉さん、病院から？」

——そうです。病院の公衆電話からです。あ、それと、心配しないでくださいね。ぼくは一週間程度で退院できそうなんですよ——

「そうなの？　それはよかったわ」

そこからリハビリなんですけどね、と比嘉は笑った。

——今は比較的痛みがないんで、その隙にと思ってかけたんです——

そうか。やはり痛むんだ。短絡的に喜ぶべきではなかったと反省する。当たり前だ。利き手の指二本が切り落とされてしまったのだから、ショックも痛みも相当なものだろう。

春菜は心から比嘉の回復を祈っている。

——実はですね。もといた新聞社の仲間が見舞いに来たんで、例の教会の事件について調べてもらったんですよ。記事はすべて保管してあるはずなので。それで、さっきメールが来て、当時、事件を取材した先輩と話ができたんです——

「えっ」

春菜が声を上げたので、助手席から仙龍が振り向いた。

「実は今日、私も轟と現場へ行ったの。比嘉さんが事故に遭ったときに外そうとしていた筋交いを外して、奥の部屋を見てきたのよ」

――そうなんですか？　どうでした？――

「事件当時のままだった。そのときのまま……だから封印していたみたい」

――やっぱりですか――

「比嘉さん。私いま、そのときの業者さんと一緒なんだけど、スピーカーにしてもいい？」

どうぞというので、春菜は仙龍たちにも通話を聞かせた。

「当時捜査の指揮をしたのは長野県警の中央署で、牧師が外国籍だったこともあって、いろいろと大変だったそうなんです。うちのＯＢは八十近くになるんですが、事件のことはよく覚えていましてね、それで、記事にできなかったことを話してくれました」

いいですか？　と、比嘉が訊くのは、話を聞くつもりがあるのかという意味だろう。春菜は「もちろん」と請け合った。

「事件発覚は七月二十三日の朝。その日は日曜で、礼拝に来た信者らが血痕を見つけたことが始まりでした。祭壇とその周囲に血がまかれ、マリア像などは涙を流すかのように汚されていたらしいです」

現場を見たから、その様子は知っている。

「ちなみに、扉に鍵はかかっていなかったそうです。信者は驚き、牧師に知らせようとして、事務所……いや、参事室だったかな？　とにかくそこへ行って、奥さんの死体を発見しました。牧師や娘さんの姿はなくて、居住区は鍵がかかっていたそうで、警察が呼ばれて、鍵を壊して居住区へ入り、今度は娘さんの死体を発見しました」

そこまでは知っていたことと齟齬《そご》はない。比嘉は続ける。

「牧師の姿はなかったそうです。外出時に牧師が愛用していた帽子などもそのまま残されていて、それで、ですね、ここからが記事にしていない分なのですが、奥さんと娘さん、二人の殺害方法は違っていたようです」

「え？　二人とも首を切られて殺されたんじゃなかったの？」

「警察によれば、最初に殺されたのが娘さんで、こちらはワイヤーで首を落としたようなんです」

「ワイヤー……」

「居住区のベッドにトラップが仕込まれていたんです。参事室のゴミ箱から設計図と思《おぼ》しき書きつけが見つかったこともあり、警察は牧師を犯人とみていたらしいです」

「ベッドにトラップ……」

春菜は少女の首が飛んだ瞬間を思い出していた。

「どんなトラップ?」

比嘉が答える。

「構造は簡単なものでした。ベッドは天蓋付きで、頭側二本の支柱にワイヤーを絡ませ、ワイヤーの中心をバネで足下へ引っ張ったものでした。引っ張る点をフックで固定していたようで、漆喰部分にフックの穴があったといいます。警察の話では、人の重さでベッドが沈むと天蓋の支柱も引っ張られ、フックが外れて力をためこんだワイヤーが飛んでいく仕掛けだということでした」

「天蓋の支柱にワイヤーを……フックで……?」

少女を殺すために、だろうか。そんな……。

「でも、ですね、うちのOBはちょっと変だと言っていました」

「変って何が?」

「ひとつにはトラップの位置です。ワイヤーを引っ張るフックの位置が高すぎて、まるで枕に向けてあったみたいだと。ぼくも変だと思うんですよね。だってそうでしょ? 枕に頭を載せて寝ている人間の首を落とすなら、トラップなんか必要ない。事実、奥さんのほうは直接手を下しているんだし」

「たしかにそうね。でも、娘さんはワイヤーで死んだのよね?」

さすがに娘を殺すのは忍びなかったということだろうか。

「もうひとつには、そのトラップでは、とても人間の首を切り落とせそうにはなかったということです」

比嘉はその先を報告した。

「奥さんのほうは撲殺でした。頭部は持ち去られていましたが、残った頸椎《けいつい》に骨折の痕跡があってわかったそうです。首の骨が折れていたってことらしいです。あと、参事室の電話に奥さんの指紋があって、警察を呼ぼうとした痕跡が残されていたと。だから少なくとも奥さんは、殺されそうだと思って参事室へ逃げ込んだのだと思います。彼女の首を落としたのは薪割《まきわ》り用の鉈《なた》で、発見当時は床に刺さったままになっていたとか」

うへえ、とコーイチが首をすくめた。

「なんつーか……気分が悪くなってくるっすね」

「あとですね、奥さんと娘さんは殺害前の数日ほど、東京の奥さんの実家に帰省していたらしいです。奥さんは日本人ですからね。それが、殺害された日に急遽《きゅうきょ》戻ってきたようで、理由は日曜礼拝の準備をするためだったそうです。実家の話では、本当はもっと長く滞在する予定だったのが、ご主人のことが心配だからと予定をくり上げたんですって。事実、参事室には、まだ荷が解かれていない旅行鞄があったといいます。警察が疑ったのは牧師でしたが、容貌《ようぼう》の目立つ外国人だし、彼を知る人が多かったにもかかわらず、忽然と姿を消してしまいました。タクシー、バス、当時の国鉄、それから知人、しらみつぶしに当たっても、当日以降の足取りがない。捜査担当者も、こんな事件は初めてだと、首を傾げていたそうです」

「そうだったの……」

春菜は、教会で起きた惨劇を丁寧にトレースしたような気分になった。

「ところで、うちのOBが驚いていましたよ。あの教会は、とっくに壊されたものと思っていたって。今もあるなら見に行きたいなんて言うので、それはやめたほうがいいと忠告しておきました。もし、長坂先生が無事にあそこをオープンさせたら、連絡しますと伝えてあります」

春菜は比嘉に礼を言い、お大事にと告げて通話を終えた。当時の状況を詳しく聞くと、殺害現場の生々しさがことさら胸に迫ってくる。コーイチならずとも気分が悪くなりそうで、少しだけウインドウを開けて空気を入れた。

「……ベッドにトラップ……か……」

独り言のように仙龍が呟く。

「どうして罠だったのかしら」

「てゆーか、漆喰にフックっておかしくないすか」

コーイチが助手席の仙龍に言う。

「何がおかしいの？」

春菜が訊ねると、仙龍が教えてくれた。

「漆喰にフックは利きにくい。通常はアンカーを打つはずだ。まして、ワイヤーを強く張るなら、張った瞬間はいいとしても、引っ張り強度に土台が負けて、遠からずフックは外れる。ベッドの重みでワイヤーが飛ぶ仕掛けだと話していたが、重みがなくともワイヤーは飛ぶ。予測不能に。予測不能に」

予測不能に。仙龍の言葉は、首が飛ぶ瞬間の少女を思い起こさせた。おそらく少女は、自分の首がどうなったかすら、知らないうちに死んだのだ。

「植木くんの話といい、今回はどうも、血生臭いですねえ。は、ハ」

教授は「ックシュン！」とクシャミをした。

「神のご加護を」

と、コーイチが言う。

「あれっすよ、イギリスではクシャミの瞬間に魂が抜け出して、隙間に悪魔が入り込むって迷信があるんすよ。悪魔って、蜘蛛やゴキブリみたいに隙間が好きなんっすかね」

「隙間ですか……比喩《ひゆ》にしても興味深いですねえ。意志に溢れた心は悪魔に付け入る隙を与えないということでしょうか。そういえば植木くんも、松本氏は空虚な男だったと言ってましたねえ。もしも意志強固であったなら、石像は日本へ来なかった。心に隙間があったから、悪魔が入り込めたということなのでしょうか」

小林教授は手ぬぐいで鼻を拭った。

「空っぽって怖いのね。そういえば、建築物に定礎を置くのもそんな意味だと聞いたことがあるわ」

「かつて大工はそれを建てた職人の銘や日付を天井裏や大黒柱に記したが、建設技術が進んでビルなどの巨大建造物に代わると、柱に墨書きというわけにもいかなくなった。そこで定礎箱に氏神への礼品や、図面や名簿を入れて埋め込むようになったんだ。あれは建物の魂であり、建物に魂を吹き込んだ者の記録だ。空っぽの器には魔が宿る。建物が空っぽではないと記すための、いわゆる『呪』だな」

「あの教会も……」

春菜は再び話を戻した。

「五十年近くも空っぽで、悪魔には居心地がよかったってことね」

生きている人間のエネルギーや生命力を、魔物は嫌う。不浄の場所も人の出入りで洗い流され、『昔の話』に変わっていく。仙龍が言った『洗う』の意味が、春菜はようやくわかってきた。

毎度のことながら、雷助和尚が隠れ住む場所は秘境のようだ。行政の手が入らない山道は荒れ放題だし、きれいにして人の気配を漂わせると借金取りが追ってくるとでも思うのか、（それとも元来怠け者なのか）無舗装の道路は草だらけだ。

県道から私道に入ってしばらく行くと落石が道を塞いでいたので、仙龍が降りていって石をどかした。シャツの背中に肩甲骨が透け、逞《たくま》しい腕に筋肉が隆起するのを、車の中から春菜は見ていた。仙龍だからそれができるけれど、自分や教授ではどうにもならない。これがあるから三途寺へは、一人で来ることができないのである。

和尚はスーパーカブと軽トラックを持っていて、大抵はどこへでもカブでやってくる。春菜と同じく、落石や倒木を片付けることができないからだ。

和尚の山は緑が深い。広葉樹より針葉樹が多いせいだと思う。杉や檜《ひのき》の匂いが鋭く、肺の奥まで染み入ってくる。その香りはお祖母《ばあ》ちゃんのタンスに入れた防虫剤に似て、こんな場所に棲み着いてしまえば虫も寄りつかないだろうと思う。夜は遠くに街の灯が、見えるか見えないか知らないが、飲んだくれ和尚はどちらでもいいのだろう。細道を進んで、もう帰れなくなるのではないかと不安になる頃、突然道がひらけて、オバケのいそうな破《や》れ寺《でら》が現れる。真っ黒な杉の林を背負い、崩れかけた石垣の上に茅葺《かやぶ》きの塀と門が立つ。以前は門に傾いた扁額《へんがく》があったが、今は地面に落ちている。往時は禅宗の僧侶《そうりょ》が修行をした寺だというが、今は古狸《ふるだぬき》のような坊さんが独りで棲み着いているだけだ。寺の名前は三途寺。雷助和尚が勝手に付けた銘である。

「カブも軽トラもあるっすよ。和尚はいるみたいっすね」

錆《さ》びた軽トラックの脇に車を停めて、コーイチが言う。

競馬や競輪で出かける以外、和尚は大抵寺にいる。檀家《だんか》を持っているわけでもないので、仕事は隠温羅流の因縁祓いか、あとは……何をしているのか、春菜は知らない。因縁祓いだけで食べていけるのかと案じたこともあるのだが、その報酬が法外なことを知ってからは、心配すらしていない。どこの宗派の、なんという寺で学んだのか、和尚の素性もわからない。ろくでもない坊主だが、その法力《ほうりき》は筋金入りだ。

静かな山の中だから、エンジンの音も、ドアが閉まる音も聞こえているはずなのに、和尚は迂闊に姿を見せない。携帯電話も持ってはいるが、仙龍からの電話すら気が向かなければ出ない横着ぶり。それを知っているから、仙龍はズカズカと崩れかけた石段を上っていく。やっぱり現場服は最強だと、砂利道を踏みながら春菜は思った。

「ちーっす。コーイチっすよー、和尚。ご無沙汰していまーす」

石段の先は境内《けいだい》で、草茫々《ぼうぼう》の前庭の奥に本堂がある。今日は本堂の扉が閉まったままで、境内は閑散としていた。コーイチは本堂脇の庫裡《くり》へ行き、勝手に入口の戸を開けた。頭を突っ込み、呼ばわっている。

「雷助和尚ーっ、いないんっすかー?　俺っすよー、コーイチっすけど」

それから振り向いて仙龍を見た。

「返事、ないっす」

こちらも雨が降ったのか、庭も地面も濡れている。すでに夕暮れで風は冷え、時折聞こえる蟬の声も力ない。そそり立つ林の上は桃色の空で、飛んでいく鳥の姿が見えた。

「和尚！　いないのか⁉」

その鳥に向けて仙龍が呼ぶと、

「おう。ここじゃ、ここじゃ」

と声がして、太鼓腹にステテコを穿いただけの和尚が、雪駄《せった》をつっかけて飛び出してきた。ヘソの周りに黒々とした腹毛が見えて、春菜は思わず顔を背ける。

「なにやってんの！　服ぐらい着てきなさいよっ」

恥ずかしさのあまり怒鳴ってしまった。まったく、呆れてものが言えない。

「これはしたり。よもや娘子《むすめご》が一緒とは思わなんだで。待て、待て、いま衣を羽織るゆえ。儂《わし》は行水をしておったのだ。仕方がなかろう」

そう言うと、和尚は庫裡へ消えていった。

「ていうか、和尚。緊急事態なんっすよー、だから早くしてくださいねーっ」

庫裡に上半身を突っ込んで、コーイチが和尚を急《せ》かす。それからヒョイと顔を向け、

「んでも、ふりチンじゃなくってよかったっすねえ」

と、春菜に言った。

春菜は耳まで真っ赤になった。


本堂の広い縁先に腰をかけ、仙龍は、和尚に事の顛末《てんまつ》を説明した。急遽、寺を訪れることになったため、いつも手土産《てみやげ》に持ってくる一升酒はナシである。和尚のほうも、酒なしの来訪が深刻であることは承知していた。

「くわばら、くわばら。此度《こたび》は西洋の魔物とな……」

夏用の単衣《ひとえ》を羽織った和尚は縁先にあぐらをかいて、腕を組む。

「やっぱ、違うもんなんすかね？　日本のオバケと、あっちのとでは」

「どうでしょうねえ？　個人的には、白人か黒人か黄色人種かということなのだと思いますよ？　ひと皮剝けば、みな骨と肉でできた人間ですから、魔物だ、悪魔だ、悪霊だのと、呼び方は変われど大差はないのではないでしょうかねえ。成り立ちが違うということはありましょうが、それはすべての因縁が同じでないのと一緒でしょう」

小林教授は飄々としている。その脇で、仙龍が和尚に言った。

「今回の因は大学生がシリアで盗んだ悪魔の像だ。それが教会に持ち込まれ、建物に封印されてしまったらしい」

「牧師はそれを破壊せんとな？　だが、そう簡単にはいくまいよ」

「少なくとも数ヵ月はかかったみたい。植木さんが教会へ石像を持ち込んだのが二月で、四月には教会本部へ司祭をよこしてほしいと嘆願し、予定していた司祭は五月に飛行機事故で死んでしまった」

「来てくださいと頼まれて、はいそうですかとノコノコ行くのは拙僧くらいのものよ。組織が大きくなればなるほど、勿体つけた手順になるのは、何処《どこ》も同じことじゃわい」

「次の司祭が選出されるのに、また時間がかかったということなのですねえ」

小林教授は頷いた。

「そうしている間に事件は起きた。奥さんと娘さんが殺されたのが七月で、壊す方法がみつからなかったのか、それとも手順が必要だったのか、その間牧師は独りで悩んで、苦しんでいたと思うのよ。教会の周囲を徘徊したり、奇声を上げることもあったらしいの」

「然《さ》もありなん。古代に生まれ、永くを生きて、人を自在に操るモノじゃ。建物内部に囚われたとして、むざむざ壊されはすまい。悪魔はもともと人ではないゆえに、人の理解を超えるもの。特定の人物に祟るのでなく、悪を蔓延《まんえん》させることこそ身上だからして、牧師との戦いは本望であろう」

「牧師さんは狙われちゃったってことっすか?」

「さて、それは人の価値観よ。悪魔は原始の悪意であるぞ。純粋な悪。悪と恐怖じゃ。人の価値観でいうならば、聖職者に罪を犯させれば悪魔の勝ち。封印できれば聖職者の勝ちじゃ。悪魔が勝てば神の光が陰り、聖職者が勝てば神の光はいや増すのでな、人の目には見えずとも、戦いは未来永劫《えいごう》終わらぬわい」

　そう言うと、和尚はしみじみ首を傾げた。剃《そ》り上げた頭髪も無精ひげも白髪交じりの閻《えん》魔《ま》顔、僧衣でなければヤクザに見える強面《こわもて》ながら、どことなく愛嬌《あいきょう》がある不思議な男だ。

「そうは言っても、悪魔の像って、ただの石なんすよね。落とすとか投げるとかすれば、簡単に壊れるんじゃないっすか？」

「そう簡単にはいかなかったってことだろうな。もしかすると、今回のようなことが起きていたのかもしれない。丸鋸を持った腕を掴まれたり、バールが移動していたように」

　小林教授がさらりと会話に加わってくる。

「ポルターガイストという現象がありますねぇ？　見えない悪霊が人を襲ったり、家具を移動させたり、物音を立てたりすることですが、事象の起きた期間が最長で、目撃者の数も多かったといわれるエンフィールド事件では、重い家具が滑るように移動したほか、コンクリートで固定されていたパイプが壁から剝がれるなどの現象が起きたといいます。また、悪霊の媒体となっていたと思われるその家の娘は、空中に体が浮いたともいわれています。同じ現象が牧師にも起こって、追い詰められていったのかもしれません」

「うーん。そうかぁ……そうなってくると、投げたくらいじゃ壊せなかったってことっすね。迂闊にハンマーとか振り上げて、自分の頭を叩いても困るし」

「もしかして……だから奥さんと娘さんを東京の実家へ帰したのかしら?」

「そうか。そうかもしれないな。牧師はついに決行することにした。だから二人を安全な場所に避難させる必要があった……石像を壊すには悪魔の裏をかかねばならない。決行の日は、二人が実家に戻っている間のいつかだった」

「あっ」「そっか」

春菜とコーイチは同時に叫んで、互いを見た。

「ワイヤー」

「そっすよ」

「なんですかねえ」

と、教授が訊ねる。コーイチは春菜に説明の機会を譲ってくれた。

「奥さんと娘さんの殺害方法は違っていた。先に亡くなったのが娘さんで、ベッドの支柱に張ったワイヤーで首を切断された。ワイヤーの先にはフックがあって、フックは漆喰に挿してある。アンカーがないからフックは弱く、引っ張り強度で遠からず外れる。それがいつかはわからない。悪魔は人の心を読んで巧みに騙すというけれど、牧師にわからないことを知る術はない。だから、もしかして、もしかしてだけど、それは娘さんを殺すためではなくて、石像を壊すためのトラップだったのじゃないかしら。悪魔の裏をかくために」

仙龍も頷いた。

「牧師は殺意を見抜かれないよう偶発的な装置を仕掛けた。ところがそのトラップを悪魔はさらに利用したんだ」

「なるほど惨い話です。では、奥さんを殺したのは誰だったということになりますかねえ？」

「牧師であろうよ」

和尚がキッパリ言ったので、一同は無言で和尚の髭面《ひげづら》を見た。腕組みをしたままで、和尚は眉間に縦皺を刻む。そうしていると達磨大師《だるまだいし》にそっくりだ。

「え？　なんでっすか。牧師さんには聖霊が充塡《じゅうてん》されているんすから、悪魔は取り憑けないいんじゃないんすか？」

「もちろんじゃ。取り憑けん。神を信仰している限り、悪魔は牧師に手を出せまいよ。世の理《ことわり》とはそういうものじゃ」

「そういうものじゃって……じゃあ、なんで『犯人は牧師』とか言うのよ？」

「娘子よ」

和尚は春菜に目を向けた。

「想像してみるがよい。己の仕掛けた罠が己の娘の命を奪う。そのようなことがもし、起きたなら、聖職者といえども、わずか一瞬、ほんの一瞬、神を呪わずにいられようか」

和尚の言葉で腑《ふ》に落ちた。その瞬間、隙間に悪魔が入り込んだのだ。牧師は体を乗っ取られ、愛する妻を手にかけた。斉藤さんの腕を摑んで丸鋸を動かしたときのように、牧師の肉体に取り憑いて、妻を殴って死なせたのだ。

「牧師は……悪魔に負けたのね」

――お父さまが悪魔を殺した――

蠟細工《ろうざいく》のような少女の顔が脳裏に浮かぶ。彼女が腰掛けていたベッド、いたいけな首が一瞬で飛ぶ様も。そうか、そうだったのか、と、春菜は思った。

――それで悪魔は……お父さまに取り憑いた……――

少女はそれを伝えたかったのだ。

「悪魔の石像はそのとき壊れた。娘さんの首を道連れにして。きっとそうよ」

仙龍とコーイチも一緒に部屋へ入ったのだから、惨劇の跡が残る寝室を見ているはずだ。

「居住区の寝室に入ったとき、血だらけのベッドを見たわよね？」

仙龍とコーイチは視線を交わした。

「見ることは見たっすけど……あまり気持ちのいいものじゃなかったから、こう……チラッとだけ……」

「ベッドに土が落ちていたでしょ。それは見た？」

「血と、赤土と、寝具の綿がはみ出していたな。あの土が石像の破片と思うのか？」

「いえいえ、それは妙ですねえ。石像が壊されたなら、悪魔の依り代はなくなってしまいます。悪意そのものは教会に囚われたままだとしても、依り代がなければ力を発揮できませんから、勝負は引き分けということです……では、未だに怪異が続いているのはどういうわけです？　本当に、依り代は失われたのでしょうかねえ？」

「そう単純な話ではないのやもしれぬ。よしんば石像が壊されたとして、その後に女房が殺されたなら、やはり悪魔の勝ちであろうよ」

雷助和尚は腕を解き、身を乗り出して仙龍を見た。

「一度は悪魔を屠《ほふ》ったものの、引き換えに娘を奪われた。牧師は神を呪い、悪魔に憑かれ、そして女房を手にかけた。そうなればもう聖職者ではおられぬわい。おそらく、次の依り代は牧師であろう。そうして今も教会にいる。教会のどこかに、ふたつの首と一緒にのう」

衝撃で春菜は震えた。

小林教授が話してくれた黒滝の伝説。それに照らせば理解ができる。そして轟が撮ったあの写真。山羊の角も、細長い王冠もないけれど、三つの頭を持った黒い影を思い出していた。あれを牧師の影とするなら、輪郭の中が想像できる。中央は牧師自身の、両側は、妻と娘の首だったのだ。

「うひぇー……ムリっす。そうゆーの、俺はムリっすよ。それを探すっていうんでしょ？　あの教会のどっかから」

「根っ子を断たねばまた芽吹くわい。煉瓦でできた建物であれ、ひとたび壊れ始めれば、あれよという間に劣化が進む。この破れ寺がよい見本である。天井にシミができたと思うたら、あっという間に雨漏りが始まった。この梅雨時はかなわなかったぞ」

「それ、早く直さないと天井が崩れてくるっすよ」

「だが金がない」

和尚はしれっとそっぽを向いた。

「春菜ちゃんたちは、教会の中を見たのですよね？　どうでしょう、それらしい場所はなかったのですか？」

小林教授が話を戻す。

「見ましたけど、あそこはもともと図面がなくて。図書館に残されていたのも、正式なのは立面図と敷地図面だけだったんです。立面図でわかるのは外観だけ、敷地図面は境界線を示しているだけなので、内部を把握しようと思ったら、実際に建物へ入るしかないんです」

「迂闊に立ち入るのは感心しない。建物に手をつける前提で誰かが入れば、また事故に遭うかもしれないからな」

「あの教会なんすけど、GLよりもFLが随分上がってるんすよ、たぶん地下室があるんじゃないかと思うんっすけど」

GLとは建物が立つ土地の表地レベルで、FLは床のレベルのことである。

コーイチは、地面に対して建物の床が高すぎると言っているのだ。

「それは私も思ったわ。地下室があるんじゃないかって」

「地下室のう……暗くて湿って風通しが悪い。いかにも魔物が好みそうじゃな」

「そっすよね。でも、地下室へ通じるみたいな扉はあったかなあ？」

「隠れているのかもしれないな」

仙龍は宙を睨んだ。建物内部を思い出しているのだ。春菜も一緒に考える。

地下へゆく通路があるとして、あれはもともと教会なのだから、隠し扉にする理由もないし、回転扉などの無駄な機能を持たせる必要もない。だから、ごく単純に、それと思しき扉があったはずである。倉庫用の粗末な扉でかまわない。そういう扉は多くの場合、階段下の捨てスペースなどにある。ところが教会は平屋で階段はない。建物内部で木材が使われていたのは構造柱と梁と桟、床と天板と家具と建具だ。それと、内陣の祭壇は木製だった。内陣手前の交差部分はどうだったろう？

「もしも扉があるとして、内陣手前の両側と、あと、交差部の正面はカーテンが下がっていて見えなかったわ」

「俺もそこを考えていたっす」

「そうだな。カーテンの裏は見なかった。延齢堂の社長が暴れたからな」

「それもあって暴れさせられたんすかねえ？」

コーイチの言うとおりかもしれない。

「祭壇脇のカーテンの裏。もしもそこに扉があったら……」

「誰が下りて見に行くんすか？」

一斉に和尚を見やる。

「バカを言うでない。どうして儂が」

「だって、この中で聖職者は和尚だけじゃないっすか。悪魔は聖職者に取り憑けないんっすよね？　悪魔は最初に見つけた相手に取り憑くそうなんで、坊さんである和尚なら」

雷助和尚は血相を変えた。

「儂は生臭坊主じゃぞ？　金と色と欲にまみれた男であるゆえ、悪魔を寄せ付けぬ崇高さなど、これっぽっちも持ち合わせてはおらんわい」

小林教授が声を立てて笑った。

「いっそ清々《すがすが》しいですねえ。でも、それでは誰が確認に行けばよいのでしょうかね？　それとも今日日《きょうび》流行りのロボットでも使いますか」

「あ、それいいっすね。災害現場に使うロボットとか」

「ロボットには心がないでな。それを思えば、ワイヤーで石像を砕くというのはよい考えであったのう。人には畏れがあるゆえ、心が動けばそれを容易に察知されよう。鉄面皮で厚顔無恥、怪異をものともしない人間などはおらんゆえ」

和尚の言葉が電流のように春菜を打つ。

「ウソよ、いるわよ、そういう人間」

春菜は人差し指を振り上げた。

「和尚は前に言ったわよね？　あれ、仙龍だったかしら、どうでもいいわ。怪異は信じる者に作用する。畏れを知らない薄情者に訴えても無駄だから、って」

「たしかにな。誰のことを言っている？」

「パグ男よ」と、春菜はニヤリと笑う。

「血染めの蔵に入るのも平気だし、悪霊が憑いた座敷牢《ざしきろう》に入っても、勝手に封印を解いてしまう。なのに自分は障りを受けない男。まあ、だからあの教会を買ったんでしょうけど、パグ男なら……」

「いいっすね」「それはいいアイデアですねえ」

コーイチと教授が同時に言った。

「たしかにのう。畏れを知らぬ罰当たりなら、雰囲気に呑まれることもあるまいて」

「でも、長坂先生をどうやって地下室へ行かせますかねえ？　まあ、今はあそこのオーナーですから、地下室でもどこでも彼の持ち物なんですが」

「そこっすよね。ていうか、あの先生、そもそもあの教会のことをよく知っていたからこそ、アーキテクツさんに仕事を振ったんじゃないっすか？　礼拝堂に入れば血の涙を流すマリア像とかは見られるわけで、それもあるからあまり現場へ来ずに、きれいになってから確認に来るつもりだったんじゃないっすかね」

「そのとおりなのよ。いつもは迷信だのなんのと馬鹿にしているくせに、今回は私を指名して、仙龍たちにタダであそこを浄化させようとしたのよ。そうしないと後々事務所として使いにくいからだわ。セコくない？　だから余計に腹が立つのよ」

春菜は大いに気を吐いた。

「でも大丈夫。パグ男は欲の皮が突っ張っているから、操縦するのは簡単よ」

「どうするつもりだ」

「先ずは、本当に地下室があるか確認してみる。弊社の轟が調査しているはずだから」

スマホを出して、轟にかける。

彼はまだ会社にいて、敷地内の草刈りを手配したところだと言った。

——井之上部局長がシルバー人材センターに人員を手配したけど、あそこは駐車場がないからさ、爺《じい》さんたちを車で送迎しなきゃならないんだよね。あと、熱中症とかヤバいから、柄沢さんが飲み物を準備してくれて……そうそう、『ゴソッととれ太』はホームセンターに売ってたよ。こっちも手が空いている者全員で草刈りに入るから——

「実はそのことも訊きたいんですけど、あの教会って、交差部のカーテンの後ろはどうなっていましたか？」

カーテンの後ろ？　と、轟は言い、ちょっと待って、と確認する時間が空いた。

——カーテンの後ろは壁だね。牧師の居住区側は煉瓦壁。裏にリビングがあるからね。参事室側も壁だけど、よく調べるとちょっと怪しい部分があるんだ。俺は建物の構造上、半地下があるとふんでいて、どこかに隠し扉があるんじゃないかと思っているけど、そんなこんなで、まだ調査はしてない——

「隠し扉があるとしたら、どこですか？」

——交差部のカーテン裏の、向かって左側の煉瓦壁。一見しただけではわからないけど、叩いてみると煉瓦の音が違うんだ。おそらく薄い煉瓦を貼り付けて、壁に見せているんだと思う。床に凹《へこ》みが通っているから、奥へ押して横へスライドさせるタイプかな。当時の建物にはよく使われた構造だよ。ほら、金持ちとかが書棚の奥に造るヤツ——

「ビンゴ」

と、春菜は拳を握った。

——え。何がビンゴ？　俺はもうやだよ、あそこへ入るの——

「轟さんに入れなんて言いませんよ。ありがとうございました」

春菜は意気揚々と電話を切ると、仙龍に言った。

「やっぱり、地下室へ下りる扉はカーテンの奥よ。押してスライドさせる方式じゃないかって。弊社の轟は建物オタクなの。当時よく使われた構造で、お金持ちが書棚の奥に造る方式だとかなんとか……あと、シルバー人材センターに草刈りを頼んだって」

一同が見守る中で、春菜は長坂に電話をかけた。

「いつもお世話になっております。私、アーキテクツの高沢ですが、長坂先生は……」

どうせ相手からは見えないのだが、電話をかけると自然に営業スマイルになる。詰すたびお辞儀もしてしまう。待っていると、やがて長坂が電話に出た。

――高沢くん？　何か用？――

くん付けで呼ぶということは、近くに誰かいるのである。長坂はその場の状況に応じて『高沢くん』と『春菜ちゃん』を使い分ける。近くに誰かいるのは春菜にとっていいことだ。誰かの前では、激高したり、嫌みを言うこともないはずだから。

「先生の新規事務所の件なのですが」

――それなら井之上くんから連絡をもらった。先に外構から手をつけたいって。駐車場がないからちょうどいい。ていうか、そんなの当然だろ？　業者の車だって来るんだしさ、官公庁の近くだから、ぼくの事務所の工事のせいで、あの辺が渋滞になったとか言われちゃ困るんだ。ただし、キープランの提出期限はずらさないからね――

「そちらは井之上が善処すると申しておりました。お電話したのは、それではなくて」

――じゃあなにっ?――

激高とまではいかずとも、高圧的な声を出す。スマホから漏れ出る大きな声だ。

このヒステリー男。春菜は心で言い捨てて、おくびにも出さず会話を進めた。

「先生はご存じでしたかどうか。あの教会、祭壇脇のカーテンの後ろに隠し扉がありますよね?」

――隠し扉ぁ?――

「はい。本日、古材の修復をされる建具屋さんをお連れしたんですが、扉の材などが素晴らしかったので、修復も可能な限り同じ材を使ったほうがいいと思うんです。それで、隠し扉の中を拝見したいのですが、その許可を……」

――中を拝見? どうして?――

「家具、調度、備品などが保管されているのではないかと思うんです。もしも同じ材があれば、それを修復に使うのはいかがかと……」

――なんであんたがそれを決めるのっ?――

長坂は不機嫌な声を出した。

――持ち主の許可もなく勝手に内部をいじられちゃ困る――

「それはそうですが、先生はお忙しくて、なかなか現場に来てくださらないと轟が。私が代わりに確認して、保管品リストで見ていただいてもよろしいのかなと」

——貴重なアンティークを勝手に持ち出されたとして、あんたがリストを作ったら、ぼくにどうしてわかるんだ——

「でも、先生はお忙しくて」

——はあっ？　ぼくが行って自分で調べる。それまで手をつけるんじゃないぞ、いいな！——

「承知しました」

春菜は深く頭を下げて、長坂との通話を切った。

「どうっすか？」

コーイチが訊いたので、春菜はニッコリ笑顔を見せる。

「上々よ。お宝を横取りされちゃ困ると思って、明日にでもすっ飛んでくるでしょう。みんな自分と同じ思考回路と思っているのよ。世界が狭くて大変だこと」

春菜は首を回して骨を鳴らした。

「春菜ちゃんは、一時《いっとき》はすぐ頭に血が上るタイプでしたけど、なかなかしたたかになりましたねえ」

「これも年の功ですね。パグ男に腹を立てるより、仕事がうまくいくほうが大事ですから」

仙龍は何か言いたげに苦笑していたが、春菜は突っ込もうともしなかった。

夕暮れがさらに迫って、杉木立の上にあかね色の雲が広がった。蟬の声が少し変わって、本堂の屋根はことさら黒々とそそり立つように見える。崩れた門を夕陽が抜けて仙龍の足下に落ち、絡みつく黒い鎖が久々に見えた。春菜はギョッとして目を凝らす。

初めてそれに気がついたとき以来、鎖は増え、そして減った。仙龍が、女の情念籠もる呪いの黒髪を焼いたとき、黒髪の澱が仙龍に絡んで鎖がひとつ増え、別の現場で妄執の桜を曳いたとき、成仏した魂が鎖をひとつ外していった。

あの日から、鎖は増えても減ってもいない。

春菜は、隠温羅流導師が四十二歳の厄年で死ぬ原因がこの鎖にあると考えている。曳家によって調伏《ちょうぶく》された縁は鎖を増やし、曳家によって成仏できた縁は鎖をひとつ減らしていくのではないかと仮説を立てたのだ。ならば今回はどちらだろう。悪魔と呼ばれる強大な何かを浄化できれば、幾つもの鎖が消えるのだろうか。それとも逆に、増えるのだろうか。因縁の鎖を外す方法がわかりさえすれば、因縁に縛られた仙龍の命を救うことができるのではないか。大きな流れに逆らうことは人の身には難しかろうと棟梁は言ったけど、諦めの悪いサニワなら、諦めずとも良い縁を曳いてくるかもしれないとも言った。春菜は諦めが悪く、気も強い。

「お勝のように傲慢にはならないわ。それは気をつける」

春菜は独り言を口にした。

「誰が傲慢なんっすか？」

「誰でもない。私もパグ男と教会へ行って、地下室に何があるのか確認するわ」

「私も行きます」

と、教授が言った。

「私もシルバー人材ですからね、草刈りのお手伝いに参りましょう。依り代が本当にあるのか気になりますし、なんたって、春菜ちゃんの手が空かないと、夏休み企画が流れてしまいそうですからねぇ」

「昔の夏、今の夏プランは通ったんですか？」

「通るもなにも、企画しているのは私ですから。小規模予算で提案すれば、入札にせずともお仕事をしていただけそうなのですよ。私も春菜ちゃんにお任せしたほうが、ほかのお仕事を優先できるというわけで」

ありがとうございます、と春菜は教授に頭を下げた。

「でも、あれっすよ。本当に依り代があったとして、どうやって悪魔を追っ払ったらいいんすかねえ？　また、裏をかいた頭脳戦をやるんすか？　牧師さんが依り代になっていたなら、小《ち》っちゃい石像に憑いてたときより、事態は深刻なんじゃないっすか」

「たしかに。ですねぇ」

春菜はチラリと和尚を見やった。

「あれよね？　五十年近くも経っているのに、牧師がまだ生きているってことはないわよね？　植木さんの話だと、石像を日本へ持ち込んだ松本氏は、凍傷で指が黒くなっても平気でいたって。眠らなくても山小屋の周囲を徘徊することができたって」

その光景を想像するとゾッとした。植木は言っていたではないか。松本はたぶん……もう死んでいたのかもしれないと。

「いや、まさか──……」

コーイチは戦いた。

「さすがに生きてはおらんと思うがのう。悪魔が憑いても人間じゃ。肉体が滅びてしまえば依り代でもいられまい。肉は腐れて蛆《うじ》が湧き、五十年も経てば骨である。たかが骨ごときにどれほどのものが依れようか。はてさて、ならば依り代は、代替わりしているのやもしれぬのう」

「でも、教会の事件以降、そういう話は聞いてないのよ。猟奇事件は起こっていない」

「知らないだけかもしれませんねえ。毎年何万人もの行方不明者が出るわけですから」

「依り代がなんであれ、それを壊さないと悪魔は帰らないってことなんだな？」

仙龍が和尚に念を押す。和尚は深く頷いた。

「依り代さえなくしてしまえば、力は霧散し、どこにでも存在する悪意と同じになるということか……依り代を得てそれを通せば集約し、依り代をなくせば再び烏合《うごう》の衆になる。

なるほどな……ならば先ずは確認だ。そして、どうする」

「不浄を浄化するものは、流れる水、風と火と太陽の光である。しかも、沈む日よりも昇る日に、より効果があると言われておるがの」

「水は難しいわ。放水車でも引っ張ってくればいいけれど、建物に水を流し入れるなんて、パグ男が納得するはずないもの」

「娘子よ。放水車の水で浄化は叶《かな》わぬ。悪霊祓いは人のなせる業でなく、自然の理に由来するもの。天から出《い》でて深山を流れ下り、木魂《こだま》や大地の生命力を宿した水ならともかく、水道水に力はないわい」

「んじゃ、火っすかね。依り代を見つけたら、引っ張り出して、燃やすとか」

「それはどうでしょうねえ。悪魔を押さえ込んでいるのは教会の建物ですから、依り代を引っ張り出せば、その場にいる全員に悪意が感染するかもしれません。植木くんたちのように善良な学生が、互いを殺し合ったときのように」

「あ、建物は煉瓦なんすから、いっそのこと、そのまま燃やしてしまうってのはどうっすか？　煉瓦は熱に強いから」

「バカを言うな」

と、仙龍が叱り、

「そっすね。強引すぎる案でした」

と、コーイチは謝った。

「太陽の光……」

春菜はしばし考えて、

「鏡を使って地下室を照らすというのはどうかしら？　子供の頃にやったじゃない？　天井に光を映したり」

「娘子よ、それはよい考えじゃ。古来より鏡には力があると信じられておるゆえな。勾《まが》玉《たま》、剣、そして鏡は神の依り代であるからにして」

「でも、それは物理的に無理でしょう。どこから地下室に光を届かせますか？　日光は、火や水のように持ち運べませんからねぇ」

「いや、教授。日光でいきましょう」

仙龍はニヤリと笑った。夕日はもはやその顔を黄金に照らして、額にこぼれた前髪の奥で、仙龍の瞳は輝いていた。

「俺たちは曳き屋です。簡単なことですよ。教会を持ち上げて、地下室を日光にさらすのです。敷地全体を鏡で囲って」

「そんなことができるのですか？」

「煉瓦でも土でも木でも、曳き屋に曳けないものはない。教会を持ち上げるぐらいは朝飯前です」

そして春菜にこう訊いた。

「糀坂町《こうじさかまち》の藤沢本家博物館をやったとき、現場にガラス屋が来ていたな？」

「村上《むらかみ》ガラスさんのこと？　鋳物師《いもじ》屋にあるガラスメーカーよ」

「付き合いがあるのか？」

「あるわ。学校や保育園を建てるときはそこのガラスを使うし、向こうも大きな現場ではサインの仕事をくれたりするの」

「では、多少の無理は利くんだな？」

「鏡を手配しろっていうのね？　大丈夫だと思うわ。あそこは銀引きの機械を持っているから、大量発注も難なく受けてくれるはず」

残る問題は長坂だ。

建物に日光を入れることを、長坂にどう承知させるのか、その役は春菜に一任されたのだった。

其の七

堕天使堂《サタンの家》

翌朝は晴れだった。昨日は長野市内にも雨が降ったから、土が水を吸って、草取りにはうってつけの日だと轟は言う。またも作業着にタオルという出で立ちで、春菜は轟や井之上らと同乗し、オリバー・ガード聖教会堂へ向かった。

春菜は昨夜のうちに村上ガラスに電話をして、大量の鏡を用意できるか確認していた。そして村上ガラスの社長から、鏡自体は工場のラインに乗せて作るので、細かな加工が必要なければすぐに用意できると回答を得た。しかも、日光を一点に集中させることが目的ならば、敷地全体を鏡で覆う必要はないとも教えてもらった。大型の鏡を数十枚、それでことは足りるというのだ。敷地の広さから換算すると、それでも必要な鏡は五十枚。加工前の大型鏡を使うとしても、価格はおおよそ百万円。やはり予算の出所に不安が残る。

また、小林教授がポルターガイストは重量物ですら自在に動かしたり飛ばしたりすると言っていたので、鏡が割れて凶器にならないよう加工する必要もある。飛散防止加工をすると、費用も手間も格段に上がる。最終的にどこが費用を負担するにせよ、無駄なコストはかけられない。かといって、人の命には代えられない。鏡を手玉に取られたら、仙龍や隠温羅流の職人たちが危険にさらされてしまうのだ。

「予算なしには、何もできないってことなのよねえ……」

車のなかで春菜は深いため息をつく。もう一つの問題は長坂をどう説得するかだが、これにも妙案があるわけじゃない。とりあえず、隠し扉の奥に依り代が本当にいるか確かめて、後のことはそれから考えよう、と心を決めた。

朝七時。

オリバー・ガード聖教会堂の荒れ地にシルバー人材センターの人々が集まった。お年寄りが二十名に春菜を含むアーキテクツの社員五名を足して、総勢二十五名の集団である。これだけの人数が集結すれば、荒れ地の草は一日で処理できそうだった。

敷地内には工事用仮設トイレも置かれ、柄沢が用意した飲み物のクーラーボックスも運び込まれた。互いに挨拶を交わした後、井之上が作業手順を説明する。休憩は九時と正午。お年寄りに長時間労働はきついので、午後二時を以て本日の作業は終了する手はずとなった。

数人のグループに社員が一人付き、草取りを始めたのが七時十五分。間もなく一台の車がやってきて、私道で止まった。仙龍とコーイチが来てくれたのかと思ったら、車を降りてきたのは作業着姿の棟梁と、小林教授であった。麦わら帽子にタオルに軍手、やる気満々の二人に気づくと、井之上が驚いて駆けていく。

「これは……小林教授と、鐘鋳建設の専務まで。どうしたんですか」

棟梁は、麦わら帽子をちょいと持ち上げた。

「どうもこうも、若が珍しくも乗り気になった物件を見に来たんでさ。それを残せないんじゃ隠温羅流の名が廃《すた》るとまで言うんでね。誰に似たのか頑固者で……というか、若もいい年ですからね、そろそろ建物に自分の印を残したくなったのかもしれませんや。重要物件に関わることは、隠温羅の漢《おとこ》の冥利《みょうり》ですから」

まるで、仙龍が有終の美を飾る仕事を探しているかのように言う。春菜も草むしりをやめて棟梁に挨拶しに行った。

「棟梁。来てくださってありがとうございます」

頭を下げると、棟梁は春菜を見て、

「やっぱり姉さんがらみでしたかね」

と苦笑いした。

「いえ、今回は私が仙龍を呼んだわけじゃないですよ」

タダ仕事に引き込んだと思われては心外なので弁解すると、

「存じてますって。延齢堂の社長に相談されて、たまたま近くで工事をしているからって、若に現場を見に行ってくれと話したのはあっしでさぁ。まさか、姉さんの会社の現場だったとは思いませんでしたがね」

「聞きましたよ。犀川の橋梁工事に来ているそうじゃないですか」

井之上が言うと、棟梁は犀川のほうへ目をやった。

「橋脚が沈んで軀体にヒビが入ったってんで、持ち上げてくれって頼まれたんですよ。昨今は水害が酷いからねえ、川床が削れちまって、脚が沈下したようで」

「そんなことまでやるんですか？　橋脚を持ち上げる？」

「そんなもこんなも、『上げる、下げる、曳く、守る』は、もともと曳き屋の仕事ですよ。それに、持ち上げるといっても橋脚ごと上げるわけじゃねえ。橋桁《はしげた》を水平に持ち上げてね、沈下した分を橋脚の高さで調整するんでさ。そっちは建築業者の仕事でね、あっしらは橋桁を水平にするまでが仕事なんで」

「へーえ、大したもんですね」

井之上は感心し、次に小林教授を見た。

「小林教授まで、まさか草取りに来てくれたんですか？　うちの高沢が無理を言ったんじゃないでしょうね」

笑いを取るのも忘れない。

「私もですねえ、今日はどうしても見届けたいことがあったものですから、棟梁に電話して、乗せてきてもらったというわけなんですよ。久しぶりに聖教会堂を見たかったのに、なるほど、これでは雄姿もなにもあったもんじゃないですねえ」

教授が見上げた先はヒマラヤスギで、アレチウリが絡みついているために、緑のシーツを被ったオバケのようだ。屋根の十字架も黒い枝の陰になっている。

「若とコー公は、あっちが一段落したら顔を出すと言ってましたよ」

棟梁は春菜に向けてそう言った。和尚の寺で打ち合わせた段取りを、春菜はまだ井之上に話していない。詰まるところ、予算の出所なしには報告さえもままならないのだ。

「ほう？　教授が見届けたいものってなんですか？」

何も知らない井之上が訊くと、

「さあ。仕事、仕事。草取りは久しぶりですからねぇ」

小林教授は棟梁をせっついて、シルバーな人たちの中へ入っていった。

「あ、じゃあ、私が道具を」

井之上から追及されないうちに、春菜も草取りの現場へ戻る。そこではすでにお年寄りたちが、一斉に作業を始めていた。

土が湿っているせいもあり、腰のあたりまで高く茂った夏草は、『とれ太』を使えば比較的容易に抜くことができた。それでも驚いたのは人材センターのお年寄りたちで、道具なんて面倒だからと、しゃがんで草を抜いている。慣れない作業で腰が痛いと悲鳴を上げるのはむしろ社員のほうで、お年寄りは四方山話《よもやまばなし》に花を咲かせながら、着々と作業を進めていく。丁寧で堅実な仕事ぶりである。同じ年代の教授と棟梁も、あっという間に人々の群れに紛れてしまった。

春菜は草を取りながら井之上の陣地へ寄っていき、こう言った。

「たぶん今日、長坂先生がおいでになると思います」

「え、なんで?」

井之上は嫌そうな顔をした。

「この教会には地下室があるみたいで、そのことを電話で話したんです」

「なんのために」

春菜はタオルで鼻の頭を拭いた。草いきれと土の匂いが周囲を包み、市街地にいることを忘れそうになる。悪魔が棲んでさえいなければ、長坂の新事務所は素晴らしいものになるだろう。

「怪奇現象の原因を知るために」

「はあ?」

井之上は眉根を寄せた。

「私たち……私と仙龍とコーイチと、和尚と教授で仮説を立ててみたんです。この教会に取り憑いているものは、紀元前後にシリアで祀られていた異教の神、悪魔じゃないかと。殺人事件が起きる前、シリアから持ち込まれた悪魔の像を牧師に届けた人がいたんです」

井之上の、草をむしる手が止まる。

「それって、もしや」

春菜はコクリと頷いた。

「首なし事件の数ヵ月前に軽井沢で起きた学生リンチ殺人事件。その生き残りがその人です。植木浩三さんといって、小林教授の後輩でした。会って話を聞いたんですけど、リンチ事件も、悪魔に取り憑かれた学生が起こしたことだったみたいです」

井之上も首のタオルで汗を拭く。春菜は続けた。

「植木さんは首謀者の学生から石像を奪って、この教会へ持ち込んだそうです。教会なら像を壊してくれると思って」

「ちょっと待て」

井之上はタオルを広げ、顔全体を覆って、拭った。

「首なし事件は、だから起きたと言っているのか？」

「昨日、比嘉さんが電話をくれて、事件のことを調べたと。報道されなかった現場の状況などを知らせてくれました。思うに、牧師は石像を破壊したけれど、逆に悪魔に取り憑かれてしまったのではないかって」

「ちょっと待て。じゃあ、奥さんと娘を殺害したのは――」

井之上は春菜の耳元に口を寄せ、

「──牧師だったと言いたいのか?」

「正確には悪魔ですけど、牧師にやらせたんじゃないかと思うんです。それで、これは雷助和尚の推測ですけど、牧師は今も──」

春菜は教会のほうへ顎をしゃくった。

「──あそこにいるんじゃないかって」

「うーっ」

井之上は小さく唸り、体全体をブルンと振った。腕にザーッと鳥肌が立っている。

「地下室にいると思うのか?」

「教会そのものは信者や当時の牧師が建築したものです。特注で煉瓦を焼き、信者が積み上げ、躯体に十字架まで隠された、信仰の結晶みたいな構築物です。植木さんがそこへ命がけで像を持ち込んだため、悪魔はここを出られなくなったのじゃないかって。牧師に悪魔が憑いたなら、建物の結界を越えられずに中にいるはずだって。地上部はすでに確認済みだし、梁が剝き出しで屋根裏もないから、可能性があるのは地下室です」

「たしかに……地下は確認できてないからな」

「轟さんは二度と教会に入らないだろうし、多少なりともサニワを持っている井之上部局長が関わるのもマズいと思うんですよね。悪魔は、信仰心や正義感、清浄な心を翻意させるそうだから、そうしたものをそもそも信じず、人の悼みに無関心な人物ならば、影響を受けないだろうというのが私の考えです。パグ……長坂所長はああいう人だし、延齢堂さんみたいに激情に駆られるのも、いつものことだし」

「先生にはどう言ったんだ？」

「べつにどうも。建具の修理に、隠し部屋にあるかもしれない部材を使わせてほしいと頼んだだけです」

「部材があるのか？」

「見てないから知りません。そうしたら、自分が確認するまで手をつけるなって」

井之上は「ううむ」と唸り、「高沢が小悪魔に見えてきた」と言う。

「それで鐘鋳建設の専務が来たわけか。仙龍さんの代わりに」

さすがに井之上は察しがいい。ああそうだったのかと、春菜は改めて棟梁が現れた理由を理解した。小林教授もちゃっかりそれに便乗したのか、それとも年配者二人で後方支援しようじゃないかと、意見が一致したのだろうか。

「比嘉さんがけがをした跡は、まだそのままになっていますけど、長坂所長と一緒でなければ教会には入らないってことでいいですよね」

「まあ仕方がない。先生の嫌みは俺が引き受けるから……でも、高沢も一緒に行くつもりなのか？」

「あれでも我が社のクライアントですし、やっぱり責任を感じますから、私も一緒に行って見てきます。その後のこともあるし」

「その後とは?」

「ここを浄化する算段です。今は何も言えませんけど」

「なんとかなりそうなのか?」

「言えません。こんな場所では」

なるほどねという顔をして、井之上は「わかった」と頷いた。

「入るなら気をつけろ。まあ……おまえに取り憑くほど悪魔もバカじゃないと思うが」

それはどういう意味だろう。春菜は寸の間井之上を睨み、踵《きびす》を返して作業に戻った。


午前十時。

柄沢がクーラーボックスに用意してくれたお茶やスポーツ飲料をみんなに配って、休憩と水分補給を促した。夏の太陽は昇りが早く、この時間には荒れ地のほとんどが日に照らされている。建物の陰で陽の当たらない部分もあるにはあるが、鏡の角度を調整すれば、地下に光を集められそうだ。春菜は太陽光を集約するための鏡の角度を轟に計算してもらおうと考えて、敷地内の様子をスマホに収めた。悪魔を逃がさないためには鏡の設置が先だが、その後に建物を上げるとして、準備にはどれくらい時間がかかるのだろう。すべてを悪魔に気づかれずにやりおおせるのだろうか。

そんなことを考えていると、胸でスマホのバイブが震えた。『とれ太』を小脇に挟んでスマホを取ると、仙龍からの電話であった。

「高沢です」

――俺だ。今、いいか――

「いいけど、なに？」

――設計士は来たか――

「まだよ」

答えると、なら、うまくいったんだなと、仙龍は言った。

――例の事務所へ青鯉を行かせて、設計士を足止めしてもらっている。私道まで出てこられるか？――

首を伸ばして私道を覗くと、棟梁の車の後ろにコーイチの軽トラックが止まっていた。

荷台の脇に仙龍が立ち、春菜に片手を挙げている。

春菜はスマホを切って、仙龍の許へ走っていった。

「タオルの似合う女になったな」

その姿を見て仙龍が笑う。

「タオルの似合う女ってなによ」

むっとして、春菜は首に巻いたタオルを取った。虫刺されが怖いから、足には長靴を履いているし、長袖Tシャツに、デニムパンツに、軍手姿だ。シャツは草の切《き》れ端《はし》まみれだし、軍手を外して髪を掻き上げたら青虫が地面に落ちて悲鳴を上げた。

コーイチが指先でつまんで、人に踏まれない場所にそっと置く。

「成長すれば蝶々《ちょうちょう》っすからね。今はまだ赤ちゃんすけど」

「大人になってから会いたかったわ。それで、どうしたの？」

「設計士と一緒に地下室へ行くつもりだったのか？」

仙龍がいきなり訊いた。

「そのつもりよ。もちろん」

やっぱりなと、二人は顔を見合わせる。

「え、なんでよ。誰かが確認しなかったら、そのあとの仕事が進まないでしょう？　ここはうちの現場なんだし……そう言えば、村上ガラスに問い合わせたら、鏡はいつでもストックがあるって。ただ、何かあって割れると怖いから、『飛散防止フィルムを貼《は》ったほうがいいと思うの。そうなると、結構な金額になってしまいそうなんだけど」

「飛散防止はいいっすね。ポルターガイストで鏡が割れたら大変っすから」

「割れた鏡が飛んでくるのは勘弁だ。たしかに加工は必要だな」

「でも、フィルムも加工も高価なのよ」

「それは鏡面に貼るからだろう？　割れなければいいんだから、裏側に安いシートを貼ればいい」

「あ、そうか」

　春菜は目からウロコが落ちた気がした。

「高額な飛散防止フィルムを貼ることばかり考えていたわ。裏に貼るなら安いシートでいいわけね？　貼り手に技術もいらないわ。シートは在庫品をかき集めればいいし、施工も専門業者でなくていい」

「なんとかなりそうか？」

「大丈夫だと思う」

　そう言ってから、春菜はふと眉根を寄せた。

「さっき、青鯉さんをパグ男のところへ行かせたって言ってなかった？」

「店舗の相談で足止めさせた。青鯉は珠青《たまお》の亭主で、花筏《はないかだ》のオーナーだからな――」

　珠青は仙龍の姉であり、花筏は彼女が女将《おかみ》を務める割烹《かっぽう》料理屋のことである。

「――そっちの名刺を持っていかせた。ゆうべおまえがやったように」

「私が何をやったのよ」

「設計士をまんまと誘導したことを言っているんだ。少しも嘘をつかずにな」

「たぶん褒めているんすよ」

　コーイチがこっそり囁く。

「曳家のために、俺も、もう一度教会の内部を見たい。それで」

仙龍は軽トラックの荷台へ春菜を誘った。

「おまえが迂闊に入らないよう、青鯉に設計士を足止めさせたというわけだ」

荷台には樽《たる》がふたつ置かれてあった。いずれも白い注連縄を張って、中身がこぼれないよう蓋をしてある。

「それはなんなの？」

「御神水《ごじんすい》っす。九頭龍《くずりゅう》神社までいただきに行ってきたんすよ。ちなみに、俺と社長は朝イチでお山へ行って、水垢離《みずごり》させてもらってきたっす。これは春菜さんの分ってことで」

「私の分？　水垢離って？」

「昨日から話しているだろう？　聖霊が宿った体に悪魔は憑くことができないと」

「キリスト教の信者の話ね？　バプテスマとか、洗礼とかいう」

「隠温羅流では御祓《みそぎ》という。洗礼のように生涯続くものではなく、有事の前に身を清め、己の穢れを祓うことだ。元来は物忌《ものい》みのあと水に入って若返り、神を降ろすためのものだったという。いずれにせよ清浄な肉体に不浄なものは憑きにくいのさ」

仙龍は春菜の手からタオルを取って、荷台にかけた。

「長靴を脱いでくれ」

足下にひざまずき、額に巻いていた黒いタオルをふたつ折りにして地面に敷いた。

「え、なに？　靴を脱いでここに立てってていうの」

仙龍の肩につかまらせてもらって長靴を脱ぐと、コーイチがすかさずそれを脇へ寄せる。仙龍はヒョイと荷台に飛び乗って、ひとつの樽から蓋を外した。樽の中には、九頭龍神社から汲んできたという澄んだ水が入っていた。

「春菜さん、スマホをこっちへ」

「なんで？」

コーイチが手を出したのでスマホを渡す。嫌な予感がした瞬間、

「息を止めろ」

と、仙龍が言った。

ザババザバザバーッ！　頭上から凄まじく水が降り、春菜は全身ずぶ濡れになった。

「ちょっと待っ……」

文句を言い切るより早く、ふたつ目の樽も押し開けられる。草の切れ端も、真夏の汗も、セットした髪も、Tシャツも、デニムパンツも下着まで、余すところなく水に打たれて、まるで滝の下に立ったかのようだ。前髪が顔に貼り付いてきたとき、ウォータープルーフのマスカラを使っていてよかったと、何よりも先に春菜は思った。

「バッカじゃないのっ？　頭から水……って、いきなり、なによっ」

両腕を振り上げて怒鳴ったら、右手にタオルを握らされた。

ぶつくさ言いつつ、顔から拭う。メイクが落ちないようにそーっと、だ。

「裸で御祓というわけにもいかないからな。苦肉の策だ」

荷台から飛び降りて、仙龍が春菜に言う。路上でいきなりこんな目に遭わせて、さぞかし面白がっているのだろうと思ったら、仙龍は至極真面目な顔で春菜を見ていた。

「おまえがいるから流れが変わる。俺に力を貸してくれ」

それ以上水が垂れてこないよう両手で髪を掻き上げて、おでこを出した。仙龍のまっすぐな眼差しが正面にあり、まつげに光る水滴で、端整な顔が輝いて見えた。水も滴るいい男とは、こういう輩《やから》を言うのだろうと思いつつ、実際に水が滴っているのは自分であった。Tシャツに下着の線が透けて見え、春菜は胸元にタオルを突っ込んだ。コーイチが自分のタオルを貸してくれたので、それで容赦なく髪を拭く。

びしょ濡れズボンの裾《すそ》を絞って長靴を履くと、地面に敷いたタオルを固く絞って振りさばき、仙龍はそれを荷台に干した。

「この気温だからすぐ乾く。建物に入るなら必要なことだ。許してくれ」

「もっと気の利いたやり方はなかったの?」

「やー。これが一番手っ取り早いってことになって」

「ふんどし一丁で滝に打たれに行きたかったか?」

「そういうことを言ってるんじゃないの」

「苦肉の策だったんっすよ。春菜さんは止めても聞かないだろうってことになって」

「止めもしなかったじゃないの」

「止めたら聞いたか?」

春菜は少し考えて、

「まあ……聞かなかったかも……しれないけれど……」

と、負けを認めた。体中から湯気が立つ。真夏の乾き方は目を見張るほどで、話をしているうちに、Tシャツがもう風を孕《はら》み始めている。気化熱のせいで体が冷えて、むしろ気持ちがいいくらいだ。

「気分はどうだ?」

と、仙龍が訊く。

「思ったより快適かも。汗で気持ちが悪かったから、ちょうどいいわ。っていうか、いきなりこんなやり方は、私じゃなければ怒るところよ」

「や、けっこう本気で怒ってたっすよね?」

「あたりまえでしょ」

仙龍は笑いながら、

「では、行くか」

と春菜に言う。

「え。どこへ」

「敵地だよ」

そして教会へ目をやった。

「その役はパグ男にやらせる予定でしょ」

「そうだ。地下室へは彼を最初に行かせる。だが、構造を知る必要があるのでね。建物を上げるにしても、歪みやヒビなど外側から確認できない傷みがあれば養生しなければならないし、修理が先になる可能性だってあるからな」

「昨日はそこまで見られなかったんすよ。バタバタしちゃったもんだから。大丈夫。今日は腰袋を持ってないんで、バールもないし、トンカチもないっす」

「まがりなりにも御祓をしたんだ。昨日のようなことにはなるまい」

「また蠅が飛び出して、シルバー人材センターの人を襲ったりしないわよね？」

「安請け合いはできないが、おそらく大丈夫だと思う。御祓を終えた俺たちは今、悪霊に対して透明な存在だ。無駄に怯えたり激高したりしなければ、存在を感知されにくい。それもあって棟梁を先によこした。俺たちが間に合わなかった場合は、棟梁に入るのを止めてもらうつもりでいた。跳ねっ返りを一人にすると、何をしでかすかわかったもんじゃないからな」

「構造を確認したら、俺と社長で庭木の枝を払うっす。そうすれば建物に光が入るし」

「庭木の枝を払うって、それは刃物を使うってことでしょ。危険じゃないの？」

「だからそれを確かめに行こう」

私道の奥に、教会は堂々と佇《たたず》んでいる。でも、仙龍とコーイチが一緒なら……春菜は大きく頷いた。一足早く井之上の許へ走って、鍵を預かる。轟はもはやその他大勢という立ち位置を死守しながら、黙々と草取りに精を出している。春菜は轟のところへも行って、床掃除に使うモップを借りた。

「パグ男が来る前に、私が比嘉さんの血を拭き取ってきます」

そういう意味でも、仙龍たちが来てくれたのはよかった。

「え、大丈夫なの」

轟は訊いたが、仙龍とコーイチが一緒だと説明すると、胸をなで下ろしたようだった。

「助かった……あのままだとさ、また、どんな嫌みを言われるかと思っていたんだ」

「ですよね。私としては、絶対に、請求額分を支払ってもらうつもりですから」

あたかもライフル銃のようにモップを担いで、春菜は仙龍とコーイチを追いかけた。

教会の玄関で、棟梁が待っていた。棟梁は小柄で痩せていてつるつる頭だが、温厚そうな細い目に時折鋭い光を宿す。このときも、麦わら帽子に半ば隠れた細い目が油断なく光っていた。棟梁は先ず春菜を見て、

「姉さん、お願いしますよ？」と言った。

「サニワがいなけりゃ、見るべきもんすら見えねえことがありやすからね。何かがマズいと感じたら、迷わず逃げてくださいよ。あっしもこの道は長いですが、外国の禍《まが》つ神《かみ》と対《たい》峙《じ》したことは一度もねえんで。言葉が通じりゃいいんですがね」

そして棟梁は、火打ち石を出して切り火を打った。不浄を断ち、邪悪な霊を祓うとされる風習のひとつだ。モップをコーイチに渡して錠を解き、春菜は教会の扉を開ける。

拍子抜《ひょうしぬ》けするほど何事もない。礼拝堂は昨日のままで、おぞましい気配も、全身が粟立つ恐怖も感じない。まだ立木の枝を払っていないので、内部は相変わらず薄暗かったが、庭に大勢人がいるので昨日よりずっと心強かった。

けれども春菜は知っている。この、息を潜めた感じこそ、悪魔の罠かもしれないことを。血の涙を流すマリア像の下に信者が名前を記すための小型の台が残されていたが、仙龍はそれを動かして、万が一にも扉が勝手に閉まらないようにした。

悪魔が棲むと知ってしまえば、何が起きても不思議ではない。一歩踏み出せば床が抜け、地階に落ちて首を折る。天井から梁が落ちてくる。椅子が飛ぶ。カーテンが巻き付いて窒息する。それとも室内が急に冷え、三人ともに凍え死ぬ……春菜はあらゆる危険を予測してみたが、どんな攻撃よりも、石像を砕くために牧師が張ったワイヤーが一番恐ろしいと思われた。

ギシ、ギシ、ギシ……。

歩くたびに床が鳴る。仙龍とコーイチはやおら軀体を調べ始めたが、春菜には床を掃除する使命があるので、信者席の中央に敷かれた絨毯を踏んで祭壇へ近づく。内陣前の交差部分に轟が汲んだ水のバケツがそのままあった。それにモップを浸したら、あとは比嘉の血の跡を拭き取ればいい。モップを握ってバケツに近づき、春菜は驚きで足を止めた。

昨日は絨毯の一部が剝がされて、床が血で汚れていた。

絨毯を剝がしたのは轟たちで、床の痛み具合を確認したあと、そのままにしていたものである。内装工事が始まればどうせ絨毯を剝いでしまうから、筋交いを外す作業に移り、電動の丸鋸が比嘉を襲って、床に血がこぼれたのだ。

それなのに、床にはきれいに絨毯が敷かれて、血痕を覆《おお》い隠《かく》していた。

あれから誰も教会に入っていない。長坂も、業者も、アーキテクツのほかの社員も。

春菜の動揺に気がついたのか、仙龍が近寄ってきて腕を引き、耳元に囁いた。

「気づかなかったふりをしろ。厚顔無恥な馬鹿になるんだ」

怪異は、怪異に敏感な者に寄りたがる。石を罵倒し続ける者がいないのと同じで、気づいて取り乱せば術中にはまる。反して長坂のように鈍感な者に、怪異は作用しにくいという。春菜は恐怖を押し殺し、無遠慮に絨毯を踏みつけてカーテンの前まで進んだ。馬鹿になれ。鈍感な馬鹿になれ。気づかない、心配しない、愚鈍で大雑把で心ない者になれ。意識をブロックしてしまえ。そうすれば、あれはこちらに寄りつかない。それが証拠に教会は五十年もの間怪異を起こさなかった。住む者が誰もいなかったから。誰もこの建物に興味を示さなかったから。あれは知っているのだ。建物の暗部に触れる者、建物の表面だけを撫《な》でる者、その差を見極める力があるのだ。

カーテンの高さは約二メートル七十センチ。中央が割れて、その奥が内陣となっている。内陣には祭壇があって、燭台と十字架が残されていた。

轟は、参事室側の壁に隠し扉があると言った。

その言葉どおりに、春菜は向かって左側のカーテンの前に立つ。

筋交いを外してしまったので、参事室の扉は半開きになっていた。室内は暗く、殺人の痕跡が臭い出てくるかのようだ。参事室の奥には戸があって、建物の裏へ抜けられることは確認済みだ。延齢堂の社長に取り憑いた悪霊は、参事室に影として写りこんでいた。轟の写真を思い出して鳥肌が立つ。春菜は表情を変えることなく深呼吸を試みた。

カーテンは赤一色で、タックの跡が日に焼けて筋になっている。触ってみるとゴワゴワしている。布特有の柔らかさを失って、紙のような手触りだ。強引に引けば破れ落ちてくるのではないかと思う。春菜はカーテンを指先でつまみ、持ち上げて、裏を覗いた。

一見しただけでは何もない。けれど轟が言うように煉瓦を拳で叩いてみると、ある場所を境に音が変わった。床にレールが敷かれている。押して、スライドさせる仕掛けだと轟は言った。春菜は壁に両手をあてがい、深呼吸して、押してみた。壁は三十センチほど沈み込み、脇に取っ手が現れた。取っ手を持って、スライドさせる。

思ったとおり、細長いドアがある。木製ではなく金属製。しかも繊細な唐草模様が施された素晴らしく豪華なドアだった。物置のドアをイメージしていたから、その重厚さと華麗さに息を吞む。これは……ただの地下室じゃないのかもしれない。そう思ったとき、

「ぅわ、やっべー！」

背後でコーイチが声を出し、春菜はビクッと体を縮めた。

「もうやだ、脅かさないでよ、なんなのよ」

振り向くと、コーイチがスマホを握って恐縮している。

「すんません。青鯉さんからショートメッセージが来てたのに、見落としてたっす。設計士さんがこっちへ向かったって」

「それいつ？」

「けっこう前っす」

開け放った玄関の奥が騒がしい。

――どうしたんですか？　先生が現場へ来られるなんて、お珍しい――

井之上の声が外で聞こえた。

春菜たちは視線を交わし、カーテンから離れて交差部分に並んで立った。

――オーナーなんだから、進捗《しんちょく》状況を確かめに来るのは当然だよ――

間違いなく長坂の声である。間もなく礼拝堂の入口に、小柄な男の影が差した。頭の大きな五頭身、半袖《はんそで》シャツにベストを羽織り、首に薄桃色のスカーフを巻いて、パンツの裾を折り上げている。シルエットだけで、長坂とわかった。

長坂は扉の前で一瞬止まり、高級そうなサングラスを動かした。

自分の事務所を持つと決まってから、派手めなファッションに磨きがかかったようにも思う。木と煉瓦と絨毯の赤以外に色がなかった空間にあって、白いシャツや黒いベストや薄紫色のパンツのまばゆさがむしろ清々しいほどだ。

「長坂先生、お疲れ様です」

先手必勝。春菜は大きな声を上げ、深々と長坂に頭を下げた。

「ゆうべ電話で話したよね？」

サングラスを振りながら、長坂は礼拝堂へ入ってきた。振り向けば頭上にあるマリア像には目もくれず、春菜の背後に下がった赤いカーテンに視線を移す。

「はい。ですからお待ちしておりました」

「お待ちしておりましたはいいけどさ」

交差部手前で足を止め、背の高い仙龍と、愛嬌たっぷりのコーイチを睨んだ。

「高沢くんはここで何をしてたの？」

　春菜は予め用意してあった台詞を言った。

「塞がれていて確認できなかった部屋の確認です。こちらは鐘鋳建設社長の守屋《もりや》さんと、職人の崇道さんです。ここは登録文化財になりそうな、貴重な建物ですからね」

　仙龍とコーイチが頭を下げる。長坂は訝しげな表情を崩さない。

　基本的に長坂は、服装で相手を値踏みする。この業界には個人業者が多く、家族経営でも社長は社長だ。まして隠温羅流は陰の流派で、存在を知る建設業界の人々は声高に彼らのことを話さない。

「あ、そ。ごくろうさん」

　長坂は仙龍たちを、『高沢春菜にくっついて仕事のおこぼれをもらっている小さな業者』と解釈したらしい。木で鼻を括《くく》ったようにサングラスを上げ、ようやく内部を確認できるようになった参事室へ向かった。

　すでに現場で仙龍とは顔を合わせているはずなのに、あまりの素《そ》っ気《け》なさに春菜のほうが驚いた。長坂の記憶回路には、『金になる相手』と『その他』という括《くく》りしかなくて、仙龍は『その他』に分類されたのだろう。

　長坂は遠慮なしに扉を開けて、参事室へ入っていった。

コーイチが細い目を丸くする。床のおびただしい血痕を踏みつけて、長坂が参事室に立っているからだ。見ているものは棚に残された古い書物だ。ひとつを引き出してページをめくり、棚に戻して次を取る。内部が暗くてよく見えないのか、おもむろに奥まで行くと、裏口のドアをガタガタ揺らし、内鍵を外して全開にした。風が吹き込み、礼拝堂を通って玄関へ抜けていく。その先には、せっせと草取りをするお年寄りたちの姿があった。

「写真は撮った？」

と、いきなり訊く。

「室内の写真ですか？　撮りました」

「じゃ、工事前にここの荷物を運び出してよ。あとで写真と照合するから」

写真と照合するから、何か紛失してもわかるんだぞと言いたいのである。社命を背負って仕事をするのだ、そんなセコい真似《まね》をするはずがないのに、でも、長坂はやるわけだから当然か。長坂といると、思考回路が姑息《こそく》に変わる。

裏口の明かりで室内を見終えると、長坂は裏口のドアを閉め、交差部へ戻って居住区へ向かった。同じようにしてリビングを確かめ、少女が死んだ寝室へ行く。

春菜も仙龍たちと一緒についていったが、この寝室で起きたことを知ってから改めて室内を見ると、天蓋付きベッドの柱には、たしかにワイヤーを縛ったと思《おぼ》しき傷があり、向かいの壁には小さな穴が開いていた。破れた枕も、大量の血も、その気で見れば一閃で切り裂かれた跡である。シーツに散った赤土も動物が運んできたものではないのだろう。砕けた石像は、警察が押収していったのだ。

「なんなんだこれは……普通は掃除くらいしておくだろう」

長坂はブツブツ文句を言っている。それでも激高しないのは、破格で落札したからだろう。寝具を剝いでベッドの下まで覗き、それから天蓋を仰ぎ見る。

「これは廃棄か。くそぅ……」

そう言って顔をしかめる。ベッドには春菜が拾った人形があったが、長坂が寝具を剝いだとき床に落ち、悲しげな表情で仰向いていた。拾ってやろうと手を伸ばしたら、長坂が踏みつけて寝室を出ていった。仙龍もコーイチも無言だが、首をすくめたコーイチの仕草で、春菜は心の声が聞こえるようだと思った。

筋金入りの冷血漢なんっすね。こりゃ、すごいっすねー。

春菜は人形を拾い上げ、踏まれた跡の埃を払った。その瞬間……

——お父さまは驚くかしら?——

人形を抱いて、ニコニコと教会へ向かう少女の姿が脳裏に浮かんだ。

母親と二人で教会へ帰ってきたところのようだ。比嘉の話では予定を早めて戻ったというが、その言葉どおりに、少女は人形と小さな手提げを、母親は大きなバッグを運んでいた。そっと戻って父親を喜ばせようと思っているのだ。

礼拝堂に牧師の姿はなく、母親は参事室へ探しに行く。

その隙に少女は居住区へ入っていった。小さな手提げに父親へのお土産を忍ばせてきたのだ。サプライズでそれを寝室へ置きに行く。

春菜の心は少女と同化し、その考えがよくわかる。プレゼントはいつも枕の下に。両親がしてくれたことをそのまま返そうと胸を躍らせている。

寝室に牧師はいない。天蓋付きのベッドに張られたワイヤーは、プレゼントを置くことに夢中の少女には見えない。でも、ベッドには、見たことのない石像があった。中央の首は頭に山羊の角が生え、細長い冠を被っている。両肩にはふたつの首。片方は猫で、もう片方は蛙《かえる》にも似た両生類だ。あれはなに？　少女は布の人形を椅子に置き、ベッドによじ登って石像に手を伸ばす。マットレスが沈み、ワイヤーが張る。その瞬間、悪魔の像が笑った気がした。

春菜は人形を抱きしめた。あの凄惨な情景を、二度も視《み》る羽目になろうとは。今度は悲鳴を上げなかったが、深い悲しみが胸を覆った。

「あなたなの？」

抱いていた人形に訊いてみた。

「今のはあなたの記憶なの？」

毛糸の髪、ボタンの目、唇を糸で縫い取りされた人形は表情を変えない。

それでも春菜は、人形が少女と引き離されて、悲しかったのだと思った。人形の頭を撫でてから、シャツをめくってズボンのウエストあたりに押し込んだ。すでにシャツは乾いて、デニムパンツだけがひんやりしている。気づけば寝室はもぬけの殻で、春菜が慌てて居住区を出ると、長坂と仙龍たちは交差部にいた。

祭壇のカーテンが引き剝がされて床にある。それをしたのは長坂で、邪魔なので強引に剝がしたらしい。仕掛けの壁の奥にある、細長くて美しい金属の扉が剝き出しだ。

仙龍とコーイチは少し離れた場所に立ち、春菜が来るのを待っていた。春菜が居住区を出たのを見ると、わけ知り顔で長坂のほうへ視線を送る。

「これだよね、春菜ちゃん？　隠し部屋の扉っていうのは」

訊ねるふうでもなく長坂が言う。

「そうです」

春菜は一応返事をした。

「やっぱりな……地下、もしくは半地下があるとは思っていたんだ。明治期の作だから、建築基準も全然違うし、これは……ふーむ」

誰に対して喋っているのか、長坂は蠅のように両手をこすり合わせている。上から下まで扉を眺め、建て付けや細工を確認しているようだ。たかがドア一枚と侮るなかれ。これほどに精巧な細工を凝らしたものは骨董品としての価値が大変高い。取っ手はノブでなくハンドルで、そこにも細かな彫刻がある。

長坂がハンドルに手をかけたとき、春菜は仙龍の隣に避難した。

「中は見てないんだよね？」

「見ていません。私も、轟も、まだ誰も」

「うん」

と、長坂は言って、ハンドルを回そうとした。ところがそうはいかなかった。ドアにはそもそも鍵穴《かぎあな》すらないが、経年劣化でさび付いているらしく、容易にハンドルが回らないのだ。二度、三度、強引にガチャガチャ言わせた後に、長坂は仙龍を振り向いた。

「ちょっと開けてくれないかなあ」

横柄な態度で頼んでくる。よほどハンドルがきつかったのか、後ろ手に指を曲げ伸ばしながら。

「あ、じゃ、俺がやります」

コーイチが飛んでいってハンドルを回したが、やはりびくともしなかった。

「鍵穴はないんすけどねえ……錠がかかっているのかな？」

ドアの上下を確認する。ハンドル部分に鍵がなくとも、上下に落とし込み式の錠前がついている場合があるからだという。仙龍は表情ひとつ変えずにドアに寄り、ハンドルをタオルで包むと靴を脱ぎ、靴底で思い切りハンドルを叩いた。ギッと鈍《にぶ》い音がした。

その後、再びハンドルを下げると、ドアは開いた。

瞬間、春菜はザワリと怖気《おぞけ》を感じた。

「待って」

そのつもりはなかったのに、声が出る。

長坂が不機嫌な顔で振り向いた。

「なにっ？」

「いえ。あの……」

刺すような冷気を感じるが、それを長坂に説明するのは難しい。ドアの前には長坂とコーイチ、そして仙龍が立っている。春菜がいるのは数歩後ろだ。お腹《なか》に隠した人形を、シャツごと押さえて佇んでいる。長坂は春菜の返事を待ったが、口ごもっているうちにまたドアのほうへ体を向けてしまった。頭に載せていたサングラスをベストの胸ポケットに挿し込むと、スマホを出して明かりを点《つ》けた。仙龍の視線が春菜を刺す。

「春菜ちゃん？　ぼく、ちょっと中を見てくるから、轟くんを呼んで写真を撮らせてくれないかな？」

長坂は振り向いて、ニッと笑った。今は機嫌が良さそうだ。

止めるべきだと春菜は思うが、仙龍の目は『行かせろ』と言っている。心臓がバクバクと躍っているのは、長坂よりむしろ春菜のほうだった。

春菜は両手を拳に握り、自分の気持ちを整理した。

サニワ春菜、しっかりしなさい。何のためにパグ男を呼んだの？　あれほどみんなで話し合ったじゃないの。パグ男を『最初』の人間にすると、そう決めたのは自分でしょ？

それなのに、口からはこんな言葉が出た。

「轟は、今日は外構をやっているので。写真なら私が撮らせていただきます」

もう二度と、轟はこの建物に入らない。それがなぜなのか、長坂には理解できない。

長坂は気に留《と》めるそぶりもなく言った。

「春菜ちゃんに写真が撮れるの？」

そして金属のドアを容赦なく開いた。春菜は一瞬身構えたが、長坂はスマホのライトで内部を照らし、平気の平左《へいざ》で覗き込む。

「けっこう深いな」

ドアの奥は踊り場のない階段だった。教会の石段と同じ切り出し石だ。天井は低く、やはり煉瓦積みで、勾配《こうばい》をつけてある。構造上それほど深い地下室があるとは思えないのだが、真っ暗なのでよくわからない。

首を伸ばして内部を見ていた長坂は、いきなり春菜たちを振り向いた。

「階段が狭いから一人で行くよ。ぼくが呼ぶまで来ないでね。後ろから押されたりしたら危ないから。下へ着いたら声をかけるから」

「わかりました。内部の様子を確認してから、カメラを取りに行ってきます」

何かの影が目の端を過ぎり、首を回して春菜は見た。

外では風が強くなり、伸びきった枝や、絡みついた蔓が、礼拝堂の細長い窓を叩いている。長坂のスマホライトは階段の細長い壁と天井を切り取りながら、次第に下方へ下りていく。春菜は仙龍たちとそれを見守った。

「大丈夫かしら」

訊くと仙龍は「さあな」と言った。表情には緊迫感がある。

「万が一のときは俺たちがいる。おまえは気にせず外へ出ろ」

そんなわけにはいかないわと、春菜は心で抗った。あれでもパグ男はクライアントなんだから。クライアントを置き去りにして逃げるなんて、できるわけない。

長坂のライトは次第に下がり、やがて見えなくなった。

プーンンンン……不快な音が耳元でする。

一秒、二秒、三秒、四秒……階段下から呼ぶ声はない。

春菜は不安になってきた。見上げると、美しく交差した木の梁がある。開け放された参事室は薄暗く、居住区の内部は真っ暗だ。カーテンは長坂が引き剝がして床に落ち、比嘉が事故に遭った形跡もろとも、雑然とした雰囲気に隠されてしまっている。

さらに遠くへ目をやれば、仙龍が開け放しにした玄関の上方で、美しいマリア像が血の涙を流している。祈るように合わせた細い指。端整な顔を流れる錆《さび》色の涙は、何度見てもゾッとする。プーンンンン……この音はなんだろう。

階段下で、白い光が微かに動いた。次の瞬間、

「うわあああああああああっ！」

長坂の悲鳴が聞こえた。駆け上がってくる気配はない。

「うひぇーっ！　ひゃあああああー！」

考えるより先に体が動いたのは、春菜だけではなかった。コーイチが真っ先に地下へ飛び込み、次いで仙龍が、もちろん春菜も後を追う。

数段先でコーイチのスマホが光を発した。その明かりを春菜は追いかけていく。自分のライトをつける余裕はなかった。つんざくような長坂の悲鳴が、とどろき渡っていたからだ。階段は狭いが、幸いなことに乾いていた。幅約八十センチ。春菜やコーイチならともかく、仙龍には窮屈なサイズである。蹴上《けあ》げ部分が通常より高く、慎重に下りても駆け下りていく感覚になる。わずか十段。たった十段下りただけで、足の裏が地面を踏んだ。

湿った土と黴《かび》の臭いが鼻を衝く。床ではなく、固い土で、長坂が落としたスマホが天井を照らしていたが、天井もまた、岩を掘ったような土に思えた。

「ライトをつけろ」

仙龍が短く言った。

仙龍は自分のスマホのライトを点けると、何事か唱えて九字を切り、それを階段の脇に置く。コーイチが長坂に駆け寄っていったので、春菜たちには明かりがない。春菜もスマホを出してはみたが、指が震え、頭が混乱して、点け方を一瞬忘れた。

仙龍が脇から手を伸ばし、操作して春菜に渡してくれる。それから彼女の左手を握り、作業着のベルトを摑ませた。

「離れるなよ」

と、短く言う。暗闇で見えないと知りつつ、春菜は何度も頷いた。

「大丈夫っすか?」

コーイチの声がして、光が消えた。

長坂を確認したので、スマホをポケットにしまったのだろう。

声がしたほうへ光を向けると、地面に尻餅《しりもち》をついた長坂と、彼を抱き起こしているコーイチが見えた。よかった。けがはしていない。春菜は天敵長坂の無事を喜んだ。コーイチが助けやすいよう明かりを向けているうちに、仙龍は長坂のスマホを拾いに行く。ベルトにつかまって春菜も動くが、光は長坂に向けておく。

長坂はコーイチにすがって立ち上がり、コーイチを盾にして背中に隠れた。ギョロリとした目は恐怖に見開かれていて、表情が強ばって、東南アジアのお面のようだ。さらに仙龍が向けた明かりに、コーイチの不安げな顔が浮かんだ。仙龍と春菜は転ばぬようにすり足で、二人のそばまでようやく進んだ。

「どうしましたか」

仙龍が訊くと、長坂は、小さな声で、

「何かいる」

とだけ言った。コーイチのシャツを摑んで、背中に顔を埋めてしまう。ベルトを握る春菜の手を、仙龍は上から押さえ、長坂のスマホで周囲を照らした。怖いので春菜はスマホを握り、今は自分たちを照らしている。この明かりが消えたら最後、何かに襲われるような気がするからだ。

仙龍の明かりで最初に見えたのは地面だった。一面にツブツブの黒い砂が敷き詰められているようだ。それともあれは蠅かもしれない。自分と轟を襲った蠅がここから来たのかと思うと心臓が縮んだ。光はその先へ延びていき、壁を照らした。

と、いきなり真っ白な顔が浮かび上がって、ギョッとする。

それは人ではなく、守護聖人の像だった。掲げ持つカンテラに火を灯せば、内部が明るくなる仕掛けのようだ。仙龍の明かりはさらに動く。

次に映ったのは壁に掘られた無数の棚で、人体の骨や頭蓋骨《ずがいこつ》が置かれていた。

「……地下墓地だ」

と、仙龍が言う。

「建築当時、すでに地下墓地を作っていたんだな」

プーンンンン……

不快な音はまだ去らず、頭の後ろか、顔の前か、いずれにしても近くで鳴り続けている。ライト以外は漆黒の闇で、すぐ横に異界のモノが立っていてもわからない。ライトは壁沿いに地下墓地を照らし、最奥の壁に到達した。さほど広い空間ではないはずなのに、闇が濃いのでどこまでも広いのではないかと錯覚する。奥から明かりは手前に戻り、まだ遺骨が入れられていない棚をいくつも照らす。そうして光が過ぎろうとしたとき、仙龍は何かに気づいて明かりを振った。

「あっ」

叫んだのが誰だったのか、コーイチか、仙龍か、自分だったのか、わからない。コーイチは長坂と共に後ずさり、仙龍も、そして春菜も後ろへ下がった。

光が捉えたのは黒い靴、そして、カソックと呼ばれるガウンのような黒い羽織《はおり》だ。牧師が祭礼で着る衣装。両足の奥に石碑の土台があって、明かりが上に移動すると、そこに牧師服の人物がいるのがわかった。地下墓地に置かれた石の十字架。その土台に腰をかけている。両腕はだらしなく腰の両側に投げ出され、手のひらを上に向けている。どちらの手も血まみれで、詰め襟の下に着たシャツも、カソックも、ヌラヌラと鮮血で光っていた。ライトに浮かぶブロンドの髭、呪うように歯を食いしばり、マリア像のごとき血の涙を流している。そして牧師は左右の肩に、断末魔の恐怖を貼り付けた妻の首と、死んだことすら知らずに微笑む少女の首を載せていた。

その瞬間、長坂はコーイチを突き飛ばして背中から離れ、地下へ降りたとき仙龍が目印に置いた階段の明かり目指して一目散に走って逃げた。よろめくコーイチの腕を取り、仙龍が彼をしっかり立たせる。

「どうして……」

春菜は呟く。ジワジワと恐怖が足下から這い上がり、思わず悲鳴を上げそうだったが、ひとたび悲鳴を上げれば恐怖に耐えられなくなるので我慢した。見開いた眼が白濁しているので、牧師は生きていないと思う。生きてはいないが、生きているかのように生々しい。肌に透明感があり、血はたったいま流れ出たかのように赤い。

「屍蠟《しろう》化している」

プーンンンンン……

音がした。さっきより、数倍大きくなっていた。

仙龍が囁いた。三人同時に後ずさり、踵を返して暗闇を探る。

「出るぞ」

プーンンンンン……仙龍が置いたスマホが天井を照らしている。階段はそこにある。知らず呼吸が浅くなり、恐怖に負けて足がもつれる。動じない、怖くない、なんでもない、ああ……もう無理だと春菜が思ったそのときに、階段の上で長坂が叫んだ。

「井之上くん！　井之上くん！　どうなっているんだっ！」

その瞬間、ビシッと音を立てて空気が割れた。凄まじい圧迫感、凍るほどの冷気、そして空気の重さが春菜たちを襲う。

「行け！　走れ！」

仙龍に押されて階段へ向かった。

「春菜さん、早く、こっちっす」

身軽なコーイチが先へ行き、腕を伸ばして春菜を摑んだ。後ろを仙龍が守ってくれる。階段に辿り着き、四つん這いで石段を上る。仙龍はスマホを回収し、やはり四つん這いで追ってきた。プーンンンン……地下墓から無数の蠅が湧き出してくる。さっきまで死んでいた蠅だ。それは背中に突き刺さり、髪に、首に、腕に、手のひらに容赦なく当たって細かく砕けた。そのせいで、春菜は何度も滑りそうになる。金属の扉が見えてきた。コーイチが地下を抜け出すと、蠅の大群が風のように礼拝堂へ噴《ふ》き出《だ》した。長坂は腰が抜けてその場にいたが、湧き出る蠅を見たとたんパニックになり、春菜と仙龍が抜け出す前に金属の扉を閉めてしまった。

「あっ、なにすんすか！」

コーイチが叫び、春菜の目前で扉は閉じた。階下から牧師が上がってくる。両方の肩に首を載せ、殺気を放ってやってくる。振り向けばそこは漆黒の闇だ。溢れ出す蝿から庇うように、仙龍が春菜を胸に抱く。仙龍がやられてしまう。背中に蝿が突き刺さる。なんとか仙龍を救おうと、春菜は彼の腕の中でもがき続けた。刹那《せつな》、少女の人形が足下に落ち、

「お父さまーっ！」

そのとたん、春菜は暗闇に向かって叫んでいた。

自分の声帯から発した声だが、春菜自身の言葉ではなかった。渦巻く蝿が一瞬止まり、次の瞬間、ドアが開いた。コーイチが開けてくれたのだった。

春菜と仙龍が抜け出したとき、長坂は開いた玄関から逃げようとして、そちらへ向かうところであった。

「いけない。コーイチ、パグ男を止めて！」

「へっ？」

奇声を発したのはコーイチだったが、長坂との距離は数メートル以上だ。

春菜の隣で仙龍が、手にしたスマホを玄関めがけて投げつけた。スマホは梁に当たって床に落ち、驚いた長坂が止まった瞬間、天井のマリア像が落下した。

「ひいいっ」

と長坂が悲鳴を上げる。

「そこはダメ。こっちよ、所長！」

春菜が長坂に腕を振る。

長坂が走ってくるのを待って、一同は参事室の裏口から外へ出た。


出てみると、草取りを終えたお年寄りたちが敷地の隅に草を積み上げていた。

長坂に呼ばれた井之上も、轟も後片付けの最中で、蠅の死骸まみれになった春菜に気づくと、何があった？　という顔で寄ってきた。

最も深刻なショック状態だったのは長坂で、コーイチが担ぎ出したにもかかわらず、うつ伏せで地面に倒れて震えていた。イタリア製のベストは蠅まみれで、ブルガリのサングラスはどこかへ落としてなくなっていた。首に巻いたスカーフはヒダに蠅の死骸が詰まり、初めからそういう模様だったようにも見える。

春菜は髪の毛を振りさばいて蠅を落とすと、デニムパンツのポケットや、シャツの裏側からも蠅を払った。そうしながらも、あの人形に命を救われたと思った。おそらくだが、屍蠟化した牧師には、まだほんの少しだけ、人間だった頃の心が息づいているのかもしれない。その心は娘のアンナを想う父親のものだ。

「長坂先生。どうされました。大丈夫ですか？」

井之上が心配そうに訊く声で、棟梁と小林教授がやってきた。井之上が冷たいお茶のボトルを差し出すと、長坂はムクリと体を起こし、ボトルをひったくって中身を飲んだ。酒落ちた麻のパンツが草の汁で汚れていたが、今はそれどころではないようだ。

「何かあったのか」

ついに井之上は春菜に訊ねた。

「風が強くなったと思ったら、中でとんでもない音がしたな。どうしたんだ」

「マリア像が落下して……」

春菜の言葉を遮るように、長坂は歯ぎしりをした。

「畜生、やられた。事故物件を握らせやがった」

井之上は、何を今さらという顔をした。

「ここの話はご存じだったんじゃないですか」

「ああっ？」

八つ当たりのような剣幕で、長坂は井之上を睨み付け、ふいに言葉を呑み込んだ。

「井之上くん」

と、引き攣った笑みを浮かべて、猫なで声を出す。

「外構と外側の修理だけ終えて、ここは売りに出すかもしれない」

「はあ？」

さすがの井之上も眉間に縦皺を刻んで、引き攣った顔をした。何を言っているんだ、この人は、と表情に書いてある。長坂は立ち上がり、蠅の死骸をポロポロこぼした。

「いい土地だし、いい場所だ。転がしただけでも相応の利益が見込めるからね。内装工事は一旦《いったん》保留にさせてくれないか？」

それから春菜を見て言った。

「キープランは出さなくていいから」

あまりのことに、春菜は言葉を失った。まさかこんな展開になろうとは。口をパクパクしているうちに長坂は立ち上がり、逃げようとする。

すると仙龍が声を発した。

「そうですか。ならば俺が買いましょう。いくらで売ってくれますか」

「ああっ？」

いちゃもんをつけられたヤクザのように振り返る。

仙龍はその場にすっくと立って、すましていた。

「買いますよ。俺が、ここを」

「あんた、何言ってんだ」

長坂は立ち止まり、体全体で振り向いた。

「俺を馬鹿にしてるのか？　ああっ？」

「そんなつもりはありません。建造物に惚れ込んでいるからそう言ったんです。地下墓も含めて価値がある。いえ、俺は曳き屋ですからね。過去のあれこれは、きれいさっぱり洗い流すことができます。土台を上げて、光を通す。土地ごと消毒するようなものだ。そうすれば雰囲気はがらりと変わる。それをするのが仕事です」

「土台を上げて光を通すぅ？」

長坂はまた戻ってきた。

「それはいいアイデアですねえ」

麦わら帽子をかぶった教授が、ひょっこり会話に加わってきた。手ぬぐいで汗を拭きながら、蔓草を取り払われた教会を見上げる。

「悪いものは光に弱いですから。梅干し、乾物、干物、洗濯物。太陽の光は万能ですねえ。昔は人の遺体ですらも、日干しにしていたわけですからして」

「でも、こんな重量物を持ち上げるって、とんでもなく費用がかかるんじゃないですか」

井之上が横から訊くと、

「そうでもないっすよ」

と、コーイチが言った。仙龍が後を続ける。

「光が通ればいいだけのことだ。さほど高く上げる必要はない」

「どうやって光を入れるんだ」

長坂が訊く。

「鏡を使えばいいと思うわ。建物は壊さずに光を入れれば……」

「それでも費用はかかりますよね？」

井之上がさらに言うと、仙龍はニヤリと笑った。

「設計士の先生はここをいくらで買ったんです？　いえ、競売物件ですから、おおその見当はついています。さしずめ二千八百万円といったところでしょうか」

図星だったらしく、長坂は表情を強ばらせた。

「先生がここを売るのなら、俺が二割増しで買いますよ。五十年も買い手がつかなかった建物だ。このまま焦げ付かせるよりいいでしょう？　曳家で因縁を祓えば建物の価値はグーンと上がる。曳家に二千万円かけたとしても数億で売れる物件になります。売ってください。買いますよ」

長坂は唇を真一文字にしていたが、やがて仙龍の前まで戻ってくると、スカーフを外して地面に蠅をたたき落とした。

「ここは売らない」

その目で仙龍を睨んだまま、井之上に言う。

「井之上くん。この『社長さん』に、曳家の見積もりを出してもらってくれないか」

井之上もタダでは転ばない男である。顔はニコニコしながらも、

「ところで先生、新規事務所工事の予算ですが、銀行融資でお考えですよね？」と訊く。

「当たり前だろ？　現金で転がすわけがない」

「ですよね。わかりました。では、銀行のご担当者様と直接お話しさせていただいて、お互いに手数料のかからない見積もりをさせていただきます」

長坂はキッと井之上を睨んだ。

「なんだ、その言い草は。ぼくが支払いを渋ったり、値切ったりするとでも言いたいのか」

「仰るとおりです」

井之上は悪びれもせずに微笑んだ。建築工事の支払いに関しては、土地建物を担保に貸し付けする銀行にも決済の権限が生ずる。井之上は、融資担当者に見積もりを提出して、銀行から直接アーキテクツへ入金できるよう手配すると言っているのだ。その場合、長坂が何をごねようと、支払金額が上下することはない。

長坂は頭に血が上って赤黒い顔をしていたが、

「勝手にしろ!」

と、言い捨てて教会の敷地を出ていった。

お年寄りに紛れていた棟梁が、いつのまにか春菜の脇に来て、

「若。お見事でした」

と、仙龍に頭を下げる。

「俺じゃない。建物だ」

仙龍は教会を見上げ、

「それとサニワかな」と、春菜に笑った。

「よくあの設計士を見捨てなかったな。コーイチですらビビっていたのに」

長坂を守る気など毛頭なかった。誰であれ危険な目に遭うのを放っておけなかっただけだ。それに、自分たちがこの教会から手を引けば、長坂は強引に工事を進めて、さらなる犠牲者を出しただろう。植木や牧師の家族に起こったような悲劇は、もう二度と、誰にも起こさせてはならないのだ。

「呼ばれたから仕方がないのよ」

そう言って、春菜はようやく少しだけ笑った。今は長坂から曳家の費用をもぎ取れそうだということが素直に嬉しい。だが本番はここからだ。春菜は首にタオルを巻いた。

「じゃ、やりましょうか。立木の枝を払って、光と風を通すんでしょう?」

「こりゃ、姉さんには負けちまうねえ」

棟梁が声を上げて笑った。


シルバー人材センターのお年寄りたちを帰したあと、井之上と轟は、仙龍たちをお茶に誘った。選んだのは官公庁のお役人たちが通う昔ながらの喫茶店で、昼時以外は空いているので、周囲に気を遣わずに会話ができるのだ。

「地下室に死体が？」

轟が声を上げ、そして自分の口を押さえた。

「なのに、それを見たのに、そのまま転売しようとしたんですか？　あの先生は」

「下手に騒いで警察を呼ばれるよりは、よかったと思いなせえ」

コーヒーを飲みながら棟梁が言う。

「そうですねえ。障りを祓う前に現場検証とかされますと、そこでまた死人が出る可能性もありますからして」

教授はカスタードプリンを食べている。

「でも、これで曳家の予算がつきそうです。ほんとうに、よかったですねえ」

「長坂先生は金を出すかな？」

井之上が訊くと、春菜は答えた。

「出すと思いますよ。転売しようにも買い手がつくわけないんだし」

春菜が言うと、突然、棟梁が思い出したように笑い始めた。

「いやね、あの設計士は腹に据えかねましたが、それでもね、あっしはまだ人がいい。若みたいにふっかけることはできませんでしたよ。歳ですかねえ」

「人聞きの悪いことを言うな」

そう言いつつ仙龍はほくそ笑んでいる。

「え。なに？　どういうこと？」

春菜が訊くと、棟梁はいかにも可笑《おか》しくてたまらないというふうに笑った。

「建物を持ち上げるだけで二千万は、いくらなんでもふっかけすぎだと言ってんですよ。ま、あんな因縁物、若のような物好きでもなけりゃ買いませんしね、そこは怖い目に遭ったみんなの厄祓い代ってことでよござんすね？」

曳家代二千万円は仙龍のはったりだったと、棟梁も、コーイチすらもわかっていたようである。実際にかかる費用は、その半分以下ということだった。

「んでも、驚いたっすねえ。まさか、牧師さんが屍蠟化していたなんて。だから五十年もの間、依り代になれていたんすね」

「風が来ず、陽も当たらず、湿度と温度が最適だったということだろう。地下に日光さえ通してしまえば、あとは警察に通報することになるか」

「でも社長。地下には遺骨もあったじゃないすか。あれってどうなっちゃうんすかね？」

「墓地に遺骨があるのは当然ですから、そちらはそのままでしょうねえ。長坂先生がどこかに安置先を見つけて移動させれば別ですが……案外、教会がきれいになれば懐かしさから元の信者さんたちも訪れて、また賑《にぎ》わうのではないでしょうかねえ。もともとあの教会に眠ることになった方々の、ご遺族がいるわけですからね」

「墓地のある設計事務所ってのも、レアかもな」

轟はそう言ってアイスコーヒーを飲んだ。

荒れ地の草取りが終了したら、敷地内部は見違えるほどきれいになった。ガーデンデザイナーを頼んで相応しい植物を植え、季節の花が咲くようになれば、赤煉瓦の外観と相まって、県町あたりのシンボル的存在になるだろう。巨大になりすぎたヒマラヤスギは剪定《せんてい》し、冬にイルミネーションを施してもいいかもしれない。

「あとは長坂先生次第だな」

井之上が話をまとめる。

「ところで、あの設計士のスマホには、しばらく連絡できませんよ」

突然仙龍が言ったので、

「どうしてよ？」

と、春菜が訊く。仙龍は苦笑した。

「俺が投げつけたのは設計士のスマホだった。夢中で気づかず、間違えたんだ」

仙龍は自分のスマホを春菜に見せた。

そうだったのか。でも、それで命が救われたなら、スマホのひとつやふたつ……と、長坂が思うわけはない。春菜は俯いて「ふふっ」と笑った。

「こういうことを言うと魂が穢れるらしいけど……」

どうしても可笑しすぎて口角が上がってしまう。

「穢れてもいいから『ざまーみろ』だわ」

いっそ言葉にしてしまえば、スカッとするものだと春菜は思った。

エピローグ

アーキテクツに長坂から電話があったのは、その週末のことだった。積算した結果、追加で曳家工事代一千六百八十万円を足したとしても、教会を事務所にするほうが得だと判断したようである。曳家工事を追加して、仕事を進めてほしいと井之上に告げてきた。ただし、中間マージンを抑えたいから鐘鋳建設を紹介しろと言ったらしい。

今回のことで頭に来ていた井之上は、長坂のゴリ押しに一歩も引かず、工事の頭はアーキテクツが取り、鐘鋳建設に外注することで話を決めた。さらに支払いは銀行融資分を直接振り込みとさせた。工事終了後に支払いを渋られる恐れもなくなったということだ。

作業再開の知らせを聞くと、春菜はすぐさま仙龍に連絡し、村上ガラスに鏡を発注した。鐘鋳建設が下請けに入ったことで、轟は会社を辞めるのをやめ、日光を集める計算を始めた。太陽の位置と建物の位置、立木の位置を図面に落として模型を作り、どの場所にどんな大きさの鏡をどの角度で設置すれば地下室を照らせるか実験する。ただ建物を持ち上げただけでは地下へ光は届かない。地下墓の開口部は階段だけなので、一度開口部に光を集め、誰かが階段室に立って屍蠟化した牧師に日光を当てる作戦になったのだ。

マニアックな仕事が大好きな関田も参戦し、二人は夜遅くまで互いのプランを比べて精度を上げた。それにより、七月二十三日午前十時四十五分から午後一時五分の間が、最も日光を集められるとわかった。奇《く》しくも教会で殺人事件が発覚したのと同じ日付である。

アーキテクツはまた、曳家が終わるまで隠温羅流の職人以外は、誰も教会に立ち入らせないと会議で決めた。工期はタイトになるとしても、犠牲者を出すわけにはいかないからだ。さしもの長坂も、心底恐怖を味わったゆえに、一切、口を挟むことはなかった。

炎天下の住宅地に、何台ものトラックが出入りする。春菜たちは長坂建築設計事務所の代理人として周辺の邸宅をくまなく回り、工事が始まることを含め多少の迷惑に理解を求めた。若い住人は教会の存在すら知らない人が多かったが、お年寄りが出てくると、あの建物に人が住むのかと驚かれることもしばしばだった。

その反応を見た春菜は、再び若穂綿内へ『あんバターどら焼き』を買いに行き、長坂の許へ行って提案した。曰く、ギャラリー兼建築事務所を開設した暁には、ご近所の人を招いて建物を内覧してもらってはどうかと。

「はあっ？　なんでそんなことをしなきゃならないんだよ。鬱陶《うっとう》しい」

長坂がそう言うことは初めからわかっていたので、春菜はニッコリ微笑んだ。

「今まで長坂所長がされた素晴らしいお仕事の写真を展示して、近隣の方々に紹介するのが目的です。建物はギャラリーを併設するのですから、最初の展示を所長の作品で飾るのがいいと思うんです。今回、工事のご挨拶に回ってわかったんですが、ご近所には新聞社の社長や司法書士、議員、企業の社長さんなどがお住まいでした。実績を知っていただければビジネスチャンスにつながると思うんです」

長坂はピクリと小鼻を動かした。

「いかがでしょう」

「あのさ。春菜ちゃん、ぼくを嫌いだよね?」

春菜はまたもやニコリと笑った。

「はい」

「はいぃ?」

ギョロリと目を剝き、歯茎を剝き出す。春菜は微笑んだままで先を続けた。

「所長とはしばしば価値観が合いません。でも、設計の腕とセンスは抜群です。私はお仕事でお付き合いさせていただいていますので、価値観については今後も話し合いをさせていただき、お互いに利益のある落としどころを探せばいいと思っています」

「ぼくを陥れようとしているわけじゃない?」

春菜は眉間に縦皺を刻んだ。

「所長を陥れて、私に得がありますか？」

長坂は呆れたという顔をした。

「じゃあ訊くけど、開所祝いに展示をして、あんたになんの得があるの」

「はい。ここからご相談になりますが、展示用のお写真と、それに伴うプラン一式を私に任せていただけませんか」

「工事のお礼にやってくれるの？」

「いえ。工事はもともと捨て値の良心価格でご契約いただいていますので、そんな余裕はありません。ただ、お仕事をいただきましたので、ほかの業者さんへ出すよりもお安くご用意します」

そう言って、準備してきた展示プランに見積《みつもり》書をつけて長坂に出した。長坂が予測する金額から、ほんの一割引いてある。周辺住民から小さな仕事をひとつもらえば余裕でおつりが来る金額だ。長坂はしばし考え、そして見積書を受け取った。

「オッケー、あんたには負けた」

「ありがとうございます」

深くお辞儀して事務所を出てから、春菜はガッツポーズを決めた。

開所祝いで建物を見てもらえれば、近隣の人たちが記憶に沈めた忌まわしい過去は、少しずつでもイメージを変えてゆく。あそこでは、かつて殺人事件があってねえ、そう聞かされたときに見る建物が美しい赤煉瓦の建造物であったとき、『殺人事件』の禍々《まがまが》しさは、徐々に消えていくはずなのだ。人が住み、人が行き来することが、過去を洗う行為になる。殺人現場に住民が感じてきた不安や恐怖も、次第に薄れてゆくだろう。

駐車場から比嘉に電話して、長坂の新事務所に飾る写真展の仕事をお願いした。扱うのが写真なら図面を描くほど手を使わずに済む。しかもまだ納期まで時間があるから、良いリハビリになるはずだ。アーキテクツは利益を求めず、全額を比嘉に還元することで井之上の許可をもらっていた。

その足で教会の現場へ向かう。駐車スペースがないので、離れた場所に車を停めて歩いていく。私道に警備員が配置され、その奥で曳家工事が進んでいた。今では轟が監理として、鐘鋳建設の仕事を見守っている。

「お疲れ様です」

轟に声をかけ、開所祝いのプランを取り付けたことを話した。

ヘルメットを被った轟は、日に焼けた顔に白い歯を見せて笑った。

「高沢さんは、だんだん先生の扱いが上手になるね」

「嫌いなものを無理に好きと思わないでいいんだと決めたら、いっそスムーズに事が運ぶようになった気がします。考えてみれば、クライアントはクライアントで、結婚するわけじゃないですもんね。お互いに誠実な仕事ができれば、それでいいってわかったんです。価値観はそれぞれでも、譲れないところは譲らなければ、それでいい」

「達観してるなあ」

「工事の進み具合はどうですか？」

轟と春菜がいるのは私道の端だ。草取りと枝払いが済んだ敷地には、トラックが何台も停まっていて、隅に枕木が積み上げられている。長いH鋼《こう》が何本もあり、ヘルメットを被った職人たちが出入りしていた。

「俺は初めて曳家を見るけど、いやはや、職人さんたちがすげーんだねえ。たまたま敷地に余裕があったから、トラックがなんとか入れたけどさ、ダメだったら人力で運ぶつもりだったらしいよ。あれ、何トンあると思う？」

部材はすべて重量級だ。コーイチたちはそれを軽々と運んでしまう。見ていると重さを感じないが、春菜が持ち上げようと思ったら、一ミリも動かせないに違いない。

「職人さんは教会へ入ってるんですか？」

「入ってるね。鐘鋳建設の社長と専務が、工事初日に汚い坊主を連れてきてさ、職人たちと中へ入って、何か儀式をしていたみたいだ。俺は怖いから入らなかったけど、それから扉を外し始めて、床もぜんぶ剝がしてさ。床は張り替える予定だったから、その分費用が浮いたんだけどね。長坂先生から余計にもらったから、うちへ還元してくれるってさ」

「椅子や家具はどうしたんですか？」

「斉藤さんに頼んでうちの倉庫へ運んだよ。延齢堂の社長が、ここで工事しないなら仕事を受けてくれるというので、結局修理を頼んでね。やっぱりさ、きちんと手入れして残してやろうと思ってさ」

「よかったですね」

「オーイ！」と中で声がして、枕木を運んでいた職人が教会へ走って行く。曳家のときは揃いの法被に身を包み、荘厳な雰囲気を持つ隠温羅流の職人たちも、ここではヘルメットに作業着で、普通の建設業者と見分けがつかない。見ていると教会からコーイチが駆け出してきて、油圧ジャッキを抱えて、また教会の中へ入っていった。

「どんな工事をやっているのか、見たいわ」

「やめたほうがいい」

と、轟が言う。

「曳家が終わるまで隠温羅流以外立ち入り禁止と言われてるんだ。とはいえ俺も興味があって仙龍さんに聞いたんだけど、躯体を持ち上げるために床を全部剝がしてさ、周囲に穴を掘って、基礎の下にレールを敷いてコロに載せ、油圧ジャッキで上げるんだってさ」

「わー、すごい」

「やっぱプロだよ。床を剝ぐのも、穴を掘るのも、あっという間にやっちゃうんだもんな」

「怖い怖いと思っていたけど、曳家が楽しみになってきたわ」

轟と二人で無駄のない職人の動きに見とれていると、

「おや。姉さんじゃないですかい？」

棟梁に声をかけられた。

「あ、棟梁。お疲れ様でございます」

棟梁はヘルメットの下でニコリと笑った。

「若が心配で見に来たんですかい？　今のところ無事に工事が進んでますがね」

図星を指されて挙動不審になってしまう。

「別にそういうわけじゃありませんけど、職人さんたちが教会に入っているので、大丈夫かなあって」

棟梁は教会に顔を向け、眩しそうな目つきをした。

「若から話を聞きましたがね？　屍蠟化した牧師さんは、まだ少し意識があるってね」

「え？」

「姉さんたちを助けてくれたっていうじゃねえですか」

それは、長坂のせいで地下墓に閉じ込められそうになったときのことだろうか。人形が落ち、少女の霊が春菜の口を通して叫んだのだ。お父さまと。

「死んでいるのに意識がある？」

「正確には、牧師さんの魂自体も、蠟になった肉体にまだ囚われてるってことですかねえ。悪魔なんてものとは違って、人間は複雑ですからね、純粋な善にも純粋な悪にも染まりきれねえ。悪魔に憑かれた牧師さんは、地下墓で、たった独りで、五十年近くも戦い続けていたんじゃねえですか？　それだからね、ちょいと和尚に来てもらって、牧師さんと話をね」

「え、そんなことができるんですか？」

「馬鹿にしちゃいけねえ、蛇《じゃ》の道はヘビですよ」

棟梁はニヤリと笑った。

「牧師さんに曳家の準備が整うまで悪魔を押さえてくれと頼んだんでさ。建物を上げるには支えをしなきゃなりません。基礎の下に鉄骨を入れて、それで軀体を支えるんで。牧師さんが持《も》ち堪《こた》えている間に準備を急いで、あとはお天道様《てんとさま》がどっちに味方するかです」

「お天道様……太陽が？」

「そうじゃぁねえんだ」と、棟梁は笑う。

「気持ちですよ、気持ち。流れというかね、この建物が残るのが是か、それとも非かって話なんで」

正確に理解できないまでも、棟梁のいわんとすることはわかった気がした。隠温羅流は事象の流れを重視する。洪水を引き起こしてまでも逆らおうとはしないのだ。

　その夕方、春菜は一人で九頭龍神社へ向かった。トンネル工事の仕事に関わったとき、懇意になった神社でもある。社務所で事情を話して、曳家工事が無事完了するよう祈禱《きとう》してもらう。西洋の神と日本の神、それぞれの謂われや伝承に、春菜は造詣が深くない。それでも、何かしないではいられなかった。

　夕まぐれの拝殿で頭《こうべ》を垂れていると、背中から吹き上がってくる風が体を通過して、様々な汚れや澱が浄化されていくような気がした。驕《おご》らず、高ぶらず、悲観せず、清浄で透明な心でいることが、サニワの使命なのではないだろうかと春菜は思い、この体を通っていくものが、正しく真意を伝えられますようにと祈った。そうしてそれが仙龍の役に立ちますようにと。


　七月二十三日。火曜日。

　台風の予報が出ていたにもかかわらず、早朝から空は晴れ渡っていた。車で小林教授を迎えに行って、駐車場から徒歩でオリバー・ガード聖教会堂へ向かうと、現場にはすでに轟と井之上、関田に斉藤さん、比嘉と村上ガラスの姿があった。

　比嘉の指は順調な回復を見せ、なんとかマウスを握れるようになったという。施主の長坂は、壊れたスマホを回収に来た以外一度も姿を見せず、曳家の予定を知らせたものの、この日も現場に現れなかった。

敷地の随所に足場が組まれ、何枚もの鏡が建物に向けて設置される。

集める光はその日最も力が強いとされる方角のもので、配置は棟梁が指図した。鏡は保護用の幕で覆われていて、轟と関田の誘導で、村上ガラスの職人たちが一枚一枚の角度を調整しているところであった。

敷地に山と積まれていた枕木やH鋼は躯体の下に固定されて、今では教会が井桁《いげた》を穿いたようになっている。随所に油圧ジャッキがセットされ、嵩《かさ》上《あ》げの準備は万全だった。

「おお、いよいよですねえ。何度見ても曳家はワクワクしますからして」

ちょっと失礼、と教授は言って、カメラ片手に教会のほうへ行ってしまった。曳家の様子を写真に撮って、植木に送ってやるのだという。

鐘鋳建設の職人は八人程度。春菜が仙龍を探していると、しばらくして教会の裏から姿を見せた。ヘルメットを被り、鐘鋳建設の銘が入った作業着を着ている。白い法被に股引《ももひき》姿、裸の胸にサラシを巻いた雄姿を想像していただけに、これから着替えるのだろうかと首を傾げる。慌ただしく動く職人たちを眺めていると、

「んだからウンコが遅いんですって」

「自然の成り行きじゃ。仕方がなかろう」

私道のほうから聞き覚えのある声がして、作業着姿のコーイチが、怪しい変装をした和尚を連れてやってきた。

「和尚。コーイチも」

春菜に気づくとコーイチは立ち止まり、和尚は「シーッ」と人差し指を立てて、コソコソと教会のほうへ行ってしまった。

「ったくもう、あの飲んだくれ和尚は」

コーイチは、文句を言いつつ笑っている。

「トイレが長くて遅刻するところだったんっすよ。三途寺からここまでは遠いのに」

和尚を迎えに行っていたらしい。

「お疲れ様。ところで、今日はどこで着替えるの？」

教会の裏だろうかと思って訊くと、

「へ？」とコーイチが首を傾げる。

「儀式の準備よ。裏にテントでも張ってあるの？」

「着替えないっすよ。今日は作業着のまんまっす」

コーイチはしれっと言った。

「あ、でも、職人はみんな作業着の下に隠温羅のサラシを巻いているんすよ。腰を痛めちゃわないように」

「え。どうして着替えないの？　楽しみにしてたのに」

思わず本音をこぼしてしまう。儀式の際の装束と、一糸乱れぬ所作に掛け声、それが隠温羅流曳家の見所だ。白い法被に身を包んだ職人たちが流れるように家を曳くのは、ゾクゾクするほど格好いい。それを見られると思っていたので、春菜は心底がっかりした。

コーイチがへらりと笑う。

「俺も楽しみにしてたんすけどね。でも、今回はやらないんすよ。教会を上げて、光を入れて、それだけっす」

「どうしてよ」

「人間の因じゃないからっすよ。隠温羅流は悪魔と縁を結ばないんす。理が通じる相手じゃないから、三猿作戦で行くと棟梁が」

「三猿作戦って？」

「見ざる聞かざる言わざるってヤツすよ。悪魔になんか気がつかないふりをして、あくまで仕事で光を入れる。存在そのものを否定するんす。すごく冷たいやり方だけど、立ち向かおうとしたら、とたんにやられちゃうって棟梁が」

納得できた。

隠温羅流の雄姿が見られないのは残念だけど、彼らの曳家は命がけなのだ。イベントを見るような気持ちで今日を迎えた自分を春菜は恥じ、仙龍を案じる気持ちすら薄っぺらでうわべだけのものだったのではないかと思えてきた。

「でも、春菜さんがそう言ってくれて嬉しいす」

コーイチはニカリと笑った。

「なんたって俺も、それ見て曳家になった口っすから。んじゃ、仕事があるんで」

ありがとうと言葉を返す暇もなく、コーイチはすっ飛んでいく。身軽な後ろ姿を見ていると、あのとき暗闇の地下墓を照らしていたのは、スマホの光なんかじゃなくてコーイチだったのではないかと思えてくる。春菜はコーイチが大好きだった。


午前十時。

村上ガラスが鏡を覆う幕を外した。太陽は斜め頭上から照りつけて、地上に降った真夏の光が鏡に集まり、教会の土台を真っ白に光らせた。

「おおっ」と歓声が漏れたのは、轟と関田の設計が的を射たことを称えるものだ。

いつのまにか法衣《ほうえ》に着替えた和尚が場に加わって、仙龍たちは教会の随所に散った。

職人はヘルメットの下にインカムをつけ、それぞれ油圧ジャッキに取り付いている。建物はすでに五十センチほど嵩上げされていて、井桁の隙間に地下室へ下りる階段上部が見えていた。仙龍とコーイチは床のない建物の中にいて、それぞれに直径九十センチほどもある丸い鏡を持っていた。コーイチが持つのは丸く切っただけの鏡だが、仙龍のそれは金属のようだ。縁に龍の彫刻があり、猛禽類のそれに似た三本の爪が玉《ぎょく》を摑んだ隠温羅流の因が刻まれている。

「あの鏡はなにかしら?」

春菜が訊くと、小林教授が教えてくれた。

「魔鏡とでもいいましょうかねえ。隠温羅流に伝わる品だそうですよ。まあ、鏡はもともと神聖な力を宿すものですから」

隠温羅流については、まだまだ知らないことが多い。

階段上部に立つのはコーイチで、その下で悪魔を照らすのが仙龍だ。階段室が狭いので、長身の仙龍はヘルメットを脱いでいる。前髪が額に乱れ、上着を脱いだTシャツに美しい筋肉が透けている。彼らの無事を確認したくて、春菜は建物の際まで進む。見ていると、仙龍が地下へ下りていく。刹那、ずん! と地面が大きく揺れた。

地震かと思ったが、そうではない。近くに控えた職人のインカム越しに、

「野郎ども、下っ腹に力を込めろよ!」と、棟梁が恫喝《どうかつ》するような声が聞こえた。

枕木の隙間に差し込む光をコーイチの鏡が照り返している。けれどもまだムラがある。ほんの数ミリ、いや、五ミリほど、鏡全体を光らせるには建物の位置が低いのだ。

やがて仙龍が静かな声で、

「いいぞ」

と一同に号令をかけた。

基礎の下に渡したH鋼に水平器を当て、棟梁がレベルを上げる指示をする。

「西イチ、南ニ、スリアシ、ヒキ息《イキ》」

理解不能な指示である。建物は目に見えて動くわけではないが、コーイチが抱いた鏡を見れば、ごくわずか、ほんのわずかずつ太陽の届き方が変化しているのがわかる。

幣《ぬさ》を振り、掛け声を上げて建物を曳く、今までの隠温羅流とはまったく違う。そこにいるのは、重量物を壊さぬよう丁寧に慎重に仕事する男たちの姿であった。

「西イチ、よーうしっ！」

棟梁の掛け声に、コーイチの胸と下半身と、足下までが黄金に輝く。抱えた鏡が発光し、その光を階段室へ下ろしていく。切り出し石の踏み板と煉瓦の壁、階段室全体が真っ白に光る。そこで仙龍が光を受けて、屍蠟化した依り代に日光を当てるのだ。

ズン！　と再び地面が揺れた。

マズい、と春菜が感じたとたん、どこからか、凄まじい悪臭が噴き上げてきた。建物の下の枕木がガタガタ揺れて、油圧ジャッキが外れそうになる。

「いかん！」

と叫んだのは和尚であった。和尚はその場の春菜たちに、

「そこへ倣《なら》え、地面に伏せせい！」

と、命令した。互いを気遣う暇もなく、春菜らは地面に腹ばいになる。和尚も並んで這いつくばると、両腕を伸ばしてこう言った。

「手をつなぐのだ！　そして祈れ」

地下室から雲霞《うんか》のように蠅が湧き出す。

死の臭いと、轟音《ごうおん》と、顔に突き刺さる虫の死骸。

「祈るって、何を祈るのっ？」

「牧師と家族の冥福《めいふく》じゃ。そのほかのことを考える必要はないぞ。祈れ！　祈れ！」

春菜は和尚の手を握った。

村上ガラスも比嘉も轟も、井之上も互いに手をつなぐ。春菜のもう片方には教授がいたが、彼は腹ばいになりながらもカメラを建物に向けている。

「教授！　手を！」

「でもいま、いいところで」

「仙龍が死ぬるぞ！　早《はよ》ぅせいっ！」

和尚の一喝で教授はカメラを放り出し、春菜の手をギュッと握った。指と指を絡ませて、地面に額を擦《こす》り付けて、あとは一心不乱に祈る。神様、仏様、世界を統《す》べる大きな力よ。どうか牧師と彼の家族に平穏を。あの人たちの心が癒《い》えて、幸せな家族だった記憶が大切にされますように。どうか、どうか……

——お父さま……。

少女が案じた父のこと。妻が案じた夫のこと。彼らを案じた信者たち。たった独りでサタンに立ち向かった牧師の魂が、どうか安らかでありますように。どうか、どうか……。

熱心に祈っていると、いつしか音も、悪臭も、蠅の攻撃も気にならなくなった。

鼻先の地面は草の匂いで、つないだ両手に感じるものは、大切な仲間のあたたかさだった。春菜は祈って、祈って、祈って、そしてようやく顔を上げた。雲霞のごとき黒蠅は、もういない。

這いつくばっていた者たちが、一人、また一人と体を起こす。蠅の死骸は草地を真っ黒に埋めていたが、教会は倒壊しておらず、各所に取り付いた職人たちも、油圧ジャッキを守り切っていた。

「……どうなったの?」

立ち上がって、誰にともなく訊いてから、春菜は教会へ走っていく。枕木の隙間から中を覗くと、鏡を持つ手に蠅の積もったコーイチが、歯を食いしばって立っていた。

「コーイチ、大丈夫? 仙龍は?」

コーイチは目を開けて、鼻に詰まった蠅の死骸を吹き出した。階段下から仙龍が、鏡を抱いて上がってくる。覗いている春菜と目が合うと、

「俺は無事だ。そっちは?」と、訊いた。

春菜はようやく、ほかのみんなを確認した。

「全員無事よ」

「そうか。よかった」

仙龍は笑い、

「足下に気をつけて下りてこい。見せたいものがある」

と、春菜に言った。


床が抜けた教会の中を歩くのは容易ではなかった。地面を掘り下げて基礎の下にH鋼を渡してあるので、地下墓の入口へ辿り着くには何本ものH鋼をやり過ごさなければならなかったからだ。職人がヘルメットを貸してくれたので、春菜と教授と和尚はそれを被って、階段室から地下墓へ下りた。

コーイチが現場用照明を点けてくれたので、壁に掘られた棚も、カンテラを掲げる聖者の像もよく見えた。真っ黒な土はすでになく、あの日ゾッとした聖者の像は全部で四体、地下墓地の四隅《よすみ》を守るように設置されていたこともわかった。石の十字架は内陣の真下に置かれていたが、春菜たちが入ってゆくと、十字架の下にカソックを着た人骨があって、両腕にふたつの頭蓋骨と古い人形を抱いていた。

「……これ……」

春菜は両手で口を覆った。牧師が妻と娘を抱いて、娘は大切な人形を抱いて、ここで眠っているかのように見えたからだ。

――ゾーイーっていうの――

小さい頭蓋骨が春菜に言う。

「ゾーイー?」

春菜の前には、人形を抱いた少女が立っていた。

「その子の名前はゾーイーなのね?」

少女はニコッと頷くと、人形に頬をすり寄せて、消えた。

「死んだ娘さんがゾーイーですか」

興味深げに教授が訊くので、

「そうじゃなく、お人形の名前がゾーイーなんです」

と、教えてあげた。

「不思議っすねえ。屍蠟化していた体のほうは、消えてなくなっちゃったんっすね。んじゃ、警察に届けなくてもいいってことすか」

カソックの裾をつまんでコーイチが訊く。下にあるのも骨だけだ。和尚が答えた。

「いかにもさよう。丸く収まるときというのは、こういうものじゃのう」

光に浮かぶ地下墓地を、仙龍は見渡した。

「遺骨はここに安置してやろう。和尚、経を読んでやってくれ」

仙龍はそう言って、教会の基礎と石の十字架に隠温羅流の印が入ったお札を貼った。

水と線香と花が用意され、その場にいた者たちだけで、牧師とその家族の供養が行われた。やり方は仏式だが、拘《こだわ》る必要はないと和尚は言い、教授も棟梁も同意した。

人が人を悼むのだ。想いに差はあるまいと。

地下墓にたまっていた蠅は、あの瞬間にすべて地上に噴き出たらしい。小さな亡骸《なきがら》は風が吹くたび細かく砕け、わずかの間に土や草に紛れていった。

そのようにして、世の中は回っていくのだと春菜は感じる。死んで、腐って、大地に溶けて、そこからまた花が咲く。そうしてみると、世界は姿形を自在に変えつつ、総体は変わらぬ円のようだ。円は縁。隠温羅の男たちが大切にしているものの一端を、垣間見《かいまみ》たような思いがする。悪魔はどこへ行ったのだろう。いいや、どこへも行ってはいないと、春菜はまた考える。姿を変え、かたちを変えて、今も円の中にある。それも含めて円なのか、そう思うのは間違いなのか、生きているうちに答えは見つかるだろうかと。

曳家ののち、怪異はピタリと影を潜めた。床が張り替えられ、内装が施され、外構工事が始まる頃には、長坂がここを買ってよかったと心から思えるような美しさに変わった。
新しいものは美しいが、それは新しいからである。美しく生まれた建物が年を経《へ》て纏う威厳と重みは、それを大切に守り通す人間なしには生まれない。その意味でいうのなら、古い建造物には、それを守った人の人生が染みついているのだろう。

　長坂建築設計事務所に融資している銀行へ、曳家代金を含めた請求手続きを終えた八月中旬、春菜は井之上にお供して、鐘鋳建設へお礼に行った。間もなく盆休みという頃で、鐘鋳建設では全社をあげて社屋の掃除に精を出していた。

　駐車場でコーイチや四天王と呼ばれる職人たちに挨拶をして、春菜と井之上は工場の二階にある事務所へ入った。窓を開け放した事務所は風の通りがよくて、予め連絡をしていたからか、仙龍と棟梁が待っていてくれた。菓子折りを渡し、曳家工事の礼を言う。

「おかげさまで無事に請求額を了承していただけました。弊社へ入金され次第、曳家料金をお支払いします」

　井之上が言うと、つるつる頭を掻きながら、棟梁はニヒルに笑った。

「まあ、よくも無事に工事を終えなすったねえ」

　それから仙龍を睨んで言った。

「あっしはね、やめなせえって助言したんだ。ところがこのトーヘンボクは」

「トーヘンボクは余計だ」

仙龍はすましている。

「言い出したら聞かないのは姉さんといい勝負ですかね？　まったく、命があったからいいようなものの、あっしの代で会社を畳まなきゃならねえんじゃねえかと思いましたよ」

大げさでもなく棟梁が言うので、春菜は仙龍を窺った。自分や井之上が知らないところで相応の攻防戦があったようだが、仙龍は涼しい顔でこう言った。

「風切《かざきり》トンネルの一件を覚えているか？」

もちろん春菜は覚えている。それは九頭龍神社からさらに奥へ入ったトンネル工事の現場で、犬神に憑かれた一族の山を曳いた案件だった。仙龍は春菜をじっと見た。

「地下墓で蠅の大群が鏡について、光を遮ったんだ」

「え」

仙龍は頷いた。

「一瞬ダメかと思ったが……炎のように毛を逆立てた黒犬が俺の前に現れて、盾になり、襲ってくる蠅を遮った。それで、あれに光を当てることができたのさ」

「まさか……笠嶋《かさじま》さん？」

笠嶋はトンネルの工事事務所で親しかった女性である。もはやこの世のものではないが、彼女と交わした会話もすべて、春菜は今でも覚えている。

「この曳家では、たくさんの人に助けてもらった。跳ねっ返りのサニワのせいでな」

棟梁はニタニタ笑い、「井之上さん」と、部局長を呼び寄せた。

「ちょっと見てもらいたいもんがあるんですがね？」

「なんでしょう、いいですよ」

棟梁は立ち上がり、井之上を資料室へ連れていった。

「まあ、あれです。暮れの挨拶に持っていくのに、うちの会社の手ぬぐいを……」

風が吹く事務所に残されて、春菜はしみじみ神棚を見上げた。鐘鋳建設の事務所には、一番いい場所に神棚が設えられている。今までは、ただ神棚があるなと思っていただけだったけど、仙龍たちはそれを通して、もっと大きなものを見ているのだろう。

「コーイチも、いい仕事をするようになった」

仙龍は立ち上がって窓辺へ行き、下で作業している仲間たちを見下ろした。つられて春菜も立ち上がり、そして、その場に凍り付く。

「仙りゅ……」

振り向く仙龍の足下に、隆々と盛り上がるものがある。真っ黒で、瘴気を纏い、奈落の底から湧いて出る。今まで見たこともない大きさの鎖であった。仙龍の足に絡みつき、床を突き破って奈落へ延びる。春菜はストンと腰を抜かした。

「どうした？」

そう訊く仙龍の端整な顔。春菜を案じてこちらを窺う。黒い鎖は渦巻きながら床をのたうち、どこかへ消えた。円は縁。全体でひとつのもの。こちらを離れてそちらへ移る。教会に蟠《わだかま》っていた悪意は仙龍の鎖になった。全身から血の気が引いて、春菜は真っ青になっていた。

「どうしたんだ。だいじょうぶか？」

仙龍が差し出す腕に、春菜はすがった。立たせてもらい、ソファに座る。仙龍は正面にひざまずいて春菜を見上げた。

「なんだ？　言ってみろ。何があった」

唇を噛む。だって、言えるわけがない。仙龍の寿命が見えるなんて。黒い鎖がつながって、導師をあちらへ引き込もうとしているなんて。

「鎖か。見えたのか？」

と、仙龍は冷静に問う。春菜は驚いて目を丸くした。

「棟梁から話を聞いた。隠温羅流にはいろいろなサニワがいたが、それを見たのはおまえだけだと言っていた」

そして優しい顔で笑った。春菜は言う。

「前のときは鎖が減ったの。儀式のあとで減ったのよ。だから私……仙龍を、救えるんじゃないかと思って」

「救う？　寿命のことを言っているのか」

頷いた。

「見えるなら闘えるんじゃないかと思って、その方法を」

仙龍は、戦く春菜の膝に手を置いた。細長い指、あたたかい手だ。

「……こんなはずじゃ……こんなことになるはずじゃ」

そうなのだ。いつだって自分は馬鹿ばかり。突っ走って、巻き込んで、周囲の人を傷つける、その気がなくとも。傲慢で、浅はかで、どうしようもない大馬鹿者だ。不本意ながら涙が溢れた。本当は、怖かった。嫌だった。あんな教会には関わりたくないと思った。それなのに、また暴走した。そのせいで仙龍は……。

「……うっ……」

バカみたいだと思いながらも、春菜はしゃくり上げてしまったのだった。自分に呆れ、仙龍に申し訳なくて心が折れた。

「泣くな」

「ご……ごめ……な……さ……ひっ、私……」

「泣くな。おまえのせいじゃない」

言われて涙が止まれば苦労はしない。これは勝手に体の内部から、止めどなく溢れ出てくるものだ。バカな春菜。お調子者で、傲慢で、間抜けで情けなくてどうしようもない。涙を止めようと上を向いても、無理だった。仙龍を助けたかったのに、この結果はなんなのだ。自分はここにいるべきじゃない。仙龍と関わるべきではないのでは。

そう思うと、余計に泣けた。

「うぇーん」

号泣したその瞬間、仙龍に抱きすくめられて息が止まった。

「俺のために泣いてくれるな。頼むから」

ビックリしても嗚咽《おえつ》は止まらない。春菜は仙龍の心が静かに深く、自分に染み入ってくるのを感じていた。

「おまえが思うほど俺は強くない。だから、気の強いおまえが泣くのは辛い」

小さな子供をあやすように、仙龍は春菜の背中を優しく抱いた。

それはどういう意味だろう。訊かなくちゃ。言葉の真意を確かめなくちゃ。

ヒック、ヒックとすすり上げつつ、春菜は次第に平静を取り戻す。彼の鼓動を間近に感じ、仙龍という男性に、初めて触れたように思う。

見上げた先は神棚で、透明で大きくて見えない何かが、自分と仙龍を見下ろしているような感じがした。そして祈った。

願わくは、この瞬間が一秒でも長く続きますように。仙龍の心を知ることができますように。彼の力になれますようにと。

高沢春菜は隠温羅流導師のサニワである。

【オリバー・ガード聖教会堂】

記録によれば完成は明治二十九年。個人所有。

長野市中心地に立つ赤煉瓦造りの教会である。尖塔アーチと補強用のバットレスを持つゴシック様式の建物で、赤煉瓦は信州の土を使って軽井沢の煉瓦工場で焼かれたものではないかと言われる。詳細は現在調査中である。

二〇一九年現在、文化財登録申請はされていない。

参考文献

『信州の西洋館』藤森照信文　増田彰久写真（信濃毎日新聞社）
『信州の年中行事』斉藤武雄（信濃毎日新聞社）
『家が動く！　曳家の仕事』（社）日本曳家教会編（水曜社）
『猟奇殺人のカタログ50』CIDOプロ編（ジャパン・ミックス）
『かぎりなく死に近い生』荒俣宏責任編集（角川書店）
『新聞紙面で見る　二〇世紀の歩み』（毎日新聞社）
「商店建築」（商店建築社）

本書は書き下ろしです。

この物語はフィクションです。実在の人物・団体とは一切関係ありません。

〈著者紹介〉

内藤 了（ないとう・りょう）

長野市出身。長野県立長野西高等学校卒。2014年に『ON』で日本ホラー小説大賞読者賞を受賞しデビュー。同作からはじまる「猟奇犯罪捜査班・藤堂比奈子」シリーズは、猟奇的な殺人事件に挑む親しみやすい女刑事の造形が、ホラー小説ファン以外にも広く支持を集めヒット作となり、2016年にテレビドラマ化。

堕天使堂《サタンのいえ》　よろず建物因縁帳《たてものいんねんちょう》

2019年10月21日　第1刷発行
2024年 2 月15日　第4刷発行

定価はカバーに表示してあります

著者……………………………内藤《ないとう》 了《りょう》

発行者……………………………森田浩章
発行所……………………………株式会社 講談社
〒112-8001 東京都文京区音羽2-12-21
編集03-5395-3510
販売03-5395-5817
業務03-5395-3615

KODANSHA

本文データ制作……………講談社デジタル製作
印刷……………………………株式会社ＫＰＳプロダクツ
製本……………………………株式会社ＫＰＳプロダクツ
カバー印刷…………………株式会社新藤慶昌堂
装丁フォーマット…………ムシカゴグラフィクス
本文フォーマット…………next door design

ISBN978-4-06-517424-1　N.D.C.913　338p　15cm

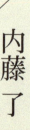

人の願いは紡がれ続ける。成就してもせずとも――

その連なりを因縁と呼ぶのだ。

隠温羅《おうら》

よろず建物因縁帳

／内藤了

いっこうに正体の見えない蠱峯神《やねがみ》事件の裏側で、棟梁《とうりょう》にまで死期迫る。
そして、仙龍《せんりゅう》と春菜《はな》の道行きとは――。因縁帳、完結。

シリーズ第10弾　好評発売中！

講談社タイガ

講談社タイガ

よろず建物因縁帳シリーズ

内藤 了

鬼の蔵

よろず建物因縁帳

山深い寒村の旧家・蒼具《あおぐ》家では、「盆に隠れ鬼をしてはいけない」と言い伝えられている。広告代理店勤務の高沢《たかざわ》春《は》菜《な》は、移転工事の下見に訪れた蒼具家の蔵で、人間の血液で「鬼」と大書された土戸を見つける。調査の過程で明らかになる、一族に頻発する不審死。春菜にも災厄が迫る中、因縁物件専門の曳《ひ》き屋《や》を生業《なりわい》とする仙龍《せんりゅう》が、「鬼の蔵」の哀しい祟《たた》り神の正体を明らかにする。

講談社タイガ

よろず建物因縁帳シリーズ

内藤 了

憑き御寮
よろず建物因縁帳

職人の死に顔は、笑っていたそうだ。広告代理店勤務の高沢《たかざわ》春《は》菜《な》が博物館展示の視察に訪れた、かつての豪商・藤沢《ふじさわ》本家。屋敷ではふたりの職人が、帯締めや振り袖を首に巻き付け不審死を遂げていた。春菜は因縁物件専門の曳《ひ》き屋《や》・仙龍《せんりゅう》に相談する。そこには彼の父すら祓《はら》えなかった呪《のろ》いがあった！　仙龍は自らの命を賭《と》して、『死の花嫁』にとんでもない奇策を仕掛けるが——!?

よろず建物因縁帳シリーズ

内藤 了

犬神の杜
よろず建物因縁帳

死体は全身咬《か》み痕《あと》だらけだった。嘉見帰来山《かみきらいやま》にトンネルを通す工事のさなか、事務員二人が不吉な黒犬を目撃し、相次いで不審死を遂げる。憑《つ》き物体質のOL・高沢春菜《たかざわはな》は、事件を調査中、霊峰に伝わる廃村の焼失事件と犬神の祟《たた》りについて耳にする。やがて春菜の前にも現れた黒犬。命の危機に瀕《ひん》した春菜を救うための曳《ひ》き屋《や》・仙龍《せんりゅう》の秘策——それは因縁の『山』を曳くことで……!?

講談社タイガ

よろず建物因縁帳シリーズ

内藤 了

魍魎桜
よろず建物因縁帳

土地を支えていたのはミイラ化した人柱《ひとばしら》だった。漆喰《しっくい》の繭《まゆ》に包まれた坊主の遺骸《いがい》が発掘されると同時に、近辺では老婆の死霊が住民を憑《つ》き殺す事件が多発。曳《ひ》き屋《や》・仙龍《せんりゅう》と調査に乗り出した広告代理店勤務の春菜《はな》が見たものは、自身を蝕《むしば》む老婆の呪《のろ》いと、仙龍の残り少ない命を示す黒き鎖だった──！ ひそかに想いを寄せる仙龍のため、春菜は自らのサニワと向き合うことを決意する。

講談社
タイガ

京極夏彦

今昔百鬼拾遺　鬼

「先祖代代、片倉家の女は殺される定めだとか。しかも、斬り殺されるんだと云う話でした」昭和29年3月、駒澤野球場周辺で発生した連続通り魔・「昭和の辻斬り事件」。七人目の被害者・片倉ハル子は自らの死を予見するような発言をしていた。ハル子の友人・呉美由紀から相談を受けた「稀譚月報」記者・中禅寺敦子は、怪異と見える事件に不審を覚え解明に乗り出す。百鬼夜行シリーズ最新作。

講談社
タイガ

恩田 陸

七月に流れる花

イラスト
入江明日香

六月という半端な時期に夏流《かなし》に転校してきたミチル。終業式の日、彼女は大きな鏡の中に、全身緑色をした不気味な「みどりおとこ」の影を見つける。逃げ出したミチルの手元には、呼ばれた子どもは必ず行かなければならない、夏の城――夏流城《かなしろ》での林間学校への招待状が残されていた。五人の少女との古城での共同生活。少女たちはなぜ城に招かれたのか？　長く奇妙な夏が始まった。

講談社
タイガ

恩田 陸

八月は冷たい城

イラスト
入江明日香

夏流城《かなしろ》での林間学校に参加した四人の少年を迎えたのは、首を折られた四本のひまわりだった。初めて夏流城に来た光彦《てるひこ》は、茂みの奥に鎌を持って立つ誰かの影を目撃する。閉ざされた城の中で、互いに疑心暗鬼を募らせるような悪意を感じる事故が続く。光彦たちを連れてきた「みどりおとこ」が絡んでいるのか。四人は「夏のお城」から無事帰還できるのか。短く切ない夏が終わる。

講談社
タイガ

菅原和也

あなたは嘘を見抜けない

イラスト
紺野真弓

僕の彼女は「嘘つき」たちに殺された——。廃墟探索ツアーで訪れた無人島で死んだ最愛の人・美紀《みき》。好奇心旺盛で優しい彼女は事故に遭ったのだ。僕は生きる意味を喪《うしな》い、自堕落な生活を送っていたが、美紀と一緒に島にいた女と偶然出会いある疑いを抱く。美紀は誰かに殺されてしまったのではないか。誰かが嘘をついている——。嘘と欺瞞《ぎまん》に満ちた血染めの騙《だま》し合いの幕が開く。

講談社タイガ

菅原和也

あなたの罪を数えましょう

イラスト
紺野真弓

キャンプ中に失踪した友人たちの捜索を頼まれた、探偵夕月《ゆうづき》と助手の亮太《りょうた》。依頼人の三浦《みうら》とともに辿りついた山奥の廃工場で、彼らが見つけたのは、多数の人間が監禁・惨殺された痕跡だった。

時は遡《さかのぼ》り一月前。工場に閉じ込められた六人が向き合わされた過去の罪。仲間の自殺に隠された真実を暴かなければ、死が待つ。

過去と現在、二つの物語から逸脱種探偵が導く前代未聞の真相！